蓝田的一生

蓝石 著

北京燕山出版社
BEIJING YANSHAN PRESS

图书在版编目（CIP）数据

蓝田的一生 / 蓝石著 . — 北京 : 北京燕山出版社，
2021.1

ISBN 978-7-5402-5880-1

Ⅰ . ①蓝… Ⅱ . ①蓝… Ⅲ . ①传记文学—中国—当代
Ⅳ . ① I25

中国版本图书馆 CIP 数据核字（2021）第 003238 号

蓝田的一生

著　　者	蓝　石	
责任编辑	王　迪	
封面设计	汪要军	
责任校对	石　英	
出版发行	北京燕山出版社有限公司	
社　　址	北京市丰台区东铁匠营苇子坑 138 号 C 座	
电　　话	010-65240430	
邮　　编	100079	
印　　刷	北京建宏印刷有限公司	
开　　本	170mm×240mm　1/16	
字　　数	193 千字	
印　　张	15.5	
版　　次	2021 年 1 月第 1 版	
印　　次	2021 年 1 月第 1 次印刷	
定　　价	55 元	

中年时的作者

大专毕业时的蓝田

中专毕业时的王艳

少年时的蓝玉

少年时的蓝英

1994 年 8 月王艳在承德避暑山庄

目 录

蓝田的童年

　　1937年12月，蓝田出生在长山省青强县蓝里村东头一个普通的农民家庭里，爸爸农闲时去天津做小买卖或打点工，家里有奶奶、爸爸、妈妈、老姑、蓝田与弟弟共六人。在蓝田儿时的记忆里，他的故乡是十分美好的：百十户的小村，只有10多户住在路南，90多户都住在路北，中间是一条东西向大街。村子的东边是一个很大的坑塘，浅处芦苇茂密，深处那一弯弯碧水，像一面面明镜。坑塘周边，一行行一排排的柳树，错落有致。路南的村头坑边，一棵粗壮到两个大人都不能合抱、高达数十米的白杨树直插云天。村前与村后，是连片的枣树林。枣林以外，则是一眼望不到边的平展展的田野。春天来了，杨花儿开了，柳条绿了。水中，一群群鱼儿游来游去。水面上，一只只野鸭和水鸡子时隐时现。每天早晨，一群群喜鹊飞上高高的白杨树，喳喳地叫着，把一个个贪睡的孩子从睡梦中唤醒，为人们传送着喜讯和佳音。那远处如烟的绿柳深处，传来的野鸽子咕咕的叫声，让人心醉。走进枣树林，那枣花的甜香，沁人心脾。夏天来了，一场暴雨下来，满街的流水就像一条小河，它翻卷着汹涌的波涛，滚滚地流向坑塘，那时候，坑塘差不多每年都被灌得满满的。而当暴雨过后，坑塘里成

千上万只青蛙，总是合着一个节拍，齐声高唱着对苍天的颂歌，热情赞颂上苍的慷慨赐予，它们无数次反复颂唱的似乎总是："你的（呀），我的（呀），老天爷爷下的（呀）。"每天中午，有一群男孩子，脱光屁股，跳进坑塘的水里游泳、嬉戏。秋天到了，一棵棵枣树上，大大小小的枣挂满了枝头。田野上，雪白的棉花笑开了口，金黄的谷穗压弯了腰，豆子地里蝈蝈的叫声，总是响作一片。到了冬天，地里的庄稼都收割了，树叶也落了，田野上一片静悄悄，大地一片肃穆。一场大雪过后，到处又都变成银装素裹。

　　蓝田三岁的时候，妈妈生了弟弟。于是蓝田便跟着老姑，与老姑和奶奶同住在北屋的东里间。在蓝田的记忆里，那时候，冬天可冷了。院子里和胡同里的土地被冻得裂出一条条大缝，院子里的水瓮，虽然包上很厚的麦秸和秫秸，上面还盖着用草编的盖子，但每天早起，水瓮里的冰仍要结一到二厘米厚。妈妈与老姑，总要先用力砸开上面这层冰，才能取出下面的水做早饭。那时候，他们家从来没在屋里生过火取暖，因此，每天早晨，屋子里的空气都冷得冻鼻子尖。早饭做熟了，蓝田还不愿起床，老姑便把蓝田的小棉袄和小棉裤，拿到灶火门上烤一烤，然后三步并作两步跑进屋来，让蓝田赶紧趁热穿上。早饭后，太阳升起来了，太阳底下可能比屋子里暖和些。因此，这时蓝田常常走出家门，站在他家的东墙下，和前邻的小哥哥们一起，面对着东方升起的太阳，拍着手，一齐唱着自编的儿歌："爷爷（太阳）爷爷晒着我，赶明（儿）给你糖水喝，喝不了，咱俩喝。"

　　生活在这里的人们，从蓝田的奶奶、妈妈、老姑，到左邻右舍的婶子大娘们，都十分勤劳、节俭。她们除了每天做饭、喂猪、喂鸡外，还要弹棉花、纺线、织布、做衣服、做鞋袜及被褥等。一年到头，总不得闲儿。春秋之夜，这群女人还常常带着自己的纺车，聚集在蓝田家东面的空地上，在朦胧的月光下，一块纺棉花。吃饭呢，一年到头总是白高粱面窝窝头、小米稀饭和老咸菜。有时在中午要熬一锅大萝卜或大白菜。那时的大萝卜，是又艮又苦，可不像现在的水萝卜这样又脆又甜。他家做饭做菜的唯一的一口大锅，由于用得太久了，锅都变得很薄，锅底下都有了好几个豆粒大的洞，因而每次做饭或做菜前，妈妈和老姑总要先用面酱补住或堵住它们。

　　每年的农历三月，蓝里村东面十几里的地方，庙会一个接一个。每到这时，天刚蒙蒙亮，蓝田便能听到大街上鞭子响。他知道，这是一些人家，全家人一起，赶着大车去逛庙会了。自然，在庙会上，人家一家人会一起买一些好东西吃，再给孩子买些他们喜欢的玩具，最后，一家人再去看戏，因而直到暮色苍茫时才回到家来。而蓝田他们家呢，从未上过一次庙会。特别是他奶奶，这么多年，蓝田竟然从未见她赶过一次集，甚至从未见她自己花钱买过一次东西。他奶奶曾不止一次地给蓝田讲述他老爷爷的故事：当年他老爷爷在世时，每逢办庙会时，他便背起粪筐，拿着粪叉，跟在人家的大车后面，一路上拾牲畜拉出的粪便。有一次竟然一直走了18里，跟到了庙会上，由于路上拾了一个铜钱，便在庙会上喝了一碗水，随后又一边拾粪一边走回家来。有一年，蓝田家养了一口猪，春节前长到80多斤，当全村统一宰猪时，奶奶也叫人家一块给宰了。这时，蓝田想：自己家宰了猪，那猪头、猪蹄、心肝肺及大肠小肠等，总会剩下一些吧，这一次过年可能要解解馋了吧！没想到奶奶让宰猪的人把这些通通卖掉了，自己只留下了2斤肉过年用。

　　在家人的长期熏陶下，蓝田自小就总想干些力所能及的有益的事。比如，每年春天，当榆钱儿盛开的时候，老蚂虫可多了，大多数老蚂虫像黄豆粒那么大，有黑的，有红的。白天，它们钻进树下的暄土里，傍晚，它们则从土里钻出来，飞到树上吃东西。蓝田白天便用手刨开树下松散的暄土，把一只只老蚂虫装进玻璃瓶内；傍晚，他又突然晃

动一棵棵不太粗大的榆树，老蚂虫便纷纷落到地上，蓝田就尽快地把它们捡起来，装进玻璃瓶内，拿回家来第二天喂鸡。母鸡吃了老蚂虫，下的鸡蛋的蛋黄内，便有好多黄油，吃起来可香了。再如每年初冬，树叶落了，大孩子们背起柴篓，拿着竹筢，到坑塘边把落在地上的柳叶搂成堆，再装进柴篓，背回家来晒干以后做烧柴。蓝田人小，便把一根半米多长的红荆条，一头用刀削尖，另一头则刻上个小槽，用两三米长的纳鞋底的线绳子，一头拴在小槽内，另一头则捆上一段小木棍，拿着它去插落在地上的一片片杨树叶。他先把一片片杨树叶插到红荆条棍上，然后再把它们捋到线绳子上。他一面走，一面插，线绳子上的杨树叶也越来越多，在他的身后拉着走。最后，这些杨树叶便像一条又粗又长的大蛇，蓝田把它拉回家来当柴烧。此外，蓝田还学着大人的样子，在自家后院的空地上种树、种花、种向日葵，经常给它们浇水施肥，看着它们一天天长大。吃东西呢，蓝田当时最爱吃的就是发面的白高粱面窝窝头就疙瘩干咸菜，每当半晌蓝田肚子饿的时候，就拿它们来充饥。这疙瘩干咸菜就是把疙瘩切成片，晒干后放起来，什么时候大萝卜咸菜腌好了，在大锅里煮好捞出来后，再把疙瘩干倒进去，用煮过老咸菜的咸汤再把疙瘩干煮熟，而后晾晒成的。它既不太咸，又不软不硬，蓝田吃着它就像吃肉似的。

每天晚饭后，蓝田总不想睡，老姑和奶奶便给他讲故事。通过这些故事，他越来越深刻地认识到，世上穷苦人的苦难，旧社会官府的腐败和黑暗，并渐渐地开始思索人生，思索着自己应该做个什么样的人。那时候，每天的中午饭，妈妈和老姑差不多总蒸窝窝头，而每次总有个小窝窝头，好像它是专门为蓝田蒸的。每次的午饭，蓝田总是搬个小凳，自己先坐在饭桌前，而每次掀开锅，妈妈和老姑总是先把这个小窝窝头拿出来，放在蓝田的面前，并总是一面放一面说话。妈妈说："吃窝窝头，盖座楼。"老姑接着说："吃窝窝尖，做个官。"这时，蓝田总是想："窝窝头窝窝尖我都要吃掉，我长大后，一定要挣好多好多的钱，要盖楼；也要做官，但一定要做一个清官，做一个好官。"

蓝田的童年，既经历过和平安宁幸福的生活，也经历过灾荒年的苦难，更目睹了日本侵略者的滔天罪行。1937年"七七事变"后，日寇很快占领了华北。他们十里八里就建一个碉堡，到处修公路。还经常出来"扫荡"，他们走到哪里都是烧杀抢掠，奸淫妇女。蓝田一家经常东躲西藏。1942年"五一大扫荡"时，大批鬼子从四面八方包围过来，最后他们把人们围到了蓝里村西头路南的大场里。他们把成年男人、老人及带孩子的妇女与年轻的妇女分别圈开。成年男人一个个都被捆起来，绑到梯子上用皮鞭抽，用铁锨拍，往嘴里和鼻子里灌辣椒水，还把水桶装上水，将人倒提着，把人头淹在水里……大姑娘和没孩子的妇女，则被他们一个个拉去强奸轮奸。不管鬼子怎样毒打折磨，男人们没有一个屈服求饶。鬼子们便恼羞成怒，要把他们关到一间场屋里通通烧死，但由于房小人多，不论鬼子怎样用皮鞭抽，用枪把打，房子里也挤不下，后来鬼子就放弃了。就这样，人们从场屋里走出后，好多人都昏过去了。结果，东头的洁爷爷当天便死了，前邻的林大爷等人，留下了伤病，不到40岁便失去了劳动能力。那时候，蓝里村里有许多庙，家家还供着许多神，人们对它们总是虔诚地顶礼膜拜，烧香磕头。但是，村东头关帝庙里手拿大刀神武无比的关老爷，并没有为他们赶走日本强盗；村西南角菩萨庙里大慈大悲的南海观世音菩萨，也没有救苦救难。只有共产党和共产党领导的八路军，在极其困难的条件下，敢于同鬼子拼死搏杀，领导中国人民抗日救国。

在这次劫难中，蓝田的妈妈抱着弟弟，老姑抱着蓝田，她们和蓝田的奶奶一起，躲在人堆里。蓝田的妈妈和老姑还故意把自己弄得蓬头垢面，老姑还低声告诉蓝田，让蓝田叫她"娘"，她们总低着头，就

这样终于躲过了一劫。但事后一家人都很后怕，家里有个大姑娘太危险了。于是蓝田的奶奶赶紧给蓝田的老姑找婆家，结果受了一个坏媒人的骗，蓝田的老姑很快出嫁了，一旦结了婚，真相大白，但一切都晚了。蓝田的老姑是那样勤劳节俭，贤惠漂亮，却嫁给了一个已死了两个老婆，并留下两个孩子，其貌不扬，年龄也较大的男人；家里的房子全是土房，日子也很拮据。婚前，蓝田的奶奶曾叫人看过他家的房子，但媒人领着去看的却是别人家的房子。蓝田的老姑拿自己的条件与同龄的女人比，哪一条不比别人强？但嫁给的男人和他的家境却比谁都差。老姑只能把无限的痛苦深深地压在心底，不尽的苦水只能把它吞咽到肚子里。每天还要照样辛勤地劳作，节俭度日，并像对待自己亲生儿女一样对待她丈夫前妻生的那两个儿女。回到娘家，怕自己的娘难受，还要装出一副笑脸。这些话是蓝田长大以后，老姑才对他一人说过一次。也许，正是由于这样长期的抑郁，她40多岁便得了癌症，1972年，尚不到50岁，便早早地去世了。

1942—1943年，蓝田的故乡一带，又发生了连续两年的大旱灾，庄稼颗粒无收。本来就很困苦又受尽日本鬼子蹂躏的广大人民，更是雪上加霜，蒙受了更大的苦难。蓝田家的粮食囤，都是红荆条编的，里面再抹上一层泥，只有一人多高。里面的粮食都吃净了，妈妈抱起蓝田，让他爬上囤顶，再跳进囤里，然后妈妈递给他一个小簸箕和小笤帚，让他把里面的粮食扫干净，简直是一颗都不剩。家里能吃的东西还有棉花籽，和装在枕头里多年的谷秕子，都拿到碾子上轧碎了，再蒸熟了吃。蓝田知道，棉籽窝窝每次只能吃一点儿，吃多了大便干得拉不出来。另外，他们吃的还有枣叶、柳叶、榆叶和杨叶。蓝田也知道，最好吃的是榆叶。此外，奶奶和妈妈还把家里的棉花纺成线，织成布或做成鞋，由妈妈拿到集上卖掉后再买回点小米来吃。那时候，熬的小米稀饭，米粒少得能数清，每到吃饭时，奶奶和妈妈盛一碗稀饭，她们自己喝去上面的饭汤，然后奶奶把下面的饭粒倒给蓝田，妈妈则倒给弟弟。蓝田家难，还有的人家比他家更难。蓝田家有门老亲戚，是个孤老头儿，他村离蓝里3里地，由于家里吃不上饭，常常以给蓝田送件玩具为名，在吃中午饭时赶到蓝田家，这样便可以吃点东西。后来，他不来了，听奶奶和妈妈说，估计他已经饿死了。蓝田的三姑，一家人为了活命，只得把较大的兰姐姐丢给她奶奶，带着较小的达哥哥逃荒去东北林区找三姑父。临走那天晚上，她带着达哥哥与兰姐姐一起来与蓝田的奶奶辞行。这一走，便一辈子没有回来。蓝田瞪大眼睛，一句话也没说，他目睹了这两对母女生离死别悲惨的一幕。前邻的凤姐和焕姐，在家吃不上饭。她俩到蓝田家来时，总是悄悄地进来，先在堂屋慢慢掀开锅盖，再到北面床边撩开箅子上的盖布，看有无吃的东西。在里屋做活的奶奶，听到外面有响声，撩开门帘才发现她们。她俩还常常哄着蓝田到后院去，以掏家雀为名，把蓝田抱起，让蓝田伸手到低矮的土房檐下的洞里去掏，其实，蓝田也知道，她们这是趁机摸一下蓝田的口袋里有无吃剩的东西。后来，这两个姐姐都不见了。好久以后，才听人说，是她俩的爸爸把她俩弄到南方卖掉了。有一次，蓝田跟着妈妈去集上卖鞋，在集上碰见了姥姥，姥姥给蓝田买了核桃大的一块豆饼。蓝田刚拿到手里，就被一个十几岁的小男孩儿抢走了。他边跑边啃，集上人多，大家把他给截住了。他一看跑不了，就立即往豆饼上吐吐沫，擤鼻涕。蓝田一看那块豆饼上全是那个孩子的吐沫和鼻涕，就不要了，就让那个孩子把那块豆饼全吃了。

以上，就是蓝田的童年，是蓝田整个童年经历的一个缩影。故乡的美景，勤劳节俭又善良的亲人和乡亲，奶奶和老姑给他讲的那一个个故事，日本鬼子的种种暴行，灾荒年那一幕幕的惨剧，以及田野深处，苍松翠柏掩映下那大片阴森和苍凉的古坟，都像一座座永远难忘的雕像，深深地镌刻在蓝田的心上。它们使这颗幼小的心灵，过早地

认识世界，探询人生，并不断地思虑着自己的未来。他早早地就下定决心：他这一生，一定要做一个好人；长大以后，一定跟着共产党，像八路军战士那样同日本鬼子英勇搏杀，一定要把日本强盗赶出我们中国；他还要坚决学好本事，挣好多好多的钱，以报答亲人的养育之恩，还要报答故乡这些勤劳善良的乡亲，让他们通通过上好日子；如果要做官，也一定要做一个清官，做一个好官。这一切，就像一粒种子，种在蓝田的心上，在人生的道路上同他一起成长，一起走上人生的大道。当蓝田前进时，它们给他鼓舞；当蓝田困惑时，它们给他指路；当蓝田疲倦时，它们给他力量。

在学校里

　　1944年，蓝田六周岁，开始上学了。那时，本村的小学只到四年级。由于当时处在抗日战争的后期和解放战争时期，在一段时间内，教员换得勤，学校管理松散，因此，直到1949年底，蓝田才完成了一至四年级的学业。1950年，邻村新成立了完小（五、六年级），只有两间东屋一个班。国瑞校长领着学生们把屋里的土地面收拾平整后，在上面干砌了一层砖。又请人在屋顶上开了一个天窗，并用白灰浆把屋里的墙面刷了一遍，于是，这个教室里便比原来亮堂多了。为了督促学生们好好学习，学校里经常考试，并每次都张榜公布名次和考试分数，在历次的考试中，蓝田差不多总是考第一。1952年，蓝田完小毕业了，那时由于初师和初中招生少，升学很困难，但蓝田却三考三中，最后选择了条件最好的北田省立后师附中班去上初中。

　　初中时期，在学校浓厚的政治氛围和良好的学习环境里，蓝田努力地学习各门功课，同时又开始阅读政治理论书籍和思想性极强的散文小说等。他从开始的老师"要我学"，渐渐地产生了兴趣，变成了"我要学"；并关心时事，每天的报纸必读；《中国青年》的每一期他都要看都要学。那时候，他每天除了学习之外，还锻炼身体、唱歌、跳

舞，整天高兴得很，快乐得很，简直像变了一个人，变成了一个快乐的大男孩儿。走路就是跑；搞卫生、洗衣服，总是边干边唱。学校领导和老师对学生的每一项要求，他都认真去做，努力做好。

初中时期，有两件大事，对他的思想影响很大。一件是1953年春，后师班的一个男同学，追求同班的一个女同学，要与人家搞对象。人家不同意，他就上吊了，但自杀未遂。于是，学校便利用这件事，对全校师生进行思想教育，大讲共产主义的人生观和恋爱观。记得那是一个晚上，全校师生都集中在院子里，吴校长利用许多革命先烈和革命前辈的实际例子，一连讲了好几个小时。他说：一个人为什么活着？为爱情活着吗？为一个人活着吗？不对！许多革命先烈和革命前辈，他们为了民族的独立，人民的解放，为了新中国的成立，献出了自己的一切包括生命；许多革命同志，在革命的生涯中，彼此间产生了爱情。但由于当时革命的需要，他们都毫不犹豫地奔赴了各自新的战斗岗位，依依惜别，有的竟是生离死别，却毫无怨言。因为爱情是从属于革命事业的。我们每个人要树立共产主义的世界观和恋爱观，要像我们的革命先烈和革命前辈那样，为了我国的社会主义和共产主义事业，努力学习和工作，献出我们的一切。

第二件事是1954年春，北田县的几个学校一起，请志愿军战斗英雄郭恩志、蔡金桐、姚显儒、刘光子来北田县做报告。白天在大礼堂里报告了一整天，晚上又集中在后师的校园里，让英雄们继续讲。他们都没有文化，没有讲稿，都是讲亲历的战斗故事和英雄事迹。英雄们热爱祖国、响应号召抗美援朝、不怕流血牺牲的崇高精神，顽强的革命意志和伟大的革命情怀，像磁石吸铁一样，紧紧地吸引着，也深深地感动着二千多学子的心。暴风雨般的掌声一阵接着一阵，一双双手都拍麻了，一双双眼里都噙满了泪花。姚显儒同志是著名的起雷英雄，他让其他志愿军战士都离开，自己一个人冒着粉身碎骨的危险，把美国人埋下的不同构造的地雷，一颗颗起出来，为我军打通前进的道路；蔡金桐同志则是奉命前去阻击敌人，在数次击退了敌人的进攻后，其他战友都牺牲了，只剩下他自己。他也受了重伤，肠子都流了出来，他忍着剧烈的疼痛，把流出的肠子塞回肚子里，而后向着我方阵地往回爬。他爬行了几公里，还穿过了一条小河，几次昏迷过去，苏醒过来后继续向前爬，最后昏厥在我军阵地前，被我志愿军战士发现。他们的这些英雄事迹，蓝田在报纸上都看过，当时就感动至深；如今见到英雄本人，他们就站在大家的面前，亲自向大家再次讲述这些英雄事迹，使蓝田更加感动。每逢休息时间，同学们便纷纷地爬上讲台，争先恐后地与英雄们握手拥抱，让英雄们签字留念。在这当中，蓝田就是最积极最动情的一个。他拿着自己的小笔记本，挤进一个又一个的人群，终于挤到一个个英雄的面前，与他们紧紧地握手拥抱，请他们在自己的笔记本上签名。从此，他们的名字，他们的英雄事迹，便深深地铭刻在蓝田的心上，牢牢地留在他的记忆中。他们的精神，也渐渐地融进了蓝田的血液里。

蓝田如饥似渴地阅读政治理论和文艺书籍。其中对他影响最大最深的有《可爱的中国》《钢铁是怎样炼成的》《毛泽东选集》等。前两本书读后他都写了读后感，读了《钢铁是怎样炼成的》之后，他还决心一辈子不抽烟、不喝酒、不打牌；还要像奥斯特洛夫斯基在自己的座右铭中说的那样，"在人生的任何场合都要站在第一线战士的队伍里"。在《毛泽东选集》中，特别是《纪念白求恩》《星星之火，可以燎原》《新民主主义论》《〈农村调查〉的序言和跋》《改造我们的学习》《反对党八股》《为人民服务》等，其中许多章节蓝田反复诵读，百读不厌。毛主席那博大的胸怀，雄浑的气魄，像滔滔江河，波涛汹涌；那火热的激情，激越的豪情，像铁骑铮铮，万马奔腾，它鼓舞着蓝田前进，给他无穷的力量；那精辟的远见卓识，雄辩的剖析，像登

高望远，拨云见日，使蓝田如醍醐灌顶，茅塞顿开；那循循诱导，谆谆教诲，像蒙蒙春雨，涓涓细流，洗涤着蓝田的灵魂，滋补着他的心田；那刚健且风趣、质朴又新颖的文风，那华美隽永韵味无穷的词语，如山花烂漫，天外仙乐，使蓝田身心陶醉，情操升华……

上述这一切，蓝田总是联系实际，联系自己，使自己最终树立了共产主义的世界观、人生观，树立了一个远大的理想：在自己的一生中，无论干什么工作，都要竭尽全力，进行创造性的劳动，以对国家和人民做出自己最大的贡献。为了实现自己的远大理想，他除了学好各门功课外，还积极锻炼身体，培养良好的道德品质和意志品格，并热心社会工作，开始申请加入中国共产党。从那时起，他就把高尚的思想修养、高贵的道德品质、健康的体魄和良好的性格，作为自己毕生追求的目标、言行的准则。他认为，它们和一个人的人生观是相辅相成的。就像一棵果树，人生观是它的根，思想修养、道德品质、意志品格是它的枝叶，健康体魄是它的树干，事业是它的花果。大地是国家和人民，是一个人也是这棵树的出发点和立足点。一个人的世界观也就是这棵树的根越强大，扎得越深，越发达，那么，它从大地中吸取的水分和营养就越多，这棵树也就站得越稳，立得越牢。党的教育、社会环境就是阳光雨露。一个人的思想修养、道德品质、意志品格越好，也就是这棵树的枝叶越发达，它就能更多地利用阳光和雨露，把树根吸收的水肥，加工成更多的营养，从而进一步壮大自己，强身健体，产出更为丰硕的果实。一个人只有有一个强健的体魄，才能成就一番事业。就像一棵树，只有有了强壮的树干，才能枝繁叶茂，才能支撑起茂盛的树冠，才能硕果累累。当然，繁茂的枝叶每天还不断地吸收着二氧化碳，制造出新鲜的氧气，这就像良好的思想修养和社会道德，会影响和带动周围的人，从而形成良好的社会风气，孕育出一个和谐的社会，造就出一个十分美好的世界一样。

另外,《中国青年》中有两篇文章对蓝田影响很大,有些文字和内容他至今仍记忆犹新。第一篇是谈人生观的,题目是《幸福之花为勇士而开》,作者在文章的一开头就写道:"夏夜,繁星在天,我仰望星空,想起种种的生与死……"第二篇文章是作者欢送一批学地质的大学毕业生,前往我国西部找矿时的送行词。它的题目是《祝福走向生活的人们》。文中说:我国西部沙漠中有一种野草,叫"偏活不死"。作者说:我们青年人要像这种"偏活不死"的野草一样,具有极强的生命力,要战胜千难万险,吃尽千辛万苦,为我国寻找无尽的宝藏……那时,蓝田最早的理想也是毕业后报考地质学校。他当时想:"如果我能为我国找到一个大铁矿或大油田,那该多幸福啊!"但到毕业体检时,发现他是"赤绿色盲",色盲的人是不能考地质学校的。因此,他不得不把第一志愿由地质学校改为高中。

高中时期,蓝田的奶奶和妈妈都重病缠身,久治不愈,家境十分困难。家里供着许多神像,蓝田的奶奶和妈妈初一、十五都要给它们烧香磕头,但却毫无效果。三间屋里东西里间一头躺着一个病人,简直压得蓝田的爸爸喘不过气来。他真是忍无可忍了,于是,一怒之下,他把所有的神像都从墙上撕下来,撕碎之后通通塞到茅坑里去。他一面塞一面说:"我要你们干什么呀?"蓝田的学校里知道他家里困难,未经蓝田申请,班主任老师便把最多的困难补助助学金给了蓝田。他还让蓝田利用下午两节课外活动的时间,每周两次,在附近机械制造厂的工人业余学校教语文,这样,他每月又可收入几元钱。

1957年春节放假时,一天傍晚,蓝田坐火车到了土山车站。他来到汽车站时,卖票的窗口关着。有人说,旅客们可以自己组织,凑够一车人,可以自己包一个车,明天早晨发车。于是蓝田这一夜便主动四处寻找同路人,记下他们的名字,终于凑够了一车人。天刚放亮时,人们便主动把车费交给蓝田,大家看到这个认真负责的小伙子,都挺

信任他，把钱交给他也放心。早晨汽车到后，蓝田把大家的车费交给司机，然后招呼大家一一上车。那时的汽车都是拉货的敞车，大家都上车后，蓝田再一一点名，确认一个不少时才让司机开车。汽车到站后，蓝田下了车，这里离家还有十二里路。要到家了，他一时高兴，便高声地喊了两句，还唱了两句，这一下可坏事了，他一夜未吃未喝未睡，凉气再往肚里一灌，他的肚子突然疼得厉害。但疼也得走呀，实在撑不住了，便蹲一下，再接着往前走。这时恰好遇到了一个骑车路过这里的医生，他给了蓝田一瓶"十滴水"，蓝田喝下去，觉得好一点，赶紧往前走。哪知一会儿肚子还是那样疼，蓝田只有走走蹲一会儿，再走走再蹲一会儿，最后终于走到了离他村三里的柴屯，进了一家医疗所。医生给了蓝田一个药片，蓝田吃下去后，肚子很快就不疼了。由于一夜的劳累和路上疼痛的折磨，蓝田随即在医疗所的床上睡着了。不知谁告诉了蓝田的爸爸，时近中午，他爸爸来到了医疗所，这时蓝田也醒了。他看到爸爸穿着白鞋，便立即明白了：一定是慈祥的奶奶去世了。爸爸未让蓝田回家为奶奶送葬，一定是爸爸不愿耽误蓝田的学业，也是为了省下这往返的路费。

1958 年 7 月，蓝田高中毕业后，考入长山水利水电学院农田水利专业二年专科学习。开学以后，全校师生便投入收秋种麦和大炼钢铁等劳动中去，直到 1958 年 12 月，课堂教学才开始。因此，直到 1959 年 3 月底，才完成了第一学期的教学任务。为了提高对我国水利事业的认识，加深自己对所学专业的热爱。在这一期间，包括 1959 年寒假在内，蓝田买了《关于根治黄河水害和开发黄河水利的综合规划的报告》和《长江规划问题》两本书，认真地学习与思索，同时借阅了《水工概论》一书。

通过这些学习，蓝田深刻地认识到以下问题。第一，我国水患严重。由于我国气候多变，河流众多，又缺乏必要的水利工程，因此，我国历史上严重的水旱灾害不断发生。仅仅黄河流域，在清朝的 268 年中，便发生了旱灾 201 次；1876—1879 年，晋冀鲁豫四省大旱，死亡 1300 多万人；1920 年，上述四省和陕西大旱，灾民 2000 万，死亡 50 万人；1929 年，黄河流域大旱，灾民 3400 多万。相反，降雨过于集中，河流泛滥，又会造成严重的洪涝灾害。据统计，黄河下游，在 3000 多年中，泛滥决口 1500 多次；1933 年，黄河决口 50 余处，受灾面积 11000 余平方公里，灾民 364 万余人，死亡 1.8 万人；1931 年长江发洪水，淹地 5090 多万亩，受灾人口 4000 多万人，淹死 14.5 万人，汉口市在水中浸泡了 3 个月……看了这些统计数据，蓝田毛骨悚然。再联想 1942—1943 的连年大旱和 1956 年土山洪水泛滥，蓝田上学的路上不得不坐船十几里等亲身经历，他的感受更加深刻。

第二，水患可以变为水利。在河道的上、中游山区建起大坝，一是可把汛期的洪水拦蓄起来，解除下游的洪水威胁；二是可以利用其落差让河水发电；三是可以引水发展灌溉，让千古旱原变为水浇地，变为鱼米之乡；四是可以供城市工商业和居民生活用水。我国黄河、淮河和海河流域，耕地占全国的 40%，亩均水量仅为全国的 10%—20%，水资源十分短缺。而长江流域水资源丰富，耕地却相对较少。我们可以把部分长江水引到我国北方，引到北京、天津……

第三，水利事业是安邦兴国的伟大事业。纵观我国的历史，可以清楚地看出：哪个时期水利兴，则国运昌；哪个时期水利废，则灾害连年，民不聊生，农民起义，国运衰败。过去，由于历史的局限性，加上国力不足和科技落后，兴修水利大都是修修补补，不能从根本上解决水旱灾害。如今不同了，在中国共产党的领导之下，人民做了国家的主人，我们可以充分发挥社会主义制度的优越性，集中全国的人力财力和物力，学习当代先进的科学与技术，从根本上治理好我国的江河湖海。

第四，我国的水利水电事业有许多得天独厚的有利条件。比如长江三峡，若建起高 185 米的大坝，防洪库容可达 221.5 亿立方米，可使下游荆江河段防洪标准由十年一遇，提高到百年一遇和千年一遇。它一个水电站所发的电量，便可相当于我国 1954 年全年发电量的 7.6 倍。此外，水电比火电洁净，没有污染，成本也较低。如黄河上大多数水电站的发电成本，只占火电成本的 1/10 左右。我国技术可开发水能资源总量 5 亿多千瓦，在世界上排名第一，至今大部分尚未开发利用。我国水力资源的分布也十分有利，北方水电较少，但煤炭较多，华中和西南煤炭资源较少，但水力资源十分丰富，可建成全国统一的大电网，相互调剂，把大量的电能输往缺电的华南和华东。

通过上述学习与思考，蓝田大大加深了对水利专业的认识，对我国的水利事业渐渐地产生了深厚的感情，产生了自豪感，深深地爱上了我国的水利事业，爱上了自己所学的专业。1959 年 4 月，第二学期的学习开始了。时值阳春，校园里垂柳飘絮，白杨发芽，百花盛开，万物复苏。白天，一座座教学楼里，格外宁静，除了老师洪亮的讲课声外，粉笔在黑板上写字的声音清晰可闻。一个个同学都睁着明亮的眼睛全神贯注地谛听着老师的讲解。夜晚，在明亮的日光灯下，有的同学在复习，有的同学在做作业，每个人翻阅书页的声音都可听到。一个个同学聚精会神地在科技的原野上跋涉，在智慧的山峦间登攀，在知识的海洋里畅游。这灯光常常亮到夜里十一二点。他们的教室在教学楼的最高层，蓝田临窗坐在教室里，春风轻摇着玻璃窗，拂过他的面庞。它是那样温暖清新，它是那样温柔甜香。这是一个播种的季节，他分享着学习的愉悦，也饱尝着飞跃前进和收获的幸福。快过"五一"节了，全校"五一"时要举办文娱晚会。为了表达此时此刻的激情，进一步教育鼓舞自己，同时鼓舞全校同学们更加热爱我国的水利事业，今天在学校里更好地学习，明天为我国的水利事业做出更大的贡献，蓝田写了一首长诗——《水利水电工程建设者之歌》。在他们班干部和部分同学间传阅之后，大家都很满意，一致同意由全班同学集体朗诵，作为他们班在全校文娱晚会上的演出节目。节目演出后，果然受到了全校同学的热烈欢迎。

可是，1959年5月底，蓝田突然接到爸爸发来的电报："母亲病危，速回见最后一面。"蓝田立即请了一周的假。到家后，蓝田见妈妈躺在炕上，两只胳膊和两条腿都瘦得如麻秆一般，见到蓝田，连哭的劲儿都没了。妈妈的枕边放着少半暖瓶水，那是妈妈吃药用的。还有一包都干透了的点心，那是舅舅由天津寄来的。为什么必须是少半暖瓶水？因为蓝田在外地上学，弟弟出民工去修水库，爸爸还要去生产队里干活，家里只剩下重病的妈妈无人照看，暖瓶里的水多了她拿不动。一周的假很快就到期了，蓝田只得含泪告别了妈妈。1959年7月中旬，蓝田正在复习考试期间，他接到了爸爸的来信。信中说，蓝田离家半月后，他妈妈就去世了，到此时已经一个月了。蓝田的妈妈去世后，爸爸从生产队里买了两根柳木，请人打了一个薄薄的棺材，就把妈妈埋葬了。接到妈妈去世的消息，蓝田再也按捺不住自己，他一个人回到宿舍里，关上门子，趴在床上号啕大哭起来，他深感愧对自己的妈妈。妈妈生了两个儿子，在自己病重和病危时，却没有一个儿子在床前行孝照顾自己，死后也没有一个儿子为自己送葬。蓝田大哭一场之后，仍然回到了教室里，他坐在自己的座位上，面前仍摆着需要复习的讲义，两只眼睛仍然低垂着，但他什么也看不见，眼泪不断地向下流，他再也复习不下去了，只得由它去吧，考什么样就算什么样吧。他极力地控制着自己，不要抽泣，不要发出任何声音。

暑假里，蓝田回到家来，家里只剩下爸爸一人。妈妈仅活了48岁，而这时，爸爸才44岁。妈妈健在时，爸爸从不做饭洗衣，如今每

天从地里干活回来，还得自己做饭，只得胡乱地做些，凑合着吃吧。有一天，他自己想，烙张饼吃吧，但饼擀好后，向锅里一扔，饼成了一个蛋；衣服脏了，他也不愿洗，这一件上衣干活被汗水湿透了，回家后便脱下晾起来，再换上另一件，两件衣服相互换着穿。蓝田到家后，收拾了一下屋子，然后把爸爸的衣服敛起来，拿到井上慢慢洗，但积在脖领子上的污渍反复用肥皂搓也洗不净。

特别令人不可思议的是，蓝田的家都悲惨到这种地步，他的二姑对自己的亲弟弟竟毫不怜悯，却趁机前来连续地进行洗劫。蓝田的家里都穷到此等田地，简直是家徒四壁了，还有什么可洗劫的？但她却在蓝田的妈妈去世之后，每天上午做午饭的时候便来了，吃完午饭后她不走，直等到蓝田的爸爸下地干活走后，她便翻箱倒柜，凡是她认为有用的东西，便一一拿出来，然后大包袱小包袱地背回自己家去。蓝田家里的柜橱，历来是没有锁的。他二姑今天走了，明天又来了，对自己二姐的一切活动，蓝田的爸爸一开始就清楚，但从不说一句话，也不在任何一个柜橱上加一把锁。不知道蓝田的二姑这样连续折腾了多少趟，最后终于不来了。对此，蓝田的爸爸想："随你的便吧！愿拿什么就拿什么，愿搬什么就搬什么吧！反正俺有两个小子，这个家还有未来，还有希望。"1960年春节前，蓝田的爸爸到了集上，他想："买点什么过年呢？买几条带鱼吧！"但到家后，把带鱼洗净切成一段段，再在锅里一炖，带鱼成了一锅粥，既特别咸，又有那么多小刺儿，因此，每顿饭只能吃一点儿。于是，爷仨天天吃饭时便围着吃这锅咸带鱼，这样过了一个年。直到1961年，蓝田的弟弟从水库工地上回来，结了婚，之后几年弟妻又先后生了一男两女，这个家才又像个家了。

1960年7月，蓝田大专毕业了，他被留校，在教务处做教务行政工作。教务行政工作都是些啥工作，开始没人给讲，蓝田一时搞不清。

领导今天叫干这个，明天叫干那个，经过一段较长时间的实践，蓝田才摸清了主要有以下几项工作：

第一，教材的订、进、发工作。即各专业年级所用的教材，由任课教师和教研室提出意见，再经系、处领导研究确定之后，由蓝田办理具体事项；

第二，排出各班每学期的课程表和教学、实习、劳动计划；

第三，登记学生的学习成绩及其他日常的杂务工作等。

这些日常工作对于蓝田这样积极勤快的人来说，自然是不够干的。于是，一些需要人干而又没人干的工作，蓝田便积极主动地担当起来。比如，那时粮食定量低，每人的粮食都不够吃，他就带领几个年轻人在学校的院子里开荒种地。收了粮食之后，他就让本处及部分下属单位的人，不分男女老少，每人都来拿一份走，最后剩下的那一份才是他自己的。再如搞卫生和检查卫生；校团委让蓝田负责在教工食堂里办黑板报、搞广播；节假日保卫科找他去值夜班，在学校的大院内来回巡逻；还有，校内各单位教职工要搞歌咏比赛，教务处系统的人们要聚在一起练习，组织和指挥的任务又很自然地落在蓝田的肩上。

有人说，"留校工作的学生都是好学生，留校工作，也是最好的工作岗位"；又由于蓝田工作积极主动，还常常受到一些领导的表扬，因而又引起个别人对蓝田心存嫉妒。而此时，又有谁知道蓝田的内心是多么痛苦呢？上述这些工作，既不是繁重的体力劳动，又不是复杂的脑力劳动。并且一年到头，烈日晒不着，暴雨打不着；冷不着，也热不着；饿不着，也渴不着。于是，蓝田便经常这样想："这就是我努力追求的远大理想吗？我就这样度过自己的一生吗？谁愿意过一辈子这样的日子，谁追求这样的工作和生活，就让人家去追求吧！反正我对此是绝不甘心的。"蓝田的理想是要创业，要为国家和人民建功立业。要始终工作在生产和科研的第一线，针对那里存在的问题，去

学习，去研究，去创造。他要亲眼看到自己工作的实效实绩，亲眼看到自己劳动的成果。当然，那要辛苦得多，劳累得多，但是，他觉得那苦中有甜，累中有乐，他心甘情愿。时机终于来了，1963 年 7 月下旬，蓝田终于接到了调往省水科所前寨旱涝碱综合治理试验站的调令。由于特大洪水的阻隔，直到 9 月，他才接到了去省水科所报到的通知。

在盐碱地上扎根立业

　　1963 年 7 月下旬，蓝田接到了调往省水科所前寨试验站工作的调令，该试验站在博陵县前寨村，其任务是以改良盐碱地为中心的旱涝碱综合治理试验研究工作。蓝田虽然是学农田水利的，但过去对盐碱地只知道这个名词。他立即去找本校学术水平最高的周教授。他说："周老师，要调我到前寨试验站搞盐碱地改良，我应该学习什么？"周老师说："应阅读学习《土壤学》和《华北平原土壤》。"于是，蓝田又立即去了峡谷市的古旧书店，买了一本威林斯基编著的《土壤学》和罗佐夫编著的《土壤改良土壤学》(《华北平原土壤》当时新旧书店都买不到)，在交代工作之余，蓝田便开始了学习。当他把工作刚交接完，倾盆般的暴雨便下来了，暴雨一连下了七天七夜，随后，上游的一座中小型水库垮坝，峡谷市被淹，通往前寨的铁路也被冲断了。当时，由于通信条件差，不知什么原因，只见院内的水位眼看着往上涨，学院内家属院地势最低，很快就要被淹，因而各家纷纷往楼里搬，这时，蓝田主动地帮各家搬家，而自己在一楼的宿舍和床位却被校外的人给抢占了。当蓝田回到自己的宿舍时，他们连一句客气话都不说，蓝田并没有与他们争执，心甘情愿把自己的床位和屋子让给他们，自

己只拿了一张凉席到三楼的会议室内，找一块空地，在水泥地面上铺上凉席睡觉，席地而坐看书。教工食堂也被淹了，也搬到办公楼来，炊事员们每顿饭还总是设法给大家做点吃的。直到一个月后，蓝田才接到了让他到省水科所报到的通知。

到达省水科所后，蓝田发现，到前寨试验站工作的人共十多人，有一半是省水科所的老同志，另一半是新调来的同志，包括部分刚毕业的大学生。大家所学的专业有农田水利工程、水文地质与工程地质、土壤农化三个专业。这时，蓝田千方百计地搜集资料，向所里领导和老同志了解我国和本省盐碱地的情况，了解试验站成立的背景等相关情况。原来盐碱地是半湿润半干旱气候带，地势低洼径流不畅地带普遍存在的问题。在 1958 年"大跃进"中，我国各地大力引蓄地表水，发展农田灌溉。由于有灌无排，建筑物不配套，土地不平，大水漫灌，以及干支渠长期过水，严重渗漏等原因，地下水位大幅度上升，引起沥涝和盐碱地的大发展。它已成为各级政府和当地群众的心腹大患，因此，长山省政府 1962 年召开了全省的治碱工作会议。会上，在研究治理措施时，有关部门发生了严重的分歧：水利部门参照国外的经验，提出以排水深沟为主，排沥排咸降低地下水位，排灌结合，综合治理旱涝碱。而有关部门有一些人则主张平整土地、土埂围埝、增施有机肥等。显然，后者这些措施，对于防止盐碱地的发生和治理轻盐碱地可能是有效的，但对治理中重盐碱地恐怕是不行的。特别是，仅有这些措施，旱了怎么办？涝了怎么办？难道我国的农业就永远停留在几千年来靠天吃饭的水平上吗？我国农业的出路又在哪里呢？然而，这些同志却气势汹汹，进一步指出排灌工程占地多、用工多、花钱多、排水深沟塌坡淤积无法解决等，一句话："土木工程，不可擅动。"双方争得急了，一些人则要求水利部门："你们拿出一个点来让大家亲眼看一看。"于是，会后省水利厅领导便决定：在全省迅速建立两个旱涝碱综合治理试点工程区，在水科所内设立两个旱涝碱综合治理试验站。博陵县的试点工程区和前寨的试验站便是其中之一。省水利厅领导要求省水科所尽快拿出一套综合治理旱涝碱的经验来。博陵的试点工程区在该县的南部，面积20万亩，它处在长山省的一个大型自流灌区内，灌水有水源，排水有出路，该县盐碱地较多，既有不少新盐碱地，也有不少老盐碱地，在内陆盐碱地中有较好的代表性。该试点工程区还搞了一个典型试验区，面积2万亩，目的是优先搞好这里的工程，以便尽早拿出一些经验。试验站所在的前寨村，便在典型试验区内。为什么把试验站定在前寨村呢？第一，该村历史上盐碱地就多，就重，他们在多年的生产实践中积累了一套盐碱地上的耕作技术；第二，1958年渠灌后，他们认真总结了经验教训，发现有的地原来不碱，灌后碱了，但有的盐碱地灌后不碱了，因而未把渠灌全面否定，也未将灌渠全部平毁；第三，该村是省、地、县的先进点，群众基础较好；第四，他们比较支持省水利厅综合治理旱涝碱的路子。

9月下旬，新来试验站的人，在一位老同志的带领下，乘火车去前寨上班。由于试验站刚组建，房子尚未盖，他们便住在前寨大队的民房里，跟着大玉大娘吃饭。平时，每天早晚两顿饭，都是小米粥玉米面饼子老咸菜，每天中午，除玉米面饼子外，每人一碗面条汤；中秋节和国庆节，会吃两顿馒头，大队里还会买几斤猪肉来，大家会吃一顿有肉的熬菜。大玉大娘，此时已年逾花甲，满头白发，脸上爬满了皱纹，背也驼了，但身体还挺壮实。她一个人做10—20个人的饭，一天到晚，忙个不停，身体还顶得住。大玉大娘是个热情爽朗的人，爱说爱笑，说话声音挺高，凡来前寨办事和工作的人，都来她家吃饭。对来吃饭的干部，不论男女老少，她都十分亲热，就像对自己的亲人。尤其对蓝田，她格外喜爱，有一天，她从试验站别人的谈话中，听说蓝田第二天要去某水库调运试验站盖房的木材，她知道那时出门买吃

的东西还比较困难，便不声不响地在做晚饭前先烙了两张大饼，用毛巾包起来，压在被子下面。待蓝田吃完晚饭回去时，她便从被子下面拿出饼来，非要蓝田拿着在路上吃不可。蓝田不肯拿，她便跟蓝田急，于是蓝田不得不双手接过来，此时，一股暖流涌上蓝田的心头。蓝田，这个久已失去母亲的可怜的孩子，又一次得到了久违的母爱，眼圈一热，泪水差一点儿夺眶而出。

水科所的老同志们从1962年开始便在这里蹲点，试点工程从1963年春便开始施工，汛前完成了排水干流、典型试验区的排支和一条排斗的施工，1963年汛后和1964年春继续施工。一年多来，水科所的老同志们在这里主要完成了以下三项工作：第一，在不同地貌上布置了一批观测点，观测其地下水位和土壤盐分的变化规律；第二，在不同土质和不同地下水矿化度的地块布置了一批观测点，以测试不致引起土壤盐碱化的春季最小的地下水埋深；第三，垂直排干、排支和排斗布置了三条观测线，以观测不同排水工程对地下水和土壤盐分变化的影响。蓝田到前寨后，一开始便注意做好两件事：一是向老同志们学习请教，尽快了解和熟悉他们一年多来工作的情况和成果；二是利用一早一晚等闲暇时间，特别是星期日休息时间，自己一个人，骑上自行车，由近及远，面对着一个个地块的地形地貌、土质和盐碱的情况，观察、思考、分析，理论联系实际，并向当地农民调查这里盐碱地的产生及历史上的变迁情况。在蓝田看来，虽然这里地碱水咸，土壤瘠薄，大片的盐碱荒地根苗不长，但对自己这个研究改良盐碱地的人来说，却正是扎根立业的一片良田沃土，是自己创业的广阔天地。

蓝田觉得这个新集体有一个优点，就是老同志没有一个人摆老资格，轻视新来的人；新来的人大都是大学本科毕业，也没有一个人轻视较自己学历低的人，大家都一起平等地研究工作。既无实践经验，学历又较低的蓝田，一来便受到大家的尊重，很快便成为试验站工作

中的主力。特别是 1964 年初，当前寨大队的干部群众强烈希望试验站
为他们讲一次课，以回答广大农民群众长期存在的"盐碱地是怎样形
成的"？以及"怎样改良盐碱地"等一系列问题时，大家竟一致推举
蓝田来承担这一任务。记得那是一个漆黑的夜晚，前寨小学三间连通
的大教室里，坐满了前寨的大小队干部、老农和青年，大家每人面前
都摆着几乎完全一样的灯光只有豆粒大的小煤油灯，瞪大眼睛全神贯
注地等待蓝田来讲课，试验站的同志们也全来了。蓝田根据平时与农
民交谈时，人们常常提出的一系列问题，首先讲了"什么是盐碱地，
盐碱地里含有哪些盐和碱，盐碱是从哪里来的"。然后，才讲了"盐碱
地是怎样形成的和怎样改良盐碱地"。蓝田在讲课中，特别注意两个问
题。一是完全用群众的语言，让大家一听就懂。比如土壤中含什么盐
吧，一般论文中常这样讲，"为硫酸盐氯化物—钠镁型，或氯化物硫酸
盐—钠镁型"等，如果这样给农民讲，大家就听不明白。蓝田呢，他
则这样讲，"有氯化钠，也就是食盐；硫酸钠，医药上叫芒硝，工业上
叫皮硝；氯化镁，也就是我们点豆腐用的卤水等"，大家一听就明白
了。二是用大家在生产和生活中经常见到的一些现象，来解释和讲解
一些道理和问题。比如地下水是靠毛管水爬到地面蒸发掉，而毛管水
又是靠表面张力克服地球的引力，由下向上爬升。蓝田就这样讲："我
们拿一个玻璃杯盛上水，如果我们仔细看一下就会发现，沿杯子一周
遭的水比杯子中间的水面都高一点儿，这就是表面张力的作用。如果
这个杯子越来越细，最后细得像毛一样，我们就把这个管称为毛细管，
它里面的水我们就叫它毛管水。毛管水就靠着表面张力的作用，可以
克服地球的引力，由下向上爬升。土壤的颗粒越细，它的间隙就越细，
它的毛细管也就越细，它的毛管水爬升得越高，但爬升得慢；土壤的
颗粒较粗，它的间隙较大，它的毛细管就较粗，它的毛管水爬升得相
对低一些，但爬升得快。我们现在挖了许多排水沟，在沟坡上大家会

发现有一层层的黏土，大家也叫它黑土，还有一层层的沙壤土，大家也叫它白土。大家会发现这黏土层的表面经常是干的，沙壤土的表面经常是湿的。这是为什么呢？就是因为黏土的毛细管太细，它的毛管水爬升得慢，表面的水分蒸发掉了，后面的水分供不上，因此，它经常是干的；而沙壤土，它的毛细管较粗，毛管水爬升得快，表面的水分蒸发掉了，后面的水分又供上来了，因此，它的表面便经常是湿的。这也是黏土地不易形成盐碱地，而沙壤土地最容易形成盐碱地的道理。"最后，蓝田又讲了，我们前寨村为什么在盐碱地上要早秋耕，耕前要先浅串养坷垃，锄地要适时干锄，倒拉锄不留脚印呢？其目的也是为了割断毛细管，抑制毛管水的强烈蒸发和地表盐分的累积。蓝田讲完后，大家都一齐站起来，热烈地鼓掌，一个个脸上都洋溢出满意的笑容。这次讲课，在试验站也受到了大家一致的好评。

试验站的房子已经盖好，1964 年初，大家便搬进了自己的宿舍，并成立了自己的食堂。典型试验区虽刚搞了部分排水工程，但在 1963 年洪水过后，便发挥了显著的效益。于是，省水科所主管业务的辛所长和技术负责人房先工程师便来试验站长住，并主持这里的日常工作。1964 年春节，试验站放了 10 多天假。蓝田回到自己家，但他一天也没休息，他把一个小饭桌放到炕上，给领导写了一个长篇的建议。其主要内容是：既然我们搞的是以排水深沟为主，排沥排咸降低地下水位，排灌结合综合治理旱涝碱，那么，我们就应把这些排灌工程的规划设计及施工管理问题列为研究的内容，并应列为研究的重点。回站后，蓝田先把这个建议在站上部分同志间传阅，然后交给了所领导。这个建议受到了站上同志们的热烈欢迎和大力支持，所领导也十分高兴，完全采纳了蓝田的建议，并决定这项工作由蓝田负责。

科学研究的各项工作必须十分严格细致，只有这样才能取得准确的资料，并根据这些资料得出客观的结论和成果。蓝田对此特别注意，因此，他常常首先发现工作中的问题，并提出改进的办法。比如用钢管做的地下水位观测井，三米以下为花管，管上有若干小孔，外包棕片；三米以上为白管；井盖是一个大于井管的六角帽，通过内丝与井管的外丝连接。这样的连接有一个突出的缺点，即在地里砍草或玩耍的小孩子，因为好奇，他们用砖头或镰把，三磕两砸便会把井盖砸松，然后用手拧下来，孩子们还往往把观测井用土给堵起来；还有一个问题是为了防止丝扣生锈，研究人员总是在丝扣上涂上黄油，造成观测井上部被密封。1964 年 4 月，试区连续几天降雨 200 多毫米，垂直排支的观测井，雨前地下水位埋深均大于两米，雨后突减至不足一米，有的地块还地表积水。雨后蓝田去观测水位时，发现打开井盖后地下水位迅速上升，有的甚至有响声。原因很简单，就是因为三米以上井管被密封，井管内空气排不出，因而虽然周围地里的地下水位很高，但观测井内的水位不能上升。蓝田把这两个问题反映给领导和同志们，大家一研究，这两个问题就很容易地解决了：头一个问题就是把井盖换成一个小于井管的丝堵，通过外丝与井管的内丝拧紧，拧好后使丝堵的顶面与井管顶平，丝堵顶面设一正方或长方的坑，非专用工具拧不开；第二个问题只需在井管丝堵以下的管壁上钻一个几毫米直径的小孔即可。再比如 1964 年 5 月，所领导抽调所里的部分技术人员与站上的人员一起，每人配一名临时工，分成若干组，通过一个多月的工作，对试点工程区进行了土壤调查；而试验站上原有的全部工作，由蓝田带两个临时工承担。由于那时试验站的化验室尚未开展工作，所取的土样和水样还需送到水科所的化验室去化验。在这期间，蓝田除完成各项日常工作外，还对长时间以来堆在试验站上尚未送验的土样和水样进行了清理。通过这次清理，蓝田发现，在过去的工作中，在标签的填写、装袋、捆口、绑扎和多次搬倒中，各个工序中都问题不少，差错、混乱、丢失等情况严重，这对将来的资料分析研究必将产

生许多不利的影响。蓝田把这些问题向领导汇报后，引起了领导的高度重视，要求大家必须从每个环节抓起，处处都要严肃认真地对待。

1964年，前寨试验站的旱涝碱综合治理被国家科委列入"黄淮海平原旱涝碱综合治理"国家重点研究项目，直接拨款40万元，于是试验站又新盖了部分房子，完善了化验室与气象站，新建了潜水蒸发实验室，还与前寨大队联合新建了发电机组和发电机房，以解决试验站的化验和照明用电问题，同时解决了前寨大队的米面加工问题等。

1964年7月19日下午，暴雨倾盆，离试验站5里以外排干和典型试验区排支下口的测流站告急，因为他们要昼夜不停地测流。于是蓝田与大可同志便冒着暴雨前去支援。排干上的测流桥是一座仅供当地农用大车和行人通行的木便桥，两侧连栏杆都没有。20日零点，汹涌的河水已与桥面齐平，随时都有冲垮木桥的可能。而在这里测流的人，有的人不会游泳，蓝田也只是小时在本村坑塘的静水里能游几米。因此，一旦木桥被冲垮，后果将十分严重。但谁也顾不了这许多，心中只有一个念头：坚决按技术要求施测。此时，四周一片漆黑，上面风雨交加，暴雨如注，脚下激流滚滚。四五个人一起测流，有人放铅鱼，有人读数，有人做记录，有人打着手电。除了一声声读数的大声呼喊和回应，谁也不多说一句话，谁也不敢掉以轻心。

第二天，沿典型试验区周边查勘的同志发现：典型试验区的西北角外，西边三个村的降雨径流，顺着地势一直向东，冲决了五灌支，流入典型试验区。为确保试验数据的准确性，必须尽快堵住这个口子，让这股水改向南流入四排支，并保证以后不再决口。在试验站向省水利厅发电报汇报的同时，蓝田又与庄全同志一起，步行去上游该三村了解情况，并向那儿的干部与群众做工作，然后继续步行往返近百里，至其公社和博陵县水利科。李科长说，他们已接到了省防汛指挥部的电报，并决定立即派得力干部，进驻离决口最近的栗庄，指挥和监督该项工程的完成。那时候，这三个村子都很穷，群众的生活都很苦，他们动员了200多人，蹚着过膝深的水去挖沟堵口，都是无偿的。没有一个人向国家要钱要粮。

1964年7月19日特大暴雨之后，整个试点工程区，每隔几天，便下一场暴雨，整个雨季降雨达600多毫米，比常年多一倍还不止。在这大涝之年，排水工程发挥了抗灾夺产的巨大作用。但在试点工程区内，除典型试验区外，大部分还没有排水工程，因而严重遭灾。9月上、中旬，试验站组织了涝灾调查，蓝田负责试点工程区的北半部，他每到一处，就把自行车停放下来，而后徒步把每一处积水和遭灾的面积认真地画到图上。在近20天的时间内，他徒步大约完成了近10万亩的涝灾调查。他十分感谢上苍给他上的这极好的一课：那大片的缓岗和高平地上，到处是一派丰收景象；那大片的洼地则到处是积水；而其他大面积的微斜低平地上，则到处是错综分布的盐碱地和严重渍害而低矮绝收的庄稼。他从中学会了不同地貌的划分，并进一步认识了不同地形地貌、土质、沥涝、盐碱地和古河道之间的相互关系。

在这大涝之年，排水工程向广大群众展示了不容争辩的巨大威力，没有排水工程的地方严重遭灾，许多地方秋季绝收，农民没活干；秋种嘛，有的地里还大片积水，有的地里则是汪泥汪水，不搞排水，不少地方麦子也无法种。因此，陈乔区委刘书记，雨季刚过，便来试验站找蓝田同志。他这个区共辖五个公社，他骑车在前面走，蓝田在后面跟，他们走过了一个村庄又一个村庄，看过了一片片的积水和低洼地，他们两个和当地干部一起，在现场商量着一条条排水沟的走向，三天之内，他俩跑遍了前寨以外的三个公社。三天以后，蓝田回到前寨，随即组织了一个测量队。蓝田在前面定线，后面两台水准仪跟着测量，白天测量，晚上在煤油灯下计算画图搞设计，当晚便把资料交给公社。设计资料一到手，大部工程第二天便开工了。这三个公社，

有两个公社在试点工程区外，蓝田也不管那个，只要那里的干部群众有需要，欢迎他们去，他们就尽力而为。但上述工程尚未测完，前寨公社的张社长便找了去。他对蓝田说："不能再给他们测了，得先给咱们测，等有了闲工夫咱们再帮他们测。"那时候，他们这支测量队可受群众欢迎了，最突出的表现是在吃饭上。那时候，老百姓吃粮都很困难，粮食品种更差。平时干部下乡，都是下户吃饭，吃的大都是红高粱饼子、小米稀饭和老咸菜。而此次这支测量队走到哪里，都是白面疙瘩管够。八九个小伙子，白天在地里跑了一天，午吃这一碗碗的白面大疙瘩，一个个都吃着香甜，吃得多。可谁知一天三顿，连吃了几天之后，大家都受不了了。于是，每到一处，他们都不得不先向人家声明："吃什么都行，就是别吃白面疙瘩。"

1964 年冬季，前寨公社的领导和各大队的干部们，一致要求蓝田帮助他们搞一下田间细部工程的规划。他们总是事前约好，一般总是一天搞一个大队。届时，上午蓝田骑自行车到达后，大队干部便领蓝田在他们的地里一方一方地转，他们总是边走边谈。蓝田总是先听他们介绍情况，每一方的治理意见，而后再说出自己的意见与他们商议，最后总结一下形成共识。规划的内容不仅包括排灌工程，还包括道路、林带、坑塘以及村子周围影响村容村貌的边边角角的土地平整、施工顺序等。通过这一工作，蓝田进一步熟识了脚下这块贫瘠而又焦渴的热土，也结识了周围这些朴实而又可亲可敬的农村干部。他为他们做了一点有益的事，也彼此留下了一段亲切难忘的记忆。

1965 年初，省水利厅向省水科所下达了一项任务：要他们搞一个县的旱涝碱综合治理规划。这项任务最终落到蓝田身上，这个县便确定为博陵县。3 月底，蓝田到了博陵县水利科。蓝田与县水利科的科长们商议，他们的想法是：众人拾柴火焰高，想请该县与驻该县的有关部门都派人参加，这样一定会加快规划的进度，提高规划的质量。

于是，县水利科向有关部门发出了邀请，也果然受到了有关部门的热烈响应，多数部门派出一人，而华北地区驻该县的一个研究部门竟然一下子来了六七个人。然而，工作一开始却大出蓝田他们的意料，大家在搞一个什么样的规划和怎样做规划上产生了严重的分歧。水利部门一致认为：旱涝碱综合治理规划是一个以排灌渠系为主的水利规划。要搞好这个规划，必须深入社队，对各地的地形地貌、土质和盐碱地等情况进行调查研究，绘到图上。并在此基础上因地制宜地布置排灌渠系，渠道最少要规划到斗级，这些工程还要与当地干部群众见面，充分听取他们的意见，取得共识，而后绘到图上。图纸最小比例也不可小于五万分之一，当地水利技术人员可据此放线施工。一句话，就是可以照此实施的规划。而以某研究单位为主的一些同志，则认为旱涝碱综合治理规划，就是写一篇文章或规划报告。主要写些指导思想、规划原则、规划方案等。也不需要下去搞调查研究了，因为他们都搞过了，图纸就用他们那一套即可，他们的图其比例为几十万分之一，博陵县是个大县，在他们的图上，全县长宽也就在 20 厘米左右。双方各持己见，争论不休，一直僵持了好几天，后来，该研究单位只有几天的时间，便一起打道回府了，水利系统只得自己按照自己的思路去规划了。

1965 年 4 月初，蓝田与当地渠管部门的关德同志一起，带着五万分之一的地形图下去调查了。他们一天要调查一个公社，要深入每个村子的前后左右，要亲眼看并结合访问，画出它们的地貌、土质、盐碱地和现有工程图，每天晚上还要召开社队干部的座谈会。会上，他二人首先向大家汇报一天的调查成果，社队干部们往往对他们二人掌握的情况如此之多，了解的情况如此之细赞叹不已；其次，他们二人拿出对本公社水利工程规划的初步意见与大家商议，听取大家的意见，最后形成共识。他们这样做，不知道一天要骑车走多少里路！特别是

风大的时候，为了照常完成一天的任务，不知要流多少汗水！那时候，社队干部和群众的积极性也真高，有的老大爷都50多岁了，白天忙了一天，晚上还要步行三五里，甚至七八里来参加座谈会，这会常开到夜里11点。蓝田与关德同志用了半个月的时间，搞完了该县北部10多个公社的调查，然后，回到县里整理资料。不久，蓝田接到了试验站的通知，因有新任务，这里的工作暂停了。

1965年4月底，土山地区地委行署做出决定，要在全区推广前寨综合治理旱涝碱的经验，要求博陵县委县政府采取领导、技术、群众三结合的方法，先做好试点工程区龙河流域的规划，取得经验，在全区推广。于是，博陵县委县政府决定：龙河流域各公社抽一名副社长或副书记、一名武装部长和一名水利员，各大队由大队长和民兵连长参加，齐聚陈乔饭店，进行组织动员、技术培训和工作部署，然后，大家回到本社队，深入田间地头，现场查勘，就地规划，绘制成图，再报经技术负责人审核同意。会议在5月中旬召开，由蓝田同志做技术负责人。会上，首先由蓝田讲课，他首先结合本地的情况详细讲述了盐碱地是怎样形成的，各项改良措施及其理论根据，然后讲了排灌工程如何规划设计，包括规划原则和方法步骤等。此次规划至5月底全部完成，共规划耕地面积38万亩，参加规划的社队干部共240人，耗时15天。1965年7月中旬，土山地区在土山大礼堂召开了全区的除涝治碱规划会议，参加会议的有地、县、社三级干部共800多人。会上，博陵县的杨副县长、土山地区水利局的总工程师、省水科所的辛所长和技术负责人房先工程师都先后介绍了经验或讲话。到蓝田同志介绍经验时，整个大礼堂里，鸦雀无声，后来，不断有人通过过道轻轻地走到主席台前来递条子，主持会议的高专员看了这些条子后，高兴地对蓝田说："你可有群众基础了，大家都要求你讲慢点，多讲点。"这次会后，土山地区在全区的范围内，除涝治碱规划便开始了。博陵县则把全县按流域分为四片，仍采用龙河流域规划的办法，由蓝田同志做技术负责人，分四次，到 9 月底，完成了全县的旱涝碱综合治理规划，共用了两个多月的时间。

经过 1963 年的特大洪水和 1964 年的特大沥涝，排水工程的除涝治碱作用得到了充分的发挥。特别是在 1964 年一次次暴雨的淋洗下，典型试验区挖深 2.7—3.2 米的排支两侧，在 100—300 米的范围内，盐碱地普遍变好；1965 年，试区全年大旱，年降雨量仅 200 多毫米，典型试验区内引渠水灌溉 2—3 次。过去没有深排水沟时，渠灌后地下水位抬高，土壤返盐严重。现在有了深排水沟，渠灌后排水沟的排水排盐量增加了好多倍，渠灌不仅增加了土壤的水分，满足了农作物生长发育的需要，还可以压盐洗盐，加速盐碱地的改良。这就为土地盐碱、地下水咸的地区综合治理旱涝碱找到了一条路子。前寨村 1965 年粮食亩产 407 斤，并上了全国农展会。于是，地、县、社的现场会一个接一个地召开，各地群众一批一批来参观的队伍络绎不绝，长山省的好几位副省长、水利部的副部长以及国务院的一些领导同志，也前来考察指导工作。这一年，前寨试验站也被省水利厅评为先进单位。

1965 年的规划工作完成之后，蓝田写了一个总结，总结写了一大本子。蓝田把它交给技术负责人房先之后，房工利用蓝田提供的素材，对总结进行了改写。将整个总结分成两篇文章：一篇是工作经验，一篇是技术参考资料。文章一开头便概括地叙述了事情的来龙去脉和规划过程，然后开门见山直截了当地介绍工作经验和有关技术，每一部分加一个醒目的小题目，简明扼要，简单明了，让人看了一目了然。篇幅和文字虽大量减少了，但重要内容一点也没丢。真不愧是专家！真不愧是写文章的大师！蓝田看了真是佩服之至。这两篇文章都成了省水科所和前寨试验站 20 世纪 60 年代重要的研究成果。通过一年的工作，蓝田在这个总结中从技术角度最少提出了以下四个创新点。一

是在田间工程规划中，根据土质、盐碱和地形等不同的情况，排水深沟因地制宜地采用干、支、斗三级布置（即加密排斗，以排斗做末级深沟）和干、支、斗、农四级布置，以大幅度减少工程量。二是发现了在大型灌区规划中，为做到上下游都能自流灌溉，大批灌水支渠常用"鱼刺形"斜向布置的严重问题。它把沿线每一个方田都给分割成两个三角形地块，当地农民意见很大。蓝田同志想出了在规划中避免此类问题发生的办法。三是针对排灌渠系占地多、排水深沟的塌坡淤积问题，提出弃土成台田、排灌路林相结合，把排灌路的占地变为林地。在排水深沟的中上部因地制宜地种植灌木，用其枝叶保护沟坡的表面，以防暴雨的冲刷，用其根系防止和减少沟坡的坍塌淤积。四是针对盐碱地多且重的村，针对在改良盐碱地中经常发生的问题，提出改良盐碱地与利用盐碱地相结合，改良盐碱地先易后难，即先把不碱和轻碱的耕地搞好排灌路林，把它建成稳产高产田，然后再向中等盐碱地进军，最后再解决重碱和盐碱荒地的问题。

两年多来，蓝田一直是这样要求自己的：第一，努力学习有关理论；第二，长期持久地深入实践，长期坚持在第一线，各项工作尽力亲历亲为；第三，理论要与实践相结合，相统一；第四，各项工作必须严格细致，所有资料必须准确可靠；第五，要经常深入群众调查研究，要充分听取干部群众的意见；第六，对自己，要有错必纠，对专家权威，既要虚心学习请教，又敢于向错误观点提出自己不同的意见；第七，要注意学会写各种文章。正是由于蓝田对自己如此严格的要求，所领导对他十分赏识。试验站上有了这样的小伙子，水科所和试验站便可以多出成果，快出成果，出好成果。同样，蓝田对所领导也很感谢，有了这些领导和前辈的指导、信任和支持，蓝田便可以更快地进步与提高，就可以为国家和人民做更多的工作和贡献。

1966 年，"文化大革命"开始了。灌区管理部门一位搞科研的同志来到前寨，他要求前寨把地里都打上小畦，春灌每亩灌水 60—70 立方米。而前寨的干部群众根据他们的经验，盐碱地上必须灌大水，才能把盐压下去。对此，试验站上的同志和来试验站实习的大学毕业生，也都有两种不同的见解，彼此争论得十分激烈。最终大家都同意通过灌水压盐试验来统一认识，并一致推举蓝田做课题负责人。通过 1967和 1968 两年春灌的田间试验，结合调查研究，试验取得了很好的研究成果。试验表明：每亩灌水 80 立方米，脱盐深度仅 5 厘米，棉花仍不拿苗；每亩灌水 120 立方米，脱盐深度 20 厘米，脱盐率 43.4%，棉花拿住了苗；每亩灌水 240 立方米（连续灌水两次），脱盐深度达 40 厘米，脱盐率达 80%，棉花苗全苗壮。另外，由于春季土壤盐碱集中在地表，土壤含盐量上大下小，若灌水前用大拖拉机深耕 20 多厘米，把土壤翻转 180 度，土壤含盐量变为上小下大，再接着灌一大水，每亩灌水 100 立方米以上，则效果很好。试验完成了，认识统一了，但蓝田写的初步报告和整套资料，却不知什么时候，被哪位同志不声不响地从他办公桌的抽屉里拿走了。由于缺乏具体的资料，试验报告无法出，再加上当时正在"文革"时期，这项工作就这样结束了。此外，从 1966 至 1968 年底，蓝田还先后承担了对试点工程区 3 支范围灌斗的测量，结合为试点工程区各公社培训一名水利员；作为技术负责人负责博陵县某灌区田间工程的配套施工；以及先后两次出去蹲点等。但这些工作都因当时所谓"革命的需要"半途而废了。1969 年 3 月，接到上级指示，整个试验站全体人员与省水科所等一起，进入省直机关学习班，而后集体转入省直干校。从此，蓝田在试验站的工作便彻底结束了。

蓝田是怀着恋恋不舍且不无遗憾的心情告别西凤、前寨、博陵这片大地的。他虽然在这里仅仅 5 年多的时间，但在他的人生道路上却具有无比重大的意义。因为在这里的盐碱地上，他深深地扎下了立业

的根子，走上了矢志不渝的创业之路；因为在这里他找到了自己最理想的妻子，有了一个温馨的家。在这五年多中，他穿坏了两双翻毛皮鞋，骑烂了一辆新自行车（这辆新自行车除了大梁未换以外，其他零件全换过了）；在这五年多中，他在这里不知流下了多少汗水！这里，他熟悉每一条古河道，每一条较大的沟沟渠渠；这里的土地上，到处留下了他的足迹；当年，在这里，他不仅熟悉博陵的 35 个公社，还可以张口就说出 468 个村庄的名字，并能准确地说出它的位置；在这里，他结识了最多的社队干部，接触了最多的农民父老兄弟和姐妹。

几百年前，古龙河曾在这里长期地流淌。在这里，他不仅知道了它的现在，还考查了解了它的过去：那时，春秋之际，它就像一条银色的丝带，弯弯曲曲，镶嵌在博陵的大地上。走近它看，清澈的河水像一副副明镜，岸柳在水里现出倒影；近处，休闲的人们在河边垂钓；远处，三两鱼船静静地撒网。可到了七八月间，滚滚的洪水挟带着大量的泥沙，像猛兽般扑来，它常常冲决河堤，淹没农田，吞噬村庄，让人们一年的辛苦甚至几代人积攒下的家业毁于一旦……而且，它还常常改道。千百年来，人们对这条喜怒无常的河，对这块神秘的天和地，既充满着深深的敬和爱，又有着无限的怨和恨。人们之所以敬爱这条河，是因为它淤出了许多肥沃的黄土地，人们深深地爱这块黄土地，因为它种啥长啥。夏季，到处是一片麦浪；秋季，它又把金灿灿的谷穗、白花花的棉花、芳香扑鼻的瓜果奉献给人们。是它养育了这里世世代代勤劳善良的人民。人们之所以又恨这条河，是因为它不仅常常决口，洪水泛滥，而且还滋生了许多盐碱地。人们怨这些盐碱地，因为它常常拿人们的劳动开玩笑。那大片的盐碱荒地，更是根苗不长，只长红荆和碱蓬。而当这块天地发起脾气来，人们就更是遭殃：或是大旱，河水干涸，赤地千里；或是暴雨，人们辛苦一年耕种的庄稼，一夜之间就变成一片汪洋……如今，这条河走了，但那一道道的岗和一溜溜的洼，还可隐约地看出它当年的身影，这是一块古老又神秘的土地。西凤村西，方圆十几里内没有村庄。冬春之际，你站在这里向四周望去，只能看到一个个灰蒙蒙的村庄，没有一丝绿色。当你走近它们，就可以看清村里全是参差不齐的土房和破旧的砖房。它告诉人们：不知多少世代了，这里的人民就这样贫穷。走进村里，只见狭窄的街道和小巷，弯弯曲曲，高高低低。它告诉人们：这里的人民世世代代走的路啊，是多么艰难曲折。村外高岗上和红荆丛里那大片的古坟，它又告诉人们：这里世世代代的人民，经历过多少苦难！蓝田已经深深地爱上了这块土地、这里的人民，爱上了这里的一草一木、一沟一渠！他决心把自己一生的精力，全部献给根治旱涝碱这一伟大壮丽的事业。让这里的人民，不仅永远摆脱洪水的威胁，还要让这里的每一块土地永远摆脱旱涝和盐碱的羁绊，变成旱涝保收的稳产高产田。让这里的人民，逐步地摆脱贫困，走向富裕。今后，不论什么时候，不论他走到哪里，他的心，都永远和这里人民的心，紧紧地贴在一起，连在一起！

恋爱成家

1960 年 7 月，蓝田大专毕业了，到了该认真考虑恋爱结婚问题的时候了。1963 年洪水过后，在下了火车徒步前往前寨试验站的路上，看到沿途那么多盐碱地，蓝田想："这么多盐碱地什么时候改良完啊，据了解苏联的盐碱地改良试验站已经搞了几十年，恐怕我们也要在这里一直搞下去，我要在这里搞一辈子盐碱地改良的试验研究了。"后来，他进一步想："既然我决心在这里搞一辈子盐碱地改良的试验研究，为了事业家庭两不误，那就应在这附近的农村里，找一个漂亮贤惠的姑娘，家里人口不要多，自己在这里建立一个新家。"但多年来，从学校到前寨，也不是没人给蓝田介绍对象，却总是不是对方不愿意，就是蓝田不愿意，阴差阳错，反正总没有双方都中意的。因而蓝田一直未和任何一个姑娘坐在一起搞过对象。就这样，一直到了 1967 年，蓝田已经 29 岁了。蓝田的好友，前寨公社的秘书恒江同志，一直非常关心蓝田的恋爱婚姻问题。他对蓝田说："蓝田同志，你在 30 岁之前必须解决恋爱婚姻问题。否则，过了 30 岁，这问题就更不好办了。"

蓝田他们试验站的滕明同志，几年前与离前寨 5 里的西凤村的淑文姑娘结了婚。几年来，淑文渐渐熟悉了试验站上的人，滕明也渐渐地认识了许多西凤村的人。1967 年，两口子商量着要把西凤村的姑娘王艳给蓝田介绍介绍。淑文先对蓝田说："王艳家就是她和父母 3 口人，她姐姐已出嫁多年，婆家就在当村。王艳可漂亮了，人的脾气也好，还上过学，只是不知上的什么学。"蓝田一听，这正是自己期望的，便答应了，同意见面面谈。然后淑文到了王艳家对王艳谈。由于淑文文化水平低，本人又不善言谈，说话间说了一句"人家蓝田对文化高低并不在乎"，王艳对这句话很反感，心想这个蓝田一定水平不高，于是便拒绝了淑文。过了些日子，滕明同志亲自出马了，他来到王艳家，再次给王艳说亲。他说："蓝田同志大专毕业后留校工作，在试验站上是工作的主力，待人热情，不抽烟，不喝酒，没有任何不良的嗜好。"这几句话深深地抓住了王艳的心。她想："毕业后留校工作，说明蓝田一定是一个好学生；在省里的试验站上是工作中的主力，说明蓝田有点真本事，具有较强的工作能力；不抽烟，不喝酒，说明蓝田可能是一个严格要求自己的人。"于是，王艳同意与蓝田见面，两人直接面谈。滕明同志随即便与王艳约好了见面的时间与地点。

那是 1967 年 9 月下旬一个星期五的晚上，晚饭后，滕明同志骑车在前面走，蓝田骑车在后面跟，一同来到西凤村的淑文家。不一会儿，王艳与一个小伴儿也一同来到淑文家。滕明与淑文便把王艳领到他们的东里间与蓝田见了面，然后大家都退出去，屋里只剩下蓝田与王艳两个人。让他二人自己去谈。蓝田同志首先说话，向王艳问候二位老人家的身体可好，生产队里今年的收成如何，大家的生活怎样。然后二人各自简单介绍自己家庭的状况和个人的简历。通过王艳的介绍，蓝田才知道王艳原来是长山峡谷工业管理学校的毕业生，因他们 1962 年毕业时，恰值国家经济困难时期，是回家等待国家分配工作的。其他专业的中专毕业生大都在 1964 年和 1965 年便分配了工作，他们这个学校的毕业生因遇上省轻工厅与省化工厅合并，耽误了，紧接着又

开始了"文化大革命",省厅的领导班子又瘫痪了,因而便一直拖了下来。两人谈得十分亲切、兴奋,心里都热乎乎的,脸上都火辣辣的。两人都发现对方比自己预想的好得多。大约谈了一个多小时,王艳突然说:"咱们今天是否就谈到这里?"聪明的姑娘用眼神向蓝田示意:"门外可能有人在听咱们谈话哩。"她接着说:"那怎么办哪?"这时,王艳的表情立即变得十分严肃,瞪大眼睛看着蓝田,有点焦急地等待着蓝田的回答。蓝田立即高兴地说:"后天是星期日,我有时间。"王艳高兴地说:"那就到咱们自己的家去谈吧!"蓝田立即说:"好!"于是,王艳立即十分高兴地把自己家的位置告诉了蓝田,两人约好星期日下午见。随后,各自高高兴兴地回去了。

蓝田星期日吃过午饭后,立即骑车去王艳家。王艳家也早早吃完午饭,两位老人都躲出去了,家里只剩下王艳一人,等待蓝田的到来。蓝田到王艳家时,王艳从北屋笑嘻嘻地走来迎接他。前天晚上,在那样小的煤油灯的微弱灯光下,蓝田这双近视又色盲的双眼,毕竟看不太清;今天这大白天,艳阳当空,一切都看得真真切切。蓝田看到,满面笑容向他走来的王艳,竟然是如此惊人地漂亮!这时,他真是惊喜极了。他们二人一同来到北屋的东里间,蓝田坐在炕沿上。王艳把自己的毕业证拿给蓝田看,里面还附有一张学习成绩单。好家伙,王艳的18门功课竟然全是"5分"!蓝田想:"我从小学到中学,人们都说我是高才生,我的学习成绩什么时候这么好过?没有,从来也没有过。"这时,蓝田可不只是惊喜了,简直是佩服得五体投地了!接着,王艳又把1960年共青团峡谷市委发给她的"思想、读书、劳动三丰收积极分子"的奖状拿给蓝田看。蓝田想:"像王艳学习成绩这样优异的学生,恐怕好多学校全校也没有一个呀!"随后,王艳把一个小饭桌放在炕上,又从柜橱里端出一盘红枣和一盘黄色的鸭梨放在小桌上让蓝田吃,并同时说:"这都是自己院里的树上长的。"这时,蓝田突然想："傻闺女，难道你没看过电影《天仙配》吗？在那个电影里，在七仙女与董永一块回家的路上，董永从山里摘来几个枣子和梨子给七仙女吃，七仙女一看，这是个不祥之兆，预示着他们夫妻要早离。你怎么又拿出这两样东西给我吃呢？"但蓝田并没有说什么，只是吃了两个又脆又甜的枣子，拒绝吃梨。意思是："愿我们早做夫妻，永不分离。"十分不幸的是，这一不祥之兆，在他们的人生中，竟然真的应验了。之后，王艳把一个精装的日记本给蓝田看，蓝田接过来翻开一看，第一页便是王艳抄录的奥斯特洛夫斯基的那段名言：

"人最宝贵的是生命，生命属于我们只有一次。一个人的生命是应该这样度过的：当他回首往事时，他不会因虚度年华而悔恨，也不会因碌碌无为而羞耻。这样他在临死时便能够说：我整个的生命和全部的精力都已献给世界上最壮丽的事业——为人类的解放而斗争。"显然，这是王艳的座右铭。

日记本的第二页是"八做、八些"：

革命的事情要天天去做，复杂的事情要细心去做。

重要的事情要安心去做，未来的事情要准备去做。

别人的事情要帮助去做，大家的事情要带头去做。

不懂的事情要虚心去做，个人的事情要抽空去做。

工作繁忙细致些，碰到困难坚决些。

受到刺激耐心些，待人接物热情些。

处理问题慎重些，遇到问题冷静些。

了解工作全面些，工作方法灵活些。

王艳还告诉蓝田，她由学校毕业后回村时，是带着自己的档案和入党申请书回来的。她回到生产队，干起活来，虽然没有从小就在地里干活的姐妹们那样劲大，但干什么都积极努力，干什么也不能落在别人的后面。因此，大家都十分信任她，一致选举她做生产队的妇女

队长，还兼着生产队的出纳和现金保管员。他们俩越谈，就越觉着两人的共同点多。此时，蓝田深深地认识到：王艳不仅不是一个普通的农村妇女，也不只是一个学习成绩特别优异的好学生，她还有一颗很强的事业心，并且时刻关心国家大事，积极要求进步，处处严格要求自己。两人都深深地感到：自己这是真正地遇到了知己、知音，遇到了自己多年期盼的心上人啊！于是，两人都充分地打开自己的心扉，要把自己的一切，把自己憋在心里多年的话向自己的心上人尽情地倾吐啊！同样，也想知道自己心上人的一切！真是说者字字含情，听者声声入耳。就这样他们大约谈了两个多小时，王艳的妈妈从外面进来了。他们的话题只好中断。王艳向蓝田做了介绍，彼此说了几句话，随后妈妈说有别的事就走了。接着是王艳的爸爸来了，姐姐来了，东西邻居的婶子大娘来了，与王艳常在一起的姐妹们来了……这样走马灯似的一个走，一个来，明明是精心导演的一场相亲戏，却总要找个理由应酬几句。蓝田早已明白这点事，他早已不像小时那样害羞。不管谁来，他大大方方地让你看，轻松自如地与他们交谈。

　　天黑了，蓝田舍不得走，王艳也舍不得让他走。王艳的妈妈回家来，留蓝田在家吃饭，蓝田也不客气。于是，妈妈在西房屋的伙房里专为蓝田做了两碗挂面加荷包鸡蛋，端到北屋来让蓝田自己在北屋吃的；她们一家三口另外做的饭，是一起在西房屋里吃的。晚饭后，王艳和她爸爸、妈妈与蓝田一起，便一起说起话来。看来，王艳妈妈的头脑特别清楚，语言表达能力也很强。她家的情况、往事和王艳小时的事，几乎都是妈妈对蓝田讲的。看来，王艳的父母对王艳的这个对象，自己未来的女婿蓝田也很满意。直到晚上10点左右，蓝田才说："我该回去了。"王艳把蓝田送出大门以外，并一再叮嘱蓝田："不要再与别人联系了，原来联系的人也别再联系了。"蓝田完全明白了王艳的意思，便把自行车停在一旁，两人在门外再说一会儿守着父母不能说的悄悄话。

蓝田说："艳，咱俩离近点，小声说话，不要让别人听到，行不？"王艳说："行。"于是两人便离得很近。蓝田接着说："你这个傻闺女，你看不出我见到你是多么幸福多么快乐吗？我问你两个问题，你一定要给我说实话，说真话。"王艳说："你问吧。"蓝田说："第一，你从小到现在，在你的同学或和你年龄差不多的姑娘中，你见过和你一样漂亮，甚至比你还漂亮的姑娘吗？"王艳摇摇头，低声而羞涩地说："没有。"蓝田接着说："第二，你见过学习成绩和你一样好，甚至比你还好的姑娘吗？"王艳又摇摇头，仍低声地说："没有。"于是，蓝田继续说："我蓝田能有这么漂亮这么聪明的姑娘做对象做妻子，这是我八辈子修来的福气！我就是打着灯笼找遍天下，也找不着第二个这样的好妻子啊！如果我在见到你之前，要向别人说我要找这样漂亮这样聪明的姑娘做妻子，大家一定会说我是疯子，是得了神经病，一定要打一辈子光棍儿。这就是说，我在见到你之前，是想也不敢想，做梦也梦不到的。咱们俩也是有缘分的，我1958年在峡谷市上大专，你1959年就追到峡谷市上中专；你1962年毕业后回到西凤村，我1963年就追到前寨来。我还在你家的后邻家的大门口下吃过一顿午饭，我们简直是一墙之隔呀！可上天就是不让我们俩见面。直到我把该吃的苦都吃了，把该受的罪都受了，把该做的好事和善事也都做了，老天才让我们俩见面走到一起。我蓝田有了这样的好妻子，过去吃过多少苦受过多少罪都值了！今后，还有多少苦，还要受多少累，还要受多少罪，更不怕了。我们俩都是事业心很强的人，都是不怕吃苦受累的人，都不是贪图安逸和享乐的人。因此，我说我们是一对大傻子，我是一个傻小子，你是一个傻闺女。现在是傻小子爱上了傻闺女，傻闺女爱上了傻小子，我们俩是铁了心了，反正我是铁了心了，你呢？"王艳说："我也铁了心了。"蓝田接着说："今后，不管碰上什么人，不管别

人说什么，反正是咱们自己的婚姻，自己做主。"说到这里，蓝田又说："艳，把手给我，咱俩拉个钩吧，并一块说一百年，不变心。"于是，王艳把右手伸给蓝田，两个食指钩在一起，一块说："一百年，不变心！"最后，蓝田说："好了吧？放心了吧？"王艳说："放心了。"蓝田说："我该走了。"王艳说："好，走吧。"这时，蓝田便骑车回试验站了。

接着，是国庆节放假三天。蓝田便在王艳家待了三天，每天早饭后便去，晚上10点左右才回来。每当生产队里有事有活时，王艳便把蓝田锁在家里；一有空闲，王艳便回到家来，与蓝田在一起。他们没有紧紧的拥抱，也没有热烈的亲吻，只有低声的谈叙。真是人生难得一知己啊！他们每到一块，总有说不完的心里话：那苦难的日子，那艰难的岁月，那奋斗的年代，那收获的季节……他们何止是一见钟情，简直是一见如故，一见倾心啊！

10月1日，蓝田把自己的大专毕业证书和小学、初中、高中和大专毕业时的照片，也拿给王艳和她妈妈看。她俩看得爱不释手。妈妈拿着蓝田大专毕业时的照片，高兴地对蓝田说："这一张真好！"她俩把蓝田大专的毕业证与王艳中专的毕业证并排放在一起，一个颜色，大小差不多；又把蓝田大专毕业时的照片与王艳中专毕业时的照片并排放在一起，竟然是在一个照相馆照的。三个人都在想："看，这是多么美好的一对！"

10月2日，王艳出去时，又把那个日记本给蓝田。蓝田打开一看，是王艳新写了一首诗，表达了自己对蓝田的一片痴情：

蓝，
我的心，
血液离心不能循（环），

人体离血不能存，

试问今日离蓝田，

哪有明日我人身？

艳，1967.10.1

蓝田一见此诗，顿时热血沸腾，随即也写了一首诗回赠王艳：

我亲吻着艳艳的字迹，

像谛听着那一句句低声的谈叙。

我闻着这本子的纸香，

像依偎在艳艳的怀抱里。

我大口地咀嚼着这一句句的言情字意，

我感到我们俩的身心哪，

是那样紧紧地、紧紧地

贴在一起！长在一起！

多情十年逢知己，

泪珠儿串串滴。

沙漠上牡丹得甘泉，

花开更艳丽！

一对痴情永相爱，

雷打火烧心不移！

你的蓝，1967.10.2

蓝田见王艳每次回来时，总是迈着欢快的步子，一面走，一面轻声地唱着歌儿。他深深地意识到：此时此刻，他们俩都深深地浸沉在

空前的幸福之中。

通过几天的长谈，蓝田深深地了解了，王艳和她的这个家，都是多灾多难的，都经历过许多不幸。王艳的爸爸年轻时在北京学买卖，不慎从楼上摔下来，跌残了双腿。后又患肺结核、甲状腺机能亢进等多种疾病，虽然生活尚能自理，但思维、说话、行动都特别慢，几乎失去了劳动能力。王艳的妈妈是个典型的小脚女人，长得端庄秀丽。虽无文化，但心灵手巧，各种妇女干的活，无一不会，无一不精。妈妈生了六个孩子，四个儿子小时都死了，最后只剩下两个女儿。王艳是最小的一个，她生于1943年农历七月初七日，牛郎会织女的这个不寻常的日子。小时叫小准，姐姐秀英比她大九岁。王艳的奶奶因患子宫癌，40多岁就去世了，于是爷爷又续了一个和妈妈年龄差不多的后奶奶，又生了一个比王艳小一岁的小姑姑。爷爷看着爸爸多病，能吃不能干，成了家庭的累赘，于是对他们几口人越来越刻薄。一次，爸爸从本村的中药房拿回两剂药，给爷爷要钱，爷爷就是不给，追着爸爸，非要他退回去不可。中药抓了哪里能退？但爸爸没钱，又没别的办法，只好拿着药哭着找人家去退。药房掌柜说："孩子，别哭了，这药大叔送给你了，你拿回去吃吧！"还有一次，妈妈刚生了孩子，爸爸在外屋病得死去活来，妈妈无法照顾爸爸，便隔着窗子喊爷爷，但无论怎样喊，怎样苦苦哀求，爷爷连门也不进。姐姐七岁要上学了，爷爷和奶奶一点钱也不给。没有课本，就找了点纸，爸爸照别人的书抄下来；没有石板，爸爸给她借了一块；没有石笔，姐姐找奶奶去要钱，奶奶说："闺女家，上什么学！"钱，一分也不给。后来，妈妈给了姐姐二分钱，买了七根石笔。那时，日本鬼子还经常出来烧杀抢掠，北院的北房，南院的南房和西房，都被日本鬼子烧了。一家人经常东躲西藏，爸爸有病，妈妈是小脚女人，都跑不动，每逢逃难，总是姐姐背着小准。

　　日寇投降后，爷爷决心把他们分出去。常常说："各人吃，各人挣，过得了就过，过不了就死去……"不久，爷爷把村里的干部和族里的长辈请来，一纸分家单就把他们分出去了。爸爸是个孝子，爷爷给多少要多少，绝不争辩。于是，王艳一家四口人仅分了10亩盐碱地、两把锄头和一把铁锨。房产不分，让他们暂住南院。分家单上写得很清楚：爷爷的家产，将来由小姑来继承。

　　分家后，爸爸和妈妈充分地感到了生活的严峻，但他们都是倔强的人。那时，姐姐11岁，从此不再上学了，她和妈妈一起担起了下地干活的重任；爸爸则开始卖香油和醋。他力气小，便少担一些；走得慢，便早出晚归。每天天不亮他就起床，先把自己家的水缸担得满满的，再把爷爷家的水缸也担得满满的，然后吃点早饭就走了。起初他用担子担，后来便用小红车推。他一步一晃，沿着弯弯曲曲的大路与小径，从东村，到西村，走街串巷……有的人家用棉籽和芝麻换香油和醋，每天下来，换回的东西爸爸常常推不动。于是，每天出门时，爸爸总是告诉姐姐，他那天从哪一条路上回来，让姐姐去接他。每天太阳下山了，在地里干活的人都回家了，爸爸还没有回来，这时，一个10多岁的小女孩，一个人走出村子，向远处走去，路上黑洞洞，田野上一片寂静，她怕吗？但不管怕与不怕，她知道，必须尽快地向前走，因为自己的爸爸，正在高低不平的土路上，推着一辆重车，汗流浃背地蹒跚而行。他是多么急切地盼望着自己的女儿啊！姐姐常常走出四五里，甚至六七里才接到爸爸。每逢下雨阴天，出不去门的时候，爸爸就在家里摸索着干活，一会儿也不肯歇着。他把处处都打扫得干干净净，一个旧铁钉，一根短绳头，都有固定的地方，什么也不会扔掉。吃饭时，剩下的粥，他通通喝了；剩下菜根，他倒些开水涮涮盘子，也都吃了。就这样，日子一天一天往下过。娘们儿孩子干农活，耕耩拉拽，使用牲口，力

气活，技术活，自己干不了，都得求人。为了克服这个困难，1950年，姐姐16岁，爸爸和妈妈便在本村，为她选了个人口多，为人憨厚，乐于助人的人家嫁了出去。订婚前与人家讲好，家里的重活由人家帮忙。就这样又过了五六个年头，直到村里成立了农业生产合作社，他们才不再为此发愁了。

小准小时得过两次重病，一病就是好几天不吃不喝，她不哭也不闹，静静地躺在炕上，闭着眼睛。妈妈喊喊她，她睁睁眼睛，随后又闭上了。爸爸妈妈没钱给她请医生，也没人能陪伴着她，白天，家里只剩下她一个人，这个可怜的小生命，就这样任凭死神的摆布。妈妈从地里回来，院里屋里都静悄悄的，妈妈想，小准可能已经死了。看看她，还在喘气；喊喊她，又是睁睁眼睛再闭上了。几天过去了，小准居然没有死，她又睁开了眼睛，又喝水了，又说话了，又吃饭了，又坐了起来。妈妈说："小准该不着死。"

到四五岁，小准长得活泼可爱，妈妈用旧布为她缝制的衣服，遮不住她的秀丽与灵透：一头乌黑的秀发，两只大眼睛格外有神，一张小嘴特别会说。她领着邻居的秀兰和小姑一块玩，俨然像一个小大姐。她的故事特别多，小嘴总是呱啦呱啦说个不停，邻居国沛叔看着这个招人喜爱的小二妮，给她送了个外号叫"二摆哒"。小准小时从不淘气，她知道自己家里穷，从不磨叨妈妈为自己买东西吃。奶奶的娘家有果园，夏天杏熟了，奶奶由娘家带回杏来，给小姑姑吃，给干部的孩子吃，就不给自己的孙女吃，每逢这时，小准就默默地跑回家来自己玩。

7岁，小准上学了，她年龄小，个子小，却年年考第一。1956年，王艳13岁，她考上了南头中学，离家十几里路。她和几个女同学一起，住在一个大娘家里，从家里背些玉米面和窝窝头，自己拾柴做饭吃。若干年后，蓝田在外地碰到一位县水利局长，他对蓝田说，王艳是他初中时的同学，也是他的入团介绍人。他说："初中时的王艳，从不加班加点，点灯耗油，却总是考第一，但从不骄傲，总是从容淡然，不动声色，又乐于助人。我们班还有一个女同学，学习也不错，但考试成绩不稳定，考得好时，趾高气扬，目中无人；考得不好时，牢骚满腹，怨天尤人。两相比较，王艳似乎生来就具有的高雅气质，让同学们真是肃然起敬。"

1966 年春，西凤村集中力量，展开改造西南洼的大会战。大队里组织青年突击队，王艳自然报名参加。由于过分劳累，她得了重感冒。又由于经济上的困难，她选择了那个最省钱也最落后的治疗方法——蒙上被子出大汗。她刚刚出过大汗正在家里休息，这时邻村的亲戚文金来卖红荆条，找她来借算盘。可算盘在姐姐家，姐姐去北京了，门子锁着。谁都知道感冒出了大汗不能出门，可王艳却蒙上个头巾就去拿了，深深的胡同里风又冷又尖，王艳果然得了重伤风，这一下可大祸临头了！从此她又病倒了。高烧烧伤了她的胃膜，她吃不进东西，四肢无力，面色苍白，医药虽然从死亡的边沿把她拉了回来，但她的身体可真的垮了，她长期躺在家里，干不了活。家里又穷，她每天只能喝自己特殊加工过的红高粱面粥，即把细高粱面先在笼上蒸熟后，再放到锅里煮。一两个月过去了，她出不了工，可一家人还要凭她挣工分吃饭哪！后来，生产队里为了照顾她，让她白天去村南看瓜菜园。从此，她每天慢慢地走来走去，也许是夏天炙热的阳光和南风，也许是田野上宁静又芳香的空气，渐渐地唤回了她青春的活力，她终于渐渐地增加了饭量，她的脸上又渐渐地重现了红润，直到这年秋天，她才熬过了这场灾难，恢复了健康，又可像以前一样地干活了。但是，当时谁也没有想到，正是这次重感冒和重伤风，给她埋下了英年早逝的祸根——风湿性心脏病。

国庆节后的一天，王艳和她的一个女同学，突然来到试验站。她

俩对蓝田说：她们这一届的同学，家在峡谷地区的已经分配了，其他地市的同学们约好一起去省厅。王艳见蓝田神色有些紧张，两只眼睛紧紧地盯着蓝田，深情地对蓝田说："没事，几天我们就回来了。"蓝田这个事业疯子工作狂，过去，他只知道工作，好像长就了一副铁石心肠。如今，他发现自己变了，自从与王艳见面以后，他的心里天天装着她，特别是在这次她出门的日子里，他的心总在提着，时时刻刻牵挂着她：她现在到了哪里？在干什么？吃了饭没有？住在哪里？街上的车辆那么多，社会上什么人都有，可别出事啊！她带的路费够吗？怎么我连这也没问她？她们工作的事怎样了？……第四天的晚饭后，蓝田去王艳家，她果然回来了。由于旅途的劳累，她病了，躺在炕上。见蓝田进来，她说："不要紧，休息一下就好了。"蓝田问王艳："分配工作的事怎么样了？"王艳说："领导班子全瘫痪着，没人管事，只能等以后再说了。"蓝田趁爸爸妈妈不在场的短暂时刻，亲昵地摸了摸王艳的头和前额，又摸了摸她的手，心里说："你呀，你这个小亲人儿，你可回来了，我也就放心了。"

11月，天气渐冷起来。试验站上的同志们都知道蓝田要有个家了，老何同志便把多年节余的煤票送给蓝田。恰在这时，前寨五六两个生产队的几辆大车要去土山拉煤，蓝田便托他们给一块捎回来。真是福从天降，喜事成双。这次煤建让他们拉的煤，竟然全是漆黑锃亮有名的块砟，且涨了好多秤。两个队里的同志们把每户的煤分完后，又把多出的煤按比例分给了大家。蓝田共分得了1000多斤，整整装了一拉车。蓝田吃完晚饭后，拉起小车就走，上坡下岗拐弯抹角五里多路，他一口气便拉到了王艳的家门口。王艳让蓝田洗把脸，坐在屋里喝水休息，她和妈妈还有大外甥女，不一会儿，便把煤卸完了。几个人又一起聊了一会儿，9点多，蓝田便拉着空车回试验站了。

当蓝田与王艳的关系确定之后，王艳一家便开始做一些准备工作。她们三间北屋西里间的隔墙，地震时倒了一直未垒，入冬前王艳垒起了这道墙，西里间重新泥了一下，还抹了一层白灰，又扎了顶子，盘了一个土坯炕。这些都是请了技术人自己出劳力干的，没让蓝田管。再需要准备的便是结婚用的被褥衣服及日用品了。

但不可思议甚至令人难以置信的是：蓝田大专毕业参加工作都7年多了，但到与王艳第一次见面时，自己竟连5元的积蓄都没有。他每月的工资是45.5元，每月的伙食费是10至15元。当然，他知道自己的爸爸多年供他上学不容易，为他花了不少钱，他给爸爸寄了一些钱；他自己买过一个收音机和手表，1964年涝灾调查回来一看，放在床下两块砖上的一床新被子泅了两个砖印，他花17元买了一个坐柜，以上这些他自己共花了近200元；其他呢？他四姑得了子宫瘤，手术后需增加营养，给他来信后，他一次寄去70元；他老姑家的表弟来信说，麦收后他们全家只分了一簸箕麦子，房子又坏了，还得翻盖，于是他每月给他家寄30元左右，记不清连续寄了多长时间；他高中时一个回家的同学向他"借"过钱；他介绍他培训过的一个水利员，到他负责的一个灌区施工工地当协助员，这个人连自行车都没有，蓝田未让他回家，却借给他钱让他买辆自行车，还对他说："你什么时候比我强了再还给我。"他这么多年，甭管以什么名义给出去的钱，就从来没有回来过。要说一切向他伸手的人从来都不想也不问："蓝田一个月挣多少钱？有多少剩余？他多大岁数了还不结婚？他结婚需要钱否？"为什么蓝田自己也不想？他过去似乎认为，钱对他来说就没用！他似乎认为自己永远也不需要钱。直到见到王艳，到他们结婚只有三个月的时间了，他才知道钱有用，他也需要钱。可是他从来不向别人借钱。三个月，最多能有90元钱吧。可这时，他老姑家的表弟又来信，说蓝田的表妹得了精神病，疯了。于是蓝田又赶紧到了博陵县医院，买了

一粒"安宫牛黄丸",给他们寄去。那时,这一粒药丸就10元钱,因此,蓝田只剩下80元。当时,他只能买了两床被面、一个床单、两个枕套和枕巾,给王艳买了两件做上衣的布料;被里、絮棉、枕心等其他东西都是王艳准备的。后来,蓝田每逢想起这段往事时,他总是十分痛心,总是反复地说:"我真傻!我真傻!"他自己吃多少苦,作多少难,他都不怕,他就是不忍心让自己的王艳和岳父、岳母吃苦作难!特别是在他们都离世以后,每逢想起这件往事,他甚至常常痛苦地落泪,总是说:"我真傻!我真傻!"

可是,王艳和她的父母,对找了这么一个傻女婿却一点也不嫌弃,不嫌他傻,也不嫌他寒酸,从未指责过他,也从未批评过他。王艳甚至在日记中写道:"我从思想上认为蓝田是个完美无缺的人,是我以前从未遇到过的这样随心的人。"还在日记中总结出他俩有七个共同点。蓝田看到这,便想逗逗王艳,故意吓唬她一下。于是,他立即板起面孔,十分严肃地对王艳说:"但是,我们俩有一个特大的不同,关键的不同,质的不同,是根本对立的。你说是什么?"王艳直挺挺地站在蓝田的对面,瞪大眼睛,好久答不上来。蓝田真怕太久了,把王艳真的吓坏了,便向前迈出半步,把嘴巴对着王艳的左耳,笑眯眯地小声说:"我是个男的,你是个女的,对吧?"于是,两人突然一齐会心地扑哧一笑,两双手紧紧地握在一起。随后,王艳又抽出右手,握紧拳头,对着蓝田的胸膛连打了两拳,同时娇滴滴地说:"叫你吓唬我!叫你吓唬我!"

1967年12月30日,是蓝田与王艳结婚的日子。这天一早,蓝田与站上的两位同志,共骑三辆自行车去接王艳。由两位同志带着新做的被子,王艳借了一辆新自行车,他们四人一块回到试验站。在蓝田的宿舍里把单人床接上块木板,铺上褥子和新床单,放好新做的被子,新房就算布置好了。试验站、公社、前寨大队、西凤大队、供销社、信用社共送来六块大镜子，送《毛泽东选集》的就更多了。

晚饭后，前寨的许多青年人在蓝田的新房里坐着，蓝田在时，他们文质彬彬，规规矩矩。蓝田有事出去一下，他刚出门就觉得气氛有点不对，于是立即又返回来。只见他们已经围了上去，无数只手伸向王艳，王艳吓得躲在床角，惊慌失措。看到蓝田又回来了，他们才纷纷退了回去。蓝田曾听说有的农村，在有人结婚时，一些人对新媳妇低级野蛮的行为造成过严重后果，于是，蓝田对王艳便寸步不离。一会儿，举行婚礼了，试验站的会议室被挤得满满的，院子里还有好多人。婚礼上的主要议程进行过后，年轻人拥挤着，离新婚夫妻越来越近，他们对新婚夫妻提出的要求越来越让人难于接受。于是，主婚人宣布婚礼结束。蓝田带王艳赶紧溜出来，在黑暗中蓝田把王艳藏了起来。人们找不着新娘子，转来转去，觉得没意思，渐渐走了一些人，直至零点以后，有一些老同志出面，提出让王艳出来，蓝田与王艳一块再与大家见个面，来个圆满的收场算了，蓝田接受了这个意见。前寨村的人们走后，又轮到试验站上这些年轻人们闹了。他们想了好多恶作剧给蓝田夫妻二人捣乱玩，不知啥时，他们偷偷地开了蓝田的门子，在他的被子里撒了好多碎头发；当蓝田夫妻二人要睡觉休息时，他们一会儿敲窗子，一会儿挤门子，闹得蓝田与王艳夫妻二人一夜无法安睡。

从试验站到前寨村，见到蓝田与王艳这一对新婚夫妻的人，无不交口称赞："这真是郎才女貌啊！"而西凤村的人则都说："这个蓝田可真是太有福气了，他把我们西凤村的人帽给摘了！"或说："他把我们西凤村的人尖子给抓走了！"而蓝田听到这话，自己则想："我家王艳岂止是你们一个村的人尖子？"

结婚后不久，1968年的春节要到了，蓝田去集上买了10来斤猪肉和2斤蘑菇。上集之前，岳母对蓝田说："买蘑菇一定要仔细看看，

别买有蛆的。"可是后来大外甥女给蓝田开玩笑,她说出了实情。她说:"姨父,你买的猪肉都是老母猪肉,煮不烂;每个蘑菇掰开一看全有蛆。"蓝田不知道,原来蘑菇的蛆,全在里头,必须掰开看,外面什么也看不到。蓝田听了真是又羞又愧。可是这两件事,王艳和岳母都从来没向蓝田提过,她们都充分理解这个多年的单身汉,总是吃食堂,从来都没买过做饭吃的东西。按照这里的风俗,爷爷和奶奶要请闺女和女婿吃饭,他们照常请了。过去爷爷和奶奶如何歧视和虐待王艳一家,他们并没有忘记,但他们总是捐弃前嫌,以德报怨。王艳的小姑小时,岳父天天早起给爷爷担水;蓝田拉去的好煤,他们平时舍不得烧,爷爷病了,屋子冷,岳父就用筐背过一些去,给他生上火。因此,这两位老人临终前,对当年自己的做法,已自感愧疚了。

结婚以后,每逢星期六下午下班后,蓝田便回家,星期一早饭后才回试验站。蓝田发现:他在家时,全家总是吃馒头,还总是炒一些菜;而他中间回家时,却见他们吃的都是红高粱饼子和老咸菜。于是,蓝田越来越感到不安了,他一次再次地对王艳和岳母说:"我们是一家人了,可不能总拿我当客待呀!"但无论蓝田怎么说,王艳和岳母这个做法总是不变。真可惜,这样的日子才过了一年多,1969年3月,试验站接到省里的通知,要求全体成员去省会参加省直毛泽东思想学习班。

1969年,西凤大队便让王艳到本村的中学班当教师。但从这年夏天开始,她经常头疼,连服几十剂中药也不见效,病情越来越重,身体越来越虚弱了。8月,蓝田回试验站看门期间,便与她一起去土山地区医院看病,骑车40多里王艳中途还需停下来休息一会儿。经检查是耳朵里长满了耳垢,滴了一小瓶苏打水,第二天把耳垢掏了个干干净净。此后,王艳的头疼果然痊愈了。

结婚之前,蓝田便与王艳商量好,为便于她分配工作,婚后先不要孩子。过两年后，不管男孩女孩，有两个就行了。两年过去了，王艳分配工作的事还没消息，为了防止年龄过大孩子不好生，他们只好决定要孩子了。1970 年，王艳果然怀孕了。9 月，已到了生产的日子，这时蓝田他们早已转入省直干校。蓝田回家若坐车，得走个"Z"字形，中间坐火车，两头坐汽车，当时当天都到不了家。如果骑自行车，可以走一条直线，全程 180 多里，当天可早早到家，因此，蓝田总是设法借辆自行车回家。这天，蓝田在干校好不容易请了 10 天假，骑车到家时，已是下午三四点了。蓝田进家后家里没有王艳，岳母说："她刨茬子去了。"蓝田一听，脑子像炸了似的，蓝田想："天哪！一个怀孕快临产的妇女，怎能抢大镐刨高粱茬呢？"他二话没说，撂下自行车，疯也似的往地里跑，当他找到王艳时，她已经刨完了。于是蓝田背着筐，拿着镐，王艳跟在后面，二人慢慢地走回家来。由于痛苦和内疚，路上，蓝田一句话也说不出。到家后，他们来到自己的屋，王艳坐在炕沿上休息。蓝田搬个小凳，坐在王艳的膝前，他把头趴在王艳的腿上，当时他真想大哭一场。那时，生产队里总是在地里把高粱茬子分到户，各家自己刨走，弄回家去当柴烧。王艳的父母，年老体弱，这种活干不了；若在往年，姐姐和两个外甥女都可来帮忙，可今年恰在这时，她们遭了大难，姐夫得了肝癌，在北京动了手术，她们一家全在北京。就在蓝田回家的这几天里，一辆大汽车，把她们连同姐夫的骨灰盒，一起送回家来。这年，姐姐才 36 岁，最小的外甥才 6 岁。蓝田知道，在我国当时的广大农村里，家里没有男劳力，只靠一个女人撑着门户过日子，特别是一个年轻漂亮的女人，在她生病或怀孕期间，许多重活干不了，有多难哪！如果要求人，也很容易，许多年轻的男人都愿来，但是自己用什么来回报人家呢？这个人会怎么想？别人又会怎样想？王艳为什么不肯求人？她是把自己的声誉，看得比自己的生命都重要啊！蓝田呜咽着对王艳说："你说天

下的女人还有谁到了临产的时候，还到地里抢大镐刨高粱茬？你在家里这样受苦受难受罪，几乎连生命都不要了，我作为一个大男人，却在远处里整天歇着。因为我一不是当权派，二没有任何历史问题，三没有犯过任何错误或有什么毛病，我是整天真的没事干哪！你说我这还叫人吗？我对得住谁呀？艳，你嫁给我这样一个人干什么呀？我可怎么办哪？"可王艳呢，却一直十分平静，她没有委屈，也没有怨恨。她摸着蓝田的头，不断地安慰蓝田，她说："蓝，不要这样，你看我现在不是很好吗？"

蓝田的假就要到期了，王艳还没有生下孩子。干校的纪律很严，蓝田必须按期返校。临走前，除在家里反复商量外，蓝田又到了公社卫生所，找接生员一再嘱托人家，拜托人家，万望人家格外精心，多多关照。到孩子生下来，已是10月初了。后来，蓝田在干校接到了王艳的来信，说生了个女儿，母女都平安，蓝田才放心了。

1971年，干校要给大家重新分配工作了。那时，省直单位特别精简，省水利厅变成了水利组，整个省水科所都没有了。土山地区水利局的局长们多数都对蓝田比较了解，欢迎他去那里工作；干校工宣队的负责同志告诉蓝田，说他是属在省里分配的干部，要把他分配到滨海长山水利专科学校工作。这时，蓝田便回家与王艳商量。蓝田说："我在前寨试验站这几年，对旱涝碱综合治理的研究工作，打下了较好的基础，并取得了部分成果和经验。缺点是：只了解内陆盐碱地，不了解滨海盐碱地；只了解博陵一个县，不了解全省；只了解自己怎样干的，不了解国内省内同行们其他人是怎样干的。另外，这些年光干事了，理论学习不足。水专是省里的学校，又在滨海，有利于跑全省，了解滨海和全省的情况。它有图书馆，并订有国内有关的各种期刊杂志，有利于学习有关理论和了解国内同行们是怎样干的。到那里去有可能继续把旱涝碱综合治理研究工作继续搞下去，使自己继续发展，从而逐渐完善起来，成熟起来。主要缺点是离家远，不便于照顾家。其次，学农田水利的，在那里有利于学习，却不利于干事。去那儿也只是暂时的，待上述缺点基本克服之后，再根据当时的情况，伺机而动。到土山地区水利局工作，优点是离家只有40多里路，可以勤回家，便于照顾家。缺点是在当前环境下，恐怕他们现时主要的工作只是搞点测量和小型水利工程的施工。旱涝碱综合治理的研究工作可能搞不了，那么，我在这方面可能半途而废，再别说学习理论和了解省内和国内的有关情况了。"王艳说："我认为你分析的情况很对，我完全同意。从我们开始搞对象时起，我们的认识不是就完全一致吗？我们俩的共同特点中最重要的一点，就是事业心强，就是永远把事业摆在第一位，把爱情和家庭摆在第二位。不要犹豫了，就下定决心去水专吧！我完全支持你！"于是，1971年12月，蓝田便去了滨海，到长山水利专科学校报到上班去了。

1971年冬，女儿已经一周岁了，她会跑也会说话了，蓝田回到家来，她不认识。姥姥让她喊爸爸，她瞪大眼睛不说话，一会儿，自己跑到里屋，把门关上了。但到了1972年春节，蓝田再回到家时，就大不一样了。她见了蓝田就高兴得扑上去，而且格外亲。蓝田不会买衣服，但虚心向售货员请教，效果果然不错。蓝田给她买的用鲜红的毛线织成的上衣和小帽子，她穿戴起来，非常合适，非常漂亮，简直像个美丽的小天使！她的小嘴特别会说，说出话来特别好听。她吃了蓝田买回来的苹果和香蕉之后，对蓝田说："爸爸，我不爱吃香蕉爱吃苹果！"最后这个"果"字拉着长音又拐着弯，逗得全家人一阵哄笑。它变成了蓝田永恒的记忆和以后多年的笑料；大家都愿听她喊"姐姐"，她以她那特有的童音，把第二个"姐"字向上挑，真是好听极了。一次吃晚饭，忘了给她盛上饭，她板起小脸说："还没给我盛上你们就吃，不懂事！"又逗得大家哄堂大笑。那时候，一家人的身体都

很健康，有房住，生活水平虽不高，但也能吃饱穿暖，特别是有了这个可爱的小女儿，她成了一家人的中心。围绕着她，一家人一天不知要多干多少事，要多说多少话。她也是一家人快乐的源泉。

甘愿去郊外校办农场工作

1971 年 12 月，蓝田到滨海长山水利专科学校上班了。到校后，他先到了人事科。这所学校就是 1963 年前在峡谷市的长山水利水电学院，只是学校所在的城市变了，名称也变了，但学校的人员还大部分是老熟人，人事科的负责同志与蓝田都很熟悉。他还要蓝田做行政工作，被蓝田拒绝了。于是他说："那你就去校办农场。任务有两项：第一，负责抓生产；第二，搞科研。"蓝田便答应了。他立即回去打好背包，一手提着暖瓶，一手提着装着脸盆的网兜，沿着古运河的东堤，一路向北，边走边问，直奔水专的校办农场而去。

长山水利专科学校的校办农场，在滨海市的北郊，离学校 15 里。这里号称滨海的"北大荒"。当时的水专农场，只有 200 多亩重碱和盐碱荒地，7 个人，一台 20 马力拖拉机，几十把铁锹和抬筐。房无一间，暂时借住在滨海地委党校的一排房子里，也在党校的食堂就餐。1972 年，学校为农场盖起了两排房子和两个车库后，大家才搬进了自家的房去住，并建起了自家的食堂。到农场后，蓝田首先在地里转了一圈，发现这些盐碱地都搞成了台田，台面宽 40 米左右，由于多年坍塌，台沟宽都达 4 至 5 米，台沟深均不足 1 米；地块的南侧有一条

排水沟，据说是滨海某排干的上游，沟深也只有1米左右；地块的中部有一条东西向的灌渠，向西直通古运河边的扬水站，其间距离约为400—500米。据了解，这灌水渠和扬水站，由水专的校办农场和附近的滨海地委农场共同使用。那时候，每年的7月中上旬，古运河总是来水。当地农民和滨海地委农场，总是利用河水在河边的低洼盐碱地上种稻。水专的农场也要种稻，但自己无水育秧，靠地委农场和当地农民的支援，每年也能种30—40亩水稻。蓝田想："过去自己仅亲身体验了以深沟为主，排灌结合改良盐碱地，如今在这里再亲身体验一下种稻和水旱轮作改良盐碱地，那么，自己在盐碱地改良事业中，又将向前迈出一步。这也是很有意义的。"

在农场工作，要带领大家把工作干好，有两项基本功是十分重要的。这两项基本功，一是要懂得各项农业技术，二是要能劳动，会干活。蓝田生在农村，在农村长大。在前寨试验站工作期间，他又不仅注重向当地农民学习，还特别注重向县农业局派到社队的农业技术员学习。另外，还常常向书本学习。因此，一般农业技术他基本上是懂得的。至于第二项基本功，除使用牲口耕耱拉拽和开拖拉机外，其他如担水、推车、挖沟修渠和灌水浇地等，则均是蓝田的拿手好戏。比如1965年夏播时，在前寨村东的地里，这里有一片薄层淡水。那时地下水位又高，人们在条田沟里又往下挖了一米多深，便成了个土井（坑）。上面临时搭上两块长木板，便从这里担水抗旱播种多穗高粱。地里已经开好了沟，公社、试验站的干部都来了，他们和前寨村的农民们一起，都从这里担水浇沟。公社的徐书记，长得五大三粗，膀大腰圆，看上去浑身都是劲。他见蓝田担水最快，便主动提出要与蓝田比赛。蓝田欣然答应，于是比赛就开始了。只见蓝田担着两只水桶去土井打水，不用摘下扁担钩，左右开弓，先放下一只桶，只一摆，水桶就满了，随后用左胳膊一扛，水桶就上来了；再下去另一只桶，又一摆，水桶又满了，随后再用右胳膊一扛，水桶又上来了。然后，一低头，一扭脸，担起来就走。扁担担在肩上，蓝田用两只手分别拢着两只桶，一溜小跑，步子又快又稳，水桶总是满满的。到倒水时，蓝田也不用摘下扁担钩去放扁担，只需把腿一曲，两只水桶便着了地。再一哈腰，一只手腕一摆，一桶水便通通倒在了开好的沟里。而后，另一只手再一摆，第二只水桶又倒净了。于是，蓝田直起腰来就向回跑。一个肩膀累了，蓝田还可以换到另一个肩膀上。因此，他干得又快又好，还长时间不觉累。可是徐书记呢，他提水倒水都必须摘下扁担钩，甭说别的，就这一条，他就比蓝田慢多了。因此，时间不长，蓝田便超了他一趟。不一会儿，蓝田又超了他一趟。三超两超，可把徐书记气急了。他真是牛犊子追兔子——有劲使不上。于是，他双手把扁担高举起来向前跑，要和蓝田比这个。蓝田笑着说："这个光浪费力气，没有用，我不和你比这个。"

再说拿铁锹干活。无论是平地掘土装车，还是在台田沟里掘土填冲沟，一把铁锹看起来很简单，但只要你一拿铁锹，扔上一锹土，便可看出你是把好手，还是个力把头。一把好手干这活，锹掘得大，扔得远，还落点准；省力，且神态自若，姿势优美。若是浇地看畦，这把锹的使用技巧就更多了，也更难了。当一处畦埂冲了个口子，而周围又都是水，人都过不去时，若是力把头堵这个口子，他往往掘起一锹干土扔过去，结果干土随水冲走，无济于事；他再敛起一锹稀泥扔过去，仍然被水冲走，还是无济于事；而后他再掘起一锹湿土扔过去，土从高处落下来，溅起一片泥水，跑水的口子被湿土一砸变得更大更深了。而若是把好手干这活，他不慌不忙，掘起一锹糯泥或湿土，贴着地皮扔过去，糯泥不偏不斜，不远不近，恰恰落在跑水的口子上；其劲不大不小，它走到那儿，也恰好没劲了。因此，这个口子一般只需三锹两锹，便堵好了。

　　蓝田既懂得农业技术，又会干活。在学校里，他是单身，每天吃住在农场。他又正值壮年，有力气，干活不惜力。那时，场长经常不在农场，于是，农活安排、带头劳动的任务，便渐渐地落在了蓝田的肩上。这是因为除了上述两点之外，还有两点：一是场长信任他，依靠他；二是农场的人们也乐于听他指挥。

　　1972年春，一批批学生和教职工轮流到农场来参加劳动，他们都是乘学校的大汽车来去。主要农活就是平整土地、回填台田的冲沟和加固加高台田边上的田埂，为种稻做准备。大部分人人手一把铁锹，也有的人用抬筐运土或用独轮车推土。一伙人在一起干活，也很热闹。特别是教职工们，往往一边干活，一边说笑。你讲一个故事，他说一个笑话，还有时开展比赛，看谁力气大，看谁推车水平高。因此，往往大家故意给推土车的人装一个冒尖的大车，谁推倒了车子，都会引起一阵哄笑。

　　7月中旬，古运河里来了水。学校里组织了较多的教职工和学生来农场参加劳动，突击水稻插秧。蓝田让电工小张去河边扬水站开泵抽水；他自己带领5名教职工开3条垄沟，同时向3个台面灌水；让小林向生产队借来一头大牛，在灌好水的畦田里耙地，把地耙平耙实；让老赵和老于等领着来场劳动的教职工和学生们，去生产队的秧田里起稻秧、往回运稻秧、在已经耙好的畦田里插稻秧。在上述四项工作中，影响整个工作进度，也最关键的是台面灌水工作。一开始，蓝田便把5名教职工叫到一起，他对大家说："台面灌水进度慢的主要原因是垄沟又窄又浅，且里面长满了杂草，水流不动。我们要加快灌水进度，必须在向地块灌水的同时，把垄沟的两边，每边挖上一锹，把垄沟加宽加深，同时又清除了杂草。挖出的糨泥通通扣到垄沟埂上，这样又加高加固了垄沟，避免了垄沟跑水。"没想到，蓝田这样一说，立即跳出来一个愣头儿青。他坚决反对把垄沟往下挖，他说地面以下垄沟里的水根本不流,挖了也白挖,垄沟要多过水只有把垄沟埂加高。当时,蓝田一时想不出什么词来说服他,便说了一句:"我是学水利的。"可这位老张立即说:"我也是学水利的。"蓝田又说:"过去,我们在干校都这样干。"这位老张又立即说:"我在干校是管生产的。"这时,别的同志都站在那里,静静地听他俩争论,谁也不吱声,不表态。蓝田没办法,只好说:"我把要求讲清了,老张同志也讲了意见。咱们两个人一组看一条垄沟,谁认为哪个办法对,就照哪个办法办吧!"于是,蓝田便与小孙看最南边一条垄沟,老张和另一个同志看中间一条垄沟,剩下两个同志看最北面一条垄沟。种稻的畦子大,畦埂高,开一个畦口后,要流好一阵子才能灌满。蓝田便与小孙利用这段时间,一个人站在一个垄沟埂上,一锹接一锹地将垄沟加宽加深,挖出的糯泥一锹接一锹地扣到垄沟埂上。然后,再用铁锹将垄沟的底和内壁及垄沟顶上抹得又平又光。于是,水流得特别畅通。随着他们整修段的延长,水越流越快;加高加固了的垄沟埂,也没了跑水之忧。3个台面的灌水进度,也很快发生了变化。蓝田这个台面十分明显地走在头里,优势越来越大。这时,糖地的来了,自然是从蓝田这个台面开始;又过了一段时间,插秧的人们也来了,当然也要从这个台面开始了。于是,这边人来人往,有喊有叫,有说有笑,好不热闹。不一会儿,明光光的水田里,就变成了一地绿秧苗。到中午,蓝田这个台面就浇完了。下午,蓝田他俩用同样的方法帮助最北面一条垄沟去浇,于是,那里也越浇越快了。而那位老张同志却一直坐在那里动也不动,噘着厚嘴唇一句话也不说,瞪着大眼睛看着垄沟里慢慢的流水生闷气。傍晚,他不声不响地走了。第二天,他没有来。

　　水稻插秧这个活也真不好干,北方人没有几个会插秧的。人站在水里,脚陷在泥里,还得弯着腰,退着走。没多长时间就腰疼了。不会插,不仅插得慢,也插不好。插多深,道理再讲也不行。人那么多,

大多数人都是第一次干，总是有人插深了，结果稻秧倒是全活了，就是迟迟不往上长；可有的人又插浅了，结果，风一吹，水一动，稻秧都漂在了水面上。

　　1972年，长山省是个大旱年。主汛期7月下旬和8月上旬，这年旱得要命。但滨海一带却下了一连好几天的大暴雨。下了一夜大暴雨，早晨到稻田里一看，一个个畦子里水都满得往外溢，好几个畦子台田已被冲开个大口子，稻田被拉出一道道深沟，泥土和稻秧被冲到台田沟里去了。这时，暴雨还在不停地下着，要保护好稻田，必须立即解决稻田的排水问题。平时，农场只有几个人，蓝田把几个年轻的同志叫来，把一个个畦子与灌水垄沟之间都打开，让各个畦田里的雨水往垄沟里流，再让几条垄沟的水汇合在一起流入排水沟。干完这个活，其他同志都回去了。蓝田一个人继续在地里转。这时雨越下越大，垄沟排水缓慢，许多畦田里又出现了险情。他哪里离得开？哪里垄沟阻水最严重，他就先到那里把垄沟加宽加深；哪里险情最大，他就到那里加高埝埂。这段垄沟不阻水了，又出现了新的阻水段；这里暂时化险为夷了，那里又出现了新的险情……暴雨又整整下了一个白天，他也在稻田里整整干了一个白天。夹胶雨衣和长筒雨靴里里外外都是水，也分不清雨水和汗水。那样的暴雨，地里不见一个人影，但在地边棚子里正在为水专农场盖房的木工们，对这一切都看得真真切切。在那个年代，他们看到了一个这样为公家干活的人，真是又惊讶，又佩服。

　　8月下旬，稻子齐刷刷地长起来，已有多半米高了。密密麻麻，像一领席似的，真是喜人。但这时，稻田里出了卷叶虫，狡猾的虫子把稻叶卷起来，它藏在里头吃稻叶。虫情发展很快，不几天，站在地边一看，到处是卷着的稻叶。怎么办？当时只有喷洒1605，可这是巨毒农药。按书本的要求，喷这种农药的人，必须穿上雨衣雨靴，戴上口罩。来场劳动的教职工，一听这个，胆小了，退缩了。怎么办？

只有蓝田他们农场的几个人带头干。8月的天，那样炎热，再捂得那样严，哪里干得了？还有，按说喷农药，应当退着走，但在密密麻麻的稻田里，脚又陷在泥里，朝前走还不好走，更别说退着走了。怎么办？就这样的条件，当时又没有什么更好的办法，反正稻子得要，虫子得治，其他就顾不得那么多了。于是，蓝田他们几个人，都穿上长腿的裤子和长袖的褂子，光着脚，挽起点裤腿，一个个背起药桶，一路喷洒往前走。这样，药喷在稻秧上，人一过又蹭在裤子和腿上。老天爷！下半个身子等于泡在药水里，那该多危险哪！但当时没有什么别的办法，只有这样加快进度，快干快完。半天下来，大家立即跳进排水沟里，连衣服带人，从头到脚洗个遍。为了安全起见，回到住处，大家再搓上肥皂，从头到脚再洗个遍。经过一天的突击，40多亩稻田用1605喷了一遍。虫子治住了，稻子保住了。感谢苍天保佑！他们这样在1972和1973年连着干了两年，没有出现一次人身中毒事件。

1958年，我国许多省、地（市）大量引蓄地表水发展渠灌，引起地下水位的大幅度上升，沥涝和盐碱地大发展之后，在全淡区，从20世纪60年代中期开始，停止渠灌，改打浅井，大规模地开采浅层地下水，发展农田灌溉。实践证明，它不仅满足了农作物生长发育对水分的需求，解决了抗旱问题，而且降低了地下水位，从而又解决了沥涝和盐碱问题。它技术简单、投资省、用工少、占地少，又无排水深沟的塌坡淤积问题，充分地显示了综合治理旱涝碱无可比拟的巨大优越性。因而在全淡区和浅层地下淡水区，得到了大面积迅速的推广。另外，浅层地下水大面积下降之后，又促使大量的降雨入渗，补充了地下水，变成了我们宝贵的水资源，减少了地面径流。因而有人又把它称为井灌井排的地下水库。

另一方面，在土地盐碱浅层地下水咸的地区，在20世纪60年代初搞的以深沟为主，排灌结合，综合治理旱涝碱的试点，也收到了综

合治理旱涝碱的显著效益。但它投资大、用工多、占地多、排水深沟塌坡淤积严重，要大面积推广，确实很困难。另外，大量的降雨变为地面径流，通通排走，实在可惜。

就在这种形势下，20世纪70年代初，我国水利、农业、地质等科技界一些同志深谋远虑，勇敢地提出在浅层地下咸水区抽咸补淡，改造与利用浅层地下咸水"综合治理旱涝碱咸"的设想。其最终目的也是要在这里建成井灌井排的地下水库。因此，1973年，它成为长山省最大的研究课题。而左冰同志，未理解其立项的本意，因而他拒绝了省主管领导要水专承担"改造与利用浅层地下咸水"这个研究课题的建议。他把改造与利用浅层地下咸水割裂开来，声称水专只承担"利用咸水灌溉"这个最小的课题，因而只获得试验费1万元。

1973年9月，蓝田等去外省考察他们利用咸水灌溉的情况。回来后，蓝田又在本省了解一些农场和社队利用微咸水灌溉的经验与教训，蓝田还对国内外有关书籍和理论进行了学习。按照左冰的安排，由蓝田与另一位同志共同承担这个课题，二人各分得试验费5000元，分别在校办农场和某国营农场进行试验。另一位同志是将灌溉水放入几个大缸内，分别加入不等量的食盐，配成不同矿化度的咸水，分别灌入不同的小畦内浇小麦，之后观测小麦的生长发育情况和土壤盐分的变化。蓝田认为，这与国外在实验室内多年的试验相差无几，自己绝不走这条路。

通过调查，蓝田了解到，利用咸水浇地，不少社队的群众都吃过亏。有的播前灌咸水，造成播种不出苗；有的苗期灌咸水，浇得苗不长；还有的造成苗死地碱，甚至几年之内不长苗。蓝田认为，若在校办农场内单纯搞咸水灌溉，必然失败。因为水专农场，原都是重碱和盐碱荒地，春季地下水埋深只有1米多，地下水矿化度又高。即使种过一季稻刚刚改良的耕地，旱种后也只拿一年全苗，第二年又会出现块块盐斑，之后，盐碱越来越重。浇淡水尚如此，若浇咸水，盐碱必将发展得更快。那么到底怎么办？蓝田深思熟虑，早已打好了主意。他选择了农场西南部最好的 52 亩地，从校内请来教物探的老师，对这块地进行了物探，进一步摸清了这块地浅层地下水水质的分布规律：其西南角地下水的矿化度在 2.0 克／升左右，东北角达 10.0 克／升，其间由淡到咸是逐步过度的。这就是说，在这块地内，各种不同矿化度的咸水都有。他据此在这块地的不同位置布置了 9 眼真空井。井打成并洗好后，又将各井的水质进行了化验。

什么是真空井？就是一根直径 3 英寸，长 10 米的钢管，下端焊成一个尖，下部 3 米内每隔 10 厘米左右便钻一个直径 1 厘米左右的小孔，这 3 米称为花管，是真空井的进水段。上部 7 米为白管，顶部焊上一个法兰。打井时，先在井位上挖一个不足半米深的小土坑，再用 3 根大绳把真空井管竖起来，立在土坑里，并在土坑里倒上两桶水做润滑剂。然后用浸湿了的青麻辫子把一根大木杠子与井管垂直绑紧，10 多个小伙子，一个紧挨一个，抱住大木杠，一齐喊着号子用力把井管举起再往下蹾。仅用 10 来分钟，一眼真空井管便蹾了下去。随后在井口的法兰上安上压机子。如果花管处恰是裂隙黏土，压机子一压就上水，基本上不出多少沙，便可供 2.5 英寸的离心泵抽水，单井出水量旱季一般每小时为 20—30 立方米（在汛期抽咸灌淡时，一般每小时为 30—40 立方米）；若花管处是粉沙或粉细沙，一般要洗上半天左右，得抽出一拉车左右的沙来，当花管周围形成一个空洞后，才能供 2.5 英寸的离心泵抽水。能打真空井的地块必须具备两个条件：一是地下水位高，埋深浅；二是上部 7 米的土层内必须有较好较厚的黏土层。有黏土层但不够好不够厚的地方，真空井抽水时间不长井孔就塌了；没有黏土层的地方，洗井时井孔就塌了，只得拔出真空井管换个地方另打。

1974年3月，蓝田由邻村请来10多个小伙子，9眼真空井不用半天就打完了。但洗井要农场的人们自己一眼一眼地洗。后洗的几眼真空井，由于井管周围的泥沙都沉实了，洗井时可费劲了。压机子一个人压不动，他们便两个人一齐压。后来他们又在压机子把上套上一段钢管，利用杠杆原理接长力臂来压。铸铁的压机子把断了，他们又打了一个钢制的专门用于洗井的压机子把。开始洗井时，真空井是光进水，不出水；后来进水多，出水少，渐渐出水才多了。说是水，其实全是粉沙，像糊粥一样。连续地干，几个人轮流着压，有的真空井几个人一起洗了一两天才洗出来，一个个人都累得腰疼胳膊酸。

有了井，买了泵和电动机。可是变压器离得比较远，容量够不够？距离是否允许？线路如何布置？需买多粗的电线？多高的电杆？安多少根电杆？配什么样的开关？这些都是蓝田按照《电工手册》搞出设计，请滨海地委党校的电工老师傅，审查同意后才去买的。从打井、洗井、买泵、买电动机，直到买电线杆和埋杆架线，都是农场他们几个人自己干的。这么多工作，他们在一个月内就完成了。在如此短的时间内，完成这样多的工作量，若没有一点拼命精神，没有农场几个同志的通力合作，是不可能的。过去，他们站在新盖的房前或西地边上，向东望去，天空是空荡荡的。如今站在这里一望，一根根电线杆排着整齐的队伍，几根银线飞架在横担上。一群小燕子落在电线上，像五线谱上的一个个音符。清晨，太阳从东方冉冉升起，几台水泵吐着银色的水舌，井水静静地流入麦田，滋润着这干渴的土地。此时，他们的心，已浸沉在劳动的幸福之中。一张张脸上，都洋溢着满意的笑容。

那时，真空井上使用的离心泵，都是黄油密封的。里面的两个油封，一旦磨损，漏了黄油，进了空气，水泵便不上水了。由于油封的质量不太好，磨损快，因此，水泵经常坏。起初，每逢水泵坏了，他们便用小拉车拉上水泵，步行十几里路，到附近公社的农机修造厂去修。每次总是先拉去放下，过几天再去取。花钱多，费工多，又耽误浇地。后来，他们就试着自己修，打开一看，实际很简单。也不用什么专用工具，几个人一块修一次便都学会了。从此，他们买上一些油封备用，哪个泵坏了，就地打开，一个人用不了半小时就修好了。

蓝田在水专校办农场的"利用咸水灌溉"是怎样搞的呢？首先，他利用真空井抽取的浅层地下微咸水，对冬小麦灌溉进行了严格认真的小区对比试验。具体做法是：第一，灌咸水的时间是在小麦拔节之后，这时，古运河里没水了，小麦的抗盐能力也大大增强了；第二，麦田里都打成长宽均为20米的畦子，留出两个畦子，从小麦拔节至成熟一直不灌水，作为对照；第三，选定几个畦子，分别用不同矿化度的微咸水（即不同真空井的水）和不同的灌水次数进行灌溉，灌水定额均为每亩60立方米；第四，利用的微咸水，其矿化度最高为6克/升；第五，在灌水过程中又对真空井水进行了化验；第六，麦熟后，对各类别的有代表性的小麦，取一定面积进行考产；第七，每次灌水前后对各类别的麦田定点取土，化验其土壤盐分。其次，他们还利用2—5克/升的微咸水，即矿化度最低的真空井水，群井汇流，把全场60亩小麦，普浇了两水，并结合灌水，追施了一次化肥。小区对比试验证明：小麦拔节后灌1—2次微咸水者比不灌水者其株高、穗长、千粒重均高，一般增产两成左右。全场60亩小麦总产12600斤，平均亩产210斤，创造了建场以来的新纪录。

但是，利用微咸水灌后，土壤的盐分普遍增加。所用微咸水的矿化度越高，灌咸水的次数越多，其盐分增加的量越多，深度越大。其中用4—6克/升的微咸水灌两次者，其耕层（0—20厘米）的土壤盐分已由灌前的0.094%增加到0.22%，就是已由好地变为轻度盐碱地了。对于不碱的耕地，如果麦收后有30毫米左右的降雨，便可夏播；

而对咸水灌溉形成的盐碱地，则不可。至于一次多大的降雨，才能把咸水灌溉所增加土壤盐分，全部淋洗出耕作层，直到再回到地下水中去，截至1974年尚无这样的资料。即使到主汛期即7月下旬和8月上旬有了这样的降雨，也错过了夏播的农时。何况我国北方常常全年也没有这样的大雨。因此，单纯利用咸水灌溉是没有前途的。

那么，出路在哪里呢？蓝田认为：出路还在抽咸灌淡，改造与利用浅层地下咸水，最终建成井灌井排的地下水库。而水专的农场就具有这样的有利条件。第一，这里有丰富的淡水可引。古运河的汛期洪水来得越来越晚，到1974年，种稻已经不行了，但用于冲洗改良盐碱地和抽咸灌淡改造浅层地下水，还是可以的。第二，这里已打了许多井，特别是井既浅出水量又大的真空井。第三，这里原来都是重碱和盐碱荒地，土壤含盐多，地下水矿化度高。因而可以放弃一季晚作物，在地面连续灌淡水，同时真空井昼夜不停地抽排咸水。即进行垂直排水（井排）冲洗改良盐碱地，又抽咸灌淡改造地下咸水，使二者相结合，又大大加速了土壤的脱盐和地下水的淡化。第四，这里排咸有出路。由于抽咸灌淡的时间恰在汛期，试区的南侧便是排水沟，其沟内的降雨径流一直不断，试区内井排的咸水便与它们一起，排泄入海，不存在咸水搬家的问题。

为了搞好这项试验，蓝田他们在麦收后，把试验地里打成一个个大畦，让河水通过一个个大畦进行串灌，从而把灌水垄沟腾出来，让井里抽出的咸水，顺着垄沟向西流。在西头汇集起来通过量水堰后，流入南侧的排水沟。1974年7月底，古运河里来水了。由于试验要昼夜不停，农场人手不够，而一个多月的临时工不好雇，只好从本校教职工上中学的孩子们中找。灌水既不能跑水，又要灌水均匀；井泵抽水要昼夜不停；测定排咸水量的量水堰要定时观测水位；各抽咸水井和过堰水要定时取水测定水质。这些工作蓝田都要把孩子们教会，并把他们分为 3 班，还要经常监督和检查孩子们的工作。因此，他每天早晨 5 点起床，晚上 11 点才休息，每天连续工作 18 个小时。

　　试验中最大的困难是灌溉输水渠经常决口跑水。几百米长的输水渠，上游两侧都是沟。土渠都是沙壤质盐碱土，水一过，渠道两侧外坡，一大段一大段地整个向下坍塌。有几个地方已连续几次决口了。要堵口，周围都是水，附近没有土，运距远，活难干。要堵口，只有把观测处留一个人值班，其他人都动员起来，全力以赴。这个活累，天气又热，孩子们没有那么大力气，干不一会儿就腻了。于是蓝田就想着法子逗乐子，给大家鼓劲。一个大口子，有时要半天甚至一天才能堵好。为了解决这个问题，蓝田一面查资料，一面思索，花钱多的。费工多的，收效慢的办法都不行。后来，他看到"草泥防渗"一词，立即想起了农村的土房顶，每年春季用麦秸泥抹一层，一个雨季都不漏房。这个办法好！我们有的是麦秸，除了积肥，没别的用处。于是，蓝田马上组织孩子们，选一个坍塌严重段做试验。他们将渠道的内坡和渠底，用铁锹清下一层泥，堆起来，再背去一部分麦秸，撒上去，用脚一踩，用铁锹来回折两次，拌匀了，然后再把它们贴回到渠道的内坡和渠底上去，用铁锹抹平抹光，晾上半天，而后，让扬水站开泵提水。嘿！还真灵。这段渠道随即便不再渗水，也不再塌坡了，接着他们便大干起来。此后，他们还不加麦秸了呢，整个渠道里都长着一层茅草，他们把茅草和泥一起铲下来，堆在一起，用脚一踩，来回一折，再贴到渠道内坡和渠底上去，岂不是一样？他们沿着渠道塌方段，一段一段，均照此办理，问题果然解决了。此后，渠水只要不漫顶，就决不了口。时间一长，渠道外坡的土都干巴了。

　　1974 年，抽咸灌淡试验从 8 月 11 日至 9 月 6 日，共搞 27 个昼夜。在 27 天内，他们在 48 亩耕地上共灌水 12 次，累计灌河水 38006 立方米，期间降雨 238.5 毫米，真空井抽排咸水 1804.1 单井小时，共排咸

水 51467.5 立方米，按控制面积 84.8 亩计算，平均每亩灌淡水（包括期间降雨）608 立方米，排走咸水 607 立方米，减去灌水含盐，每亩净排盐 2.5 吨。使两米土层平均含盐由 0.2%—0.53% 下降至 0.05%—0.07%；表层地下水（1—2 米内）的矿化度由 4.23 克/升—9.6 克/升，淡化至 1.92 克/升—2.96 克/升；7—10 米处的地下水（真空井水）矿化度由 3.2 克/升—9.5 克/升，淡化至 2.2 克/升—4.95 克/升。此外，在麦收之后，蓝田还与地质老师一起，搞了单井与群井抽水试验。试验表明：井排比沟排排水效率高，地下水位降得快，降得深，地表水入渗也快。

1974 年的试验完成后，蓝田编写了试验报告，交给了左冰。按说，蓝田利用分得的 5000 元试验费，不仅搞了"咸水利用"的试验研究，还将试验与农场的生产相结合，对全场的 60 亩小麦普浇了两次咸水，使全场的粮食产量创造了建场以来的新纪录；另外，又多搞了垂直排水（井排）冲洗改良盐碱地和抽咸灌淡改造地下咸水两项试验，取得了数以千计的数据和极好的科研成果。这些成果是省内其他试区无法或尚未做到的。因为其他试区的浅井都是 30—40 米深，最深达 50 米的锅锥井，而单井出水量还小；特别是，他们还没有河水可供冲洗，无论是改良盐碱地还是淡化地下水，他们只能靠当地的降雨，因而其效果必然差得多。蓝田在校办农场这样做，应该说这是件好事。但左冰同志却坚决反对。他的意见主要有两条：第一，垂直排水（井排）不能与水平排水（深浅沟排水）比较，否则，将否定了深沟排水，深沟排水是绝对不许否定的；第二，在校办农场只能搞"咸水利用"，搞咸水改造，不给经费。

对左冰同志的上述意见，蓝田的看法则完全不同。蓝田说："客观事物本来就是相比较而存在的。是科学，必然经得起实践的检验。是真理，必然愈辩愈明，越比越清楚。当然，有的人甘愿一辈子只研究深沟排水改良盐碱地。我对此也无可厚非，也不愿评价这些人的功过是非。但我自己绝不肯抱残守缺，故步自封。我要永远紧跟时代的列车，随着生产的发展，科技的进步，不断地学习新知识，不断地否定自己，又不断地提高自己，不断地调整自己的研究方向和研究课题。对生产发展中不断提出的新问题，要随时去研究它，解决它。这不是投机，而是对自己生命的珍惜。因为在人类发展的历史长河中，一个人的生命只是十分短暂的一瞬。我要利用自己有限的生命，力争为国家和人民做出自己最大的贡献。"历史是无情的。当时代的列车跨入20世纪90年代，由于大量开采深层水，引起深层水位的大幅度下降，进而引起浅层咸水位的下降，人们惊喜地发现，在长山省土地盐碱浅层地下水咸的土山地区等东部低平原，沥涝和盐碱竟然神话般地消失了。而到了2010年前后，博陵县前寨一带的浅层地下水位埋深竟然降到了6米左右。这是为什么？是田间深沟排水工程的功劳吗？显然不是。因为绝大多数地方的田间排水工程，从来就没有挖过深沟，就是前寨当年的排水深沟也没有这么深，而今也大都被农民群众填平了。深沟作为田间排水工程，在这里终于被否定了。它在长山大地上终于消失了。在这里，它终于走进了综合治理旱涝碱的历史史册。

　　鉴于左冰的反对，蓝田便把"试验报告"改写为一个"资料简报"。意思是把试验成果公之于众，让读者自己去分析认识或比较吧！"资料简报"经校领导签发后，便在学校的印绘室油印后，发到了有关单位去。

　　蓝田在校办农场的试验，得到了校领导和农场干部职工的热烈欢迎和大力支持。因为蓝田的试验，在农场的耕地内打了许多井，配了机泵，又上了电，这些也完全是农场的农田基本建设；蓝田的试验使农场的小麦大幅度增产，盐碱地得到了彻底改良，还大幅度淡化了地下水，为农场继续利用咸水灌溉创造了更好的条件。这就从根本上大

大改善了农场的生产条件。1975 年，省拨给学校的办学经费中，只有 5000 元的试验研究费，校领导一次全部拨给了校办农场。于是，蓝田 1975 年在校办农场的试验研究工作，又可以继续进行下去了。

1975 年，全场 80 亩小麦普浇 1 至 3 次微咸水，小麦总产 24000 斤，几乎比 1974 年翻了一番，平均亩产 300 斤。其中，经过抽咸灌淡冲洗改良盐碱地和改造地下水的试区，用咸水浇了三水，平均亩产 400 斤左右。1975 年利用咸水灌溉小区对比试验资料证明：第一，它和 1974 年的试验一样，一致证明了冬小麦拔节后，利用微咸水灌溉，比不灌水者增产是肯定的。但是，每年春季的干旱程度不同，其增产幅度也不同。1974 年 1 至 5 月，总降雨量 38.2 毫米，其中最大一次仅 17.5 毫米。利用咸水灌溉的增产幅度在两成左右；而 1975 年 5 月 3 日降雨 52.4 毫米，5 月底和 6 月初又多阴雨。咸水灌溉的增产幅度在一成以上。这就是说，天气越干旱，利用咸水灌溉，比不灌水者增产幅度越大。第二，1975 年的试验资料还证明，利用 5 克／升的微咸水灌一次，每亩灌水 60 立方米，相当于 90 毫米，灌后使 80 厘米的土层盐分增加，增加幅度达 1.96 倍。而 5 月 3 日，一次降雨 52.4 毫米，仅使地表 5 厘米的土壤盐分减少了 70.2%，但下面 35（即 5—40 厘米内）厘米的土层盐分却增加了 61.8%。另据蓝田 1967 年在博陵前寨的灌水压盐试验资料，连续灌水两次，每亩灌水 200—240 立方米，相当于 300—360 毫米，才使 40 厘米土层含盐量由 0.55% 降至 0.11%，即减少了 80%。由此可知，要把利用咸水灌溉在土层中增加的盐分，全部淋洗至地下水中去，将需要连续多大的降雨？我国北方常年有无这样的降雨？因此，我们可以进一步肯定，单纯利用咸水灌溉是没有前途的。

此外，1975 年春季抽取地下水灌溉的实践还证明：经过抽咸灌淡淡化了的地下水，即使在试区面积只有 80 多亩的条件下，抽水时间最长的 7 号真空井和 9 号真空井，分别抽水 176 和 131 小时，抽水量

5077 和 3177 立方米，其井水矿化度分别升至 3.28 和 5.27 克 / 升，比开始抽水时仅升高 0.14 和 0.27 克 / 升，说明水质不会很快变咸。

经过一年多的抽水，半数以上的真空井都塌了，剩下的真空井恐怕也难以维持长久。1975 年的抽咸灌淡，蓝田决定再打两眼锅锥井。当时，砾料最难买，蓝田费了一个月的时间，跑了不知多少单位，最后从几个建桥工地上，把人家从建筑砂中筛出的粗料买回来，自己再过一道筛才解决了。6 月底，有一个班的学生来农场劳动，蓝田便组织学生们打这两眼井。因为是人工推锅锥，既费劲，进度又慢，还要昼夜连续进行，因而工作很累。由于没有好沙层，20 米深的锅锥井，单井出水量春季抽水每小时才 13 立方米，密封以后，抽咸灌淡时，单井出水量每小时 15 至 20 立方米。

到星期六中午，井打完了，蓝田松了一口气，这时他感到特别累。天气又特别炎热，他又渴又饿，坐在食堂里一动也不愿动。他把蒸过馒头的开水里倒进许多醋，一连喝了四五碗，不知怎的，喝下去后，不渴了，但也不想吃东西了。半夜里他发起了高烧，随后肚子疼得厉害，这时他才知道自己是得了痢疾。他一次接一次地往厕所里跑，久久地蹲在那里。走路是一步也不愿迈，躺在床上就不愿动，但又必须不断地跑厕所。这是星期六的晚上，滨海党校的医生回家了，附近的村子不知哪儿有医生，半夜三更的如何叫同志们去找？自己疼痛难忍，又不好意思叫醒同志们，这时，他可真是想家了。他想："要是在家里，总可以就近找到医生啊！自己疼痛难忍，不论什么时候，不必吩咐，王艳也会给我去找医生啊！"终于熬到天亮了，他到邻屋唤醒了小林。他说："我发高烧，拉痢疾，疼痛难忍，你快给我去周围的村里请医生吧！"小林跑了不少地方，终于请来了医生。由于病情严重，几个药片吃下去，仍遏制不住病情的发展。这一天，往厕所里跑了 20多次，肚子里哪里还有东西，在那儿蹲好长时间，拉出的只是一点儿

脓和沫。经过几天的连续治疗，病情才渐渐好转，但成了慢性痢疾，还总是拉稀，肚子隐隐作痛，四肢无力，一直干不了活。直到河里来水了，试验要开始了，不知是精神的作用，还是轻微活动的结果，他的肚子才彻底好了。

1975年7月底，古运河来水后，蓝田他们先把灌溉输水渠的易塌方段用草泥抹了，同时，为了扩大淡水的入渗，加速咸水的淡化，他们又把排水农沟的下口堵住，并在最北面那条台田沟的西头与灌渠之间，搞了一个竖井式跌水。在整个抽咸灌淡期间，让各台田沟和排水农沟里始终充满着由古运河里抽来的淡水。1975年的试验工作比1974年轻松多了，不仅是因为有了经验，事先解决了灌溉输水渠的决口跑水问题，还因为蓝田增加了一个得力的助手——教地质的顾老师。他工作特别认真细致，字写得规规矩矩。

1975年的抽咸灌淡，从7月31日至9月3日，共搞35天。灌水面积增至62亩（包括原排水沟），累计灌河水47300立方米，期间降雨116.6毫米，井排咸水2484.8单井小时，排咸水量64500立方米，排盐量207吨。按控制面积84.8亩计算，平均每亩灌淡水636立方米，排走咸水760立方米，除去灌水含盐，每亩净排盐2.31吨。两眼真空井水质（矿化度）从3.2克/升和3.3克/升均降至2.4克/升，两眼锅锥井水质（矿化度）从3.14克/升和5.91克/升降至2.55克/升和4.23克/升；1—2米表层地下水的矿化度由1974年的1.92克/升—2.96克/升，进一步淡化至0.48克/升—1.04克/升；2米土层含盐由1974年的0.05%—0.07%，降至0.02%—0.04%。

总结以上，两年的抽咸灌淡期间，试区平均每亩灌淡水（包括期间降雨）1244立方米，排咸水量1367立方米，每亩净排盐4.823吨。连续两年抽咸的5号真空井和7号真空井，井水矿化度由4.04克/升和4.49克/升均降至2.4克/升；1—2米的地下水矿化度由4.23

克/升—9.6克/升，降至0.48克/升—1.04克/升；2米土层含盐由0.2%—0.53%降至0.02%—0.04%。

此外，为了对比，1975年汛期，他们还对试区东面48亩台田，进行了冲洗改良盐碱地，每亩灌水460立方米。从取土化验资料看出：其80厘米以上土层脱盐，平均脱盐率为48.98%，但80—200厘米深度却累盐80.5%，地下水矿化度也由6.07克/升增至9.6克/升，矿化率达58.2%。两相比较，显然，垂直排水冲洗改良盐碱地，土层含盐、脱盐深度大，脱盐率高，没有上部土层脱盐下部土层累盐的现象，地下水也淡化了。

1975年校办农场的试验工作完成时，左冰下乡劳动去了。这时，从校外新调来一个老董同志，在教务处负责科研工作。蓝田在学校教工食堂吃饭时同他见了一面，第二天，老董同志便自己骑自行车来到了农场。蓝田向他全面汇报了试验的情况，还打算把1975年的情况再出一个"资料简报"，老董同志说："不，要出试验报告。"不几天，蓝田把试验报告写了出来，经老董同志签发，由学校印绘室打印之后，随即便发到国内有关单位去了。

1976年，全场100亩小麦，总产37000斤，为1974年的3倍，平均亩产370斤。其中52亩试验田，经过2次垂直排水冲洗改良，春季又灌了2次微咸水，平均亩产400斤；另外48亩小麦，经过水平排水冲洗改良，春季也灌了1—2次微咸水，平均亩产337.5斤。麦收以后，试验田中种了30亩晚玉米（其他为豆类和蔬菜），平均亩产400斤。这就是说，52亩试验田，在两三年的时间内，由重碱地全部变为良田，单产由200—300斤，提高到800斤以上。

由于是学校的农场，除三夏三秋等农忙时间外，他们的作息时间和节假日，大都随着学校走，平日干农活并不起早贪黑，节假日也照常休息。这就为蓝田的业务学习赢得了较多的时间。据蓝田的体会，

在当时，对他来说，单纯的体力劳动，好说。因为他正值壮年，干完一天的活，身体疲乏了，睡上一觉，便歇过来了。单纯的脑力劳动，也好说。因为学进去了，有了兴趣，脑子兴奋了，天天学到零点也可以。难的是白天干一天体力劳动，身体已经很疲倦了，晚上还要坚持业务学习，困难就大多了。要克服这些困难，就要靠强大的事业心所带来的求知欲望、学习的兴趣和顽强的意志了。这个时期，全国已处于"文革"后期，国内各项科技工作陆续开展起来，各种技术期刊陆续恢复出版，国内外的科技信息、工作总结、试验报告和论文等，屡见报道。因此，那时每隔半月二十天，蓝田便去学校一次，到图书馆和资料室，把有关期刊和图书借来，凡自己认为今后可能有用的资料和文章，他一篇不落地进行学习，并将重要之处逐句逐段地摘录下来，为了将来不管在哪里工作都便于查找，他总是尽量地多做笔记。由于他涉猎的范围比较广，1972—1977年，他共做了十几本笔记。

每年暑假，农场正忙，蓝田不能歇。但到收秋种麦完成后，农场的活不多了，他便可补休暑假，回家探亲。然后，外出考察学习各地的先进技术或先进经验。因为他是个技术干部，是教员，不是农场的普通农工，没有人能拿出理由反对。1972年冬至1974年春，他利用两个冬春，首先考察了本省各地（市）所有有点名气的综合治理旱涝碱的先进点，包括种稻和水旱轮作改良滨海盐碱地的点。1974年冬至1975年春，他又考察了本省综合治理旱涝碱和改造与利用浅层地下咸水的试点试区，其中包括两所著名的大学在本省搞的试区，基本上了解了全省旱涝碱综合治理和咸水改造利用试验研究的情况。

一个普通的技术人员，提着个提包，坐着火车，或公交车，或骑着自行车来了，就凭一封介绍信，要学习经验，所遇到的接待也是各式各样的：有的十分热情，有的十分冷淡，有的根本不予理睬。晚上领蓝田去睡觉的屋里，有一个村，腊月的天，屋里不仅没有炉火，冰凉的炕席上只给了他一床被子。冬天一两个月的时间在外面跑，又常常住在生产大队或社队企业的办公室里，蓝田的身上还增加了另一个收获——虱子。由于屋子冷和一些大队的被子很脏，蓝田常常穿着衣服睡觉。这些小动物在晚上找到他，钻到他的衣服里饱餐一顿之后，也许是回去时迷了路，便在蓝田的衣服里安了家。蓝田东奔西走，住了不少地方，很有可能做了它们的传媒。这个问题直到回到农场或回到家后，把所有的内衣，通通拿来用开水烫洗一遍，把棉衣翻过来反复地深查细找之后，才得到彻底解决。

　　蓝田在这个时期的业务学习中，在许多科技期刊中还发现，有关喷灌的新闻报道和文章越来越多，它渐渐引起了蓝田的高度重视。蓝田当时认为，喷灌在我国将有一个大的发展，于是决心一定要把这门技术切切实实学到手。他首先把本校图书馆和资料室有关喷灌的图书资料一一阅读之后，然后于1975年冬到1976年春，到外地重要的科研单位，住在旅馆里或招待所里，把他们有关喷灌的资料一一借来，进行阅读和摘录。其中资料最多最丰富的是新乡灌溉研究所。该所受农业部和水利部双重领导，是我国最大的农田灌溉研究单位。该所的资料室里，不仅有国内的喷灌资料，还有不少原原本本地译为中文的国外的喷灌资料。其中，使他收获最大的是国外的《喷灌法》和美国A.莫南那著的《喷灌工程》。该两份资料极为详细地介绍了西方发达国家用量最大的两种喷灌工程。文中不仅介绍了喷灌工程设计所需搜集的资料，详细介绍了如何运用这些资料对喷灌工程一步一步地规划设计，还详细介绍了如何运行管理，最后又举了一个实例。蓝田把这两篇资料几乎全部抄录了下来。从而了解了许多国外喷灌的情况，也真正掌握了几种主要喷灌工程的规划设计技术。1977年5月，蓝田参加了省水利厅召开的喷灌现场会。通过这个会，蓝田了解到长山省水利厅农水处已有专人负责，并每年都有专项的喷灌费，各地（市）大都

搞了一批试点，并配备了专人，负责喷灌的研究和推广。但都是刚刚起步，都不太懂得喷灌，特别是不会搞喷灌工程的规划设计。

1977年麦收前后，应滨海地区水利局的请求，蓝田为他们的两个喷灌试点去搞规划设计。滨海地区水利局的李崇陪同蓝田一同前往。他们利用十多天的时间，先后完成了一个半固定式喷灌工程试点的规划设计和一个固定式喷灌工程的规划设计。

到1977年7月，蓝田来水专的目的已完全达到了，任务已超额完成了。1972年以前，他只是亲身体验和懂得以深沟为主，排灌结合综合治理旱涝碱，只了解内陆盐碱地中博陵一个县的情况。如今，他又亲身体验了种稻改良盐碱地和水旱轮作改良盐碱地；还亲自搞了垂直排水冲洗改良盐碱地和水平排水冲洗改良盐碱地的试验研究；搞了抽咸灌淡改造和利用浅层地下咸水的试验研究，取得了大量的十分宝贵的资料和成果。他不仅了解了滨海盐碱地，还大体了解了全省旱涝碱综合治理的情况和其他试区试验研究的情况；并大体上了解了国内外喷灌的情况，掌握了喷灌工程的规划设计技术。此外，他还学习和了解了打井、配套等开发利用地下水的一些情况和知识等。此时的蓝田，已成为各地（市）急需的人才。为了在事业上有更快更大更好的发展，同时也解决夫妻两地分居问题，于是，1977年7月，蓝田便写了调离申请。1977年底，申请被批准，蓝田便第二次调离了自己的母校。

安家土山

1972年8月，王艳接到了通知，她被分配到土山面粉厂工作，全家人都很高兴。但这时她又怀孕6个月了，如果堕胎，时间有些晚了。她去面粉厂报到时，厂领导见来了个女的，而且腆着个大肚子，很不高兴。对王艳说："厂里没房子，来后住集体宿舍。如果不愿来，可去联系别的单位。"已经在家待了整整10年了，好不容易分配了工作，哪里还敢提什么条件。她二话没说，回去把教学工作交代了一下，便来上班了。

进厂后，她被分配到换面组工作。当时，土山周围几十里的农民都来这里换面。每天早晨，厂子门外的大胡同里，换面的大车小辆挤得满满的，队伍长达二三百米，过不去车，进不来人。上班时间一到，面粉厂的大门一开，一辆辆大车、小车、自行车，争先恐后地向前跑，顿时便把面粉厂的大院挤满了。虽然有好几个人维持秩序，叫人们排好队，按照次序验麦分级、过磅、算账、取面、取麸子等，但谁在前谁在后哪里说得那么清，常常出现争吵。三里五里的老乡、亲友、老师、同学，各种各样的熟人，都想找人说说，指望着少排会儿队。于是，找人的，加塞的，出来的，进去的，好不热闹。王艳负责过磅。

你看那磅秤周围，一袋袋的麦子，一个个的人，里三层，外三层。王艳虽然只是过磅记数，上磅下磅都由换面人自己搬扛，但仍然忙得头都顾不得抬。整个工序除了算账收款的人在屋里，通过一个小窗口与人们结算之外，其他工序都在院里进行。这边向麦井上倒麦子，那边扛面袋装车。抖布袋的，扫面袋的，人喊马叫，尘飞面扬。夏天烈日当头，冬天冒着寒风。待一天过去，换面的人们都走了，整个院子里，到处是牲口的粪尿，撒的麦子和面，以及尘土垃圾等。换面组的人们清理完自己的工作之后，最后一项任务是：人人拿起大扫帚扫院子。王艳虽然是一个中专毕业生，但和其他刚进厂的工人们干一样的工作；虽然有孕在身，肚子越来越大，但一天也不耽误，干什么工作也不肯落在别人的后头。大家一块工作，团结合作，人越来越熟，关系也越来越亲密了。

日子一天天过去，转眼进入12月，王艳生孩子的日子又到了。蓝田请假由滨海来到土山，但王艳住的是集体宿舍，他只好住在旅馆里。下午下班后，他和王艳在他们的食堂里一块吃了晚饭，又到了王艳的宿舍里看了看。一间小屋里铺板排了一溜，共睡五六个人。由于面粉厂附近没有旅馆，蓝田住的地方离王艳的宿舍有三里远。王艳与蓝田来到他住的旅馆里，他们俩在那里又说了一会儿话，然后蓝田又送王艳回到宿舍里。当蓝田再回到旅馆时，与蓝田住在一起的一个老农民，疑惑地问蓝田："刚才那个女同志是你什么人？"蓝田说："我们是一家子。"他又问："那你为什么住在这里？"当蓝田把情况向他说清时，他也只有替蓝田叹息而已。这次蓝田是因私事请假回来，住旅馆要自己花钱。过了两天，蓝田便转到了地区水利局。局里有一间客房，有床铺，有炉火，当时省里来人常住这里。但这里离面粉厂更远，大约有五里路。

12月11日，王艳像往常一样过了一天磅，又与大家一起扫完院子。半夜里肚子疼起来，孩子要生了。同屋的小妹妹们从厂子里往地区水利局打电话，但接电话的人不认识蓝田，没有给找。第二天蓝田去水利局食堂吃早饭时，有一个人问他是不是蓝田，告诉他半夜里来的电话。蓝田一听，扔下饭碗就往医院里跑。当蓝田跑到医院找到产房时，孩子已经生了下来，是个男孩儿。蓝田没有生儿子的欢乐，只有痛苦和内疚。但王艳的脸上，仍是那样平静，还是那样没有委屈，也没有怨恨，好像人生本来就应是这样的。

孩子生后，每天，蓝田只能在医院的食堂里给王艳打饭吃，另外再加几个煮鸡蛋。幸好，地区水利局紧挨着医院，还算方便。这时，蓝田又去面粉厂找领导要房，同时给家里发了电报。厂里答应把车间旁边一个五六平米的小屋给他们暂住。两天后，蓝田用小拉车把王艳和儿子从医院拉了回来，住进了这个小屋。不几天，大外甥女大凤骑自行车来了，她带来一些挂面和鸡蛋等。又过了几天，岳母也来了。房子小住不下，蓝田或岳母便到面粉厂职工的集体宿舍里"打游击"。1973年春节期间，面粉厂的领导从职工宿舍那边，挤出了一间七八平米的小土房，让他们搬了过去。在这间小土房内，床铺是一块块木板并排在一起，木板下面两端，支着木板的是用砖干码的两溜砖摞；做饭和取暖的炉子，是别人已经废弃的在一个废油筒内砌筑的烧煤饼的炉子，其炉条是几根钢筋棍儿，炉条下面的油桶上开了一个口，在这里往外掏煤灰，炉条以上用砖头和泥巴砌筑，炉膛是用泥巴搪的。在这里，房子、木板和砖都是公家的，自己的东西起初只有几床被褥和王艳在食堂买饭的两个搪瓷盆儿。自己做饭所必需的锅碗盆勺等，由蓝田一样一样到商店去买。天热以后，靠大家的帮忙，在房前用水泥管厂的废井管和席头，盖了一个可以放开一个炉子和一点煤饼的小伙房。这就是蓝田与王艳在土山建起的新家。那时，可以说是一无所有，一切从零开始。

日子这样一步一步往前走，这时，新的灾难又降到他们头上。1973年春，蓝田的岳父病了，他昏迷不醒。蓝田、王艳和岳母等都回到家去。蓝田与姐姐用生产队的大车，把他拉到土山地区医院，做了许多检查，也未查出病因。他们喂了他一些葡萄糖水，他便清醒了。原来他是得了糖尿病。于是，新的难题便摆在了蓝田岳母的面前：是在家里照顾得病的丈夫呢，还是来土山给王艳看孩子做饭？她选择了后者，把患病的丈夫留给王艳的姐姐照看。1973年冬，蓝田的岳父病危，岳母回到家时，岳父已经昏迷了，连一句临终的话都未能说。岳母看着岳父肮脏的病体和病床，心里是多么痛苦啊！岳父去世后，王艳未通知蓝田回来。蓝田知道后，内心十分痛苦。他想："如果王艳还在西凤教学，自然岳母可在家同时照顾岳父；或者到后来王艳住上一间半房之后，岳父再病，我们便可以把岳父接到土山来，让岳母既可以照顾我们的孩子，又可以照顾岳父。然而现实不是这样。"因此，蓝田感到十分惭愧。他知道，这是他欠下岳父和岳母的第一笔永远无法偿还的债！由于过分劳累，生活条件又差，再加上岳父去世的痛苦，蓝田的岳母得了肺结核，吐了血。1974年春节前，蓝田把她接回土山看病。她一面打着针吃着药，同时还要看孩子做饭。

思念亲人的挚情，离别亲人的痛苦，成年人往往把它藏在心里，可一个孩子绝不会这样。女儿蓝玉自幼多情，她又特别会说。那一次次团聚后的分别，给她们留下了许多伤心的记忆。王艳来土山上班时，她还不到两周岁，只有让她离开妈妈，跟着姥姥；到有了她弟弟之后，姥姥要来土山照顾她弟弟，又只好把她交给她姨照看。姨妈十分亲她，精心地照看她，自己一家子天天吃粗粮，却让她天天吃细粮。但不管怎样亲她，却割不断她思念父母之情。每次她由土山回西凤时，王艳把她送到汽车上，她总是一把鼻涕一把泪地哭个不停。把一块坐车的人们都给哭伤心了，人们纷纷劝王艳："就别把孩子送走了。"可是，她到了西凤以后，就十分听话。后来，蓝田问她："为什么你在土山常常调皮，跟着你姨却那么听话？"她露出一副十分可怜的样子，压低声音，慢慢地说："那不是跟着人家啊！"每逢蓝田放假回到家，她见了蓝田，就亲得形影不离。1972年春，蓝田的老姑病危，蓝田与王艳带着她一块去看老姑。上汽车时因人多，蓝田与王艳被挤在汽车的两头，蓝玉又是喊，又是找，着急得很，生怕把蓝田给挤丢了。1973年秋，蓝田的岳父正在病中，蓝田回老家去看他。这时，院子里枣树上的枣正红，女儿蓝玉和外甥小虎给蓝田打枣吃。女儿端一盘红枣放到蓝田的面前，把一个一个的红枣亲手递到蓝田的嘴里，瞪着大眼睛看着他吃，别人谁也不准动一个。蓝田每次回学校时，总想骗开她，自己偷偷地走。可是总骗不了她，不管说什么，她总免不了大哭一场。她一面哭，一面喊爸爸，看不见蓝田时，她就说："我没有人了……"

那几年，也是他们经济上最困难的时期，蓝田与王艳两人的月工资一共70多元，却要养活一个六口之家。此外，蓝田每年还要给爸爸寄一点钱，岳父岳母看病也要花钱。怎么办？只有千方百计压低生活标准来省钱。冬天，一家人天天吃白菜；夏天，什么菜便宜买什么菜；油嘛，两个人户口供应的油四个人还吃不完。后来，他们喂了几只鸡，在这里喂鸡不用买饲料，扫一扫换面人撒的麦子就够喂鸡的。但每天鸡下几个蛋，孩子吃，老人吃，总是没有王艳吃的。有一年夏天，王艳骑着自行车带着女儿去街上买东西。路旁几个人在吃西瓜，一个个狼吞虎咽，瓜皮上还有厚厚的红瓤便扔在了路边。女儿看着吃瓜人，眼睛直勾勾的，口水从小嘴里流出来，后来慢慢伸出手，羞涩地要去捡那瓜皮。王艳看在眼里，她抱起了女儿，但没有去买西瓜，而是把她放在车子上，骑车回家了。1974年春节期间，蓝田带着女儿去学校农场看门，路上换火车时在一家饭店吃午饭。蓝田买了点饼和一个丸子汤，丸子都让女儿吃了，自己吃了饼，把汤喝完。女儿蓝玉指着

别人买的炒肉片对蓝田说："爸爸，怎么咱不买那个？""因为那个贵，咱钱少，爸爸舍不得买呀！"这句话只在蓝田的脑子里转了转，没有说出口。蓝田只是"哼"了一声，没有回答女儿提出的问题，而这两个菜当时的差价只有几角钱。那时多花几角少花几角钱的事，也总是在心里掂了又掂。每次放假回家前，蓝田总是去滨海的商场里转一转。除了买几本"看图识字"之外，还总想给两个孩子买个玩具，当时，人家有的做爸爸的，给自己的儿子买的玩具，有大炮、坦克、汽车等，每件就几元、十几元。而蓝田却转了又转，最后只花了四角钱，买了一个捻捻转儿，拿回家去两个孩子还玩得很上劲儿。蓝田的儿子蓝英，在院子里捡起一个小木棍儿，放在裆下便是马，端在手里便是冲锋枪。一天天东奔西跑玩得还很起劲儿。那时候，一家人早饭吃一顿油条便是改善伙食了。儿子蓝英那时特别爱吃油条，每隔多少天，决定第二天早饭吃油条时，他总是早早醒来，起了床，然后与爸爸或妈妈一起去街上排队买油条。

当初几年，还有一个困难，就是煤不够烧。因为煤是按户口供应的，当时在土山的户口，只有王艳和儿子蓝英两个人的。两个人的煤不够烧，他们只好捡煤矸儿烧。一次回家，蓝田看着岳母正和两个孩子在水泥制管厂推出的煤灰堆上捡煤矸儿。儿子小，坐在小竹车里自己玩，女儿和姥姥低着头在那里捡。他看着他们，心里很不是滋味，但他无话可说，只是慢慢地走上前去。当他靠近他们时，蓝玉首先抬头看见了他，她的小脸蛋上，一边蹭着一块煤黑。蓝田来了，他们也不捡了。于是，蓝田一手推着小车，一手领着女儿，岳母跟在后面，慢慢地走回家来。蓝玉生在农村，是农业户口，父母都吃商品粮，女儿农转非是情理中的事，也符合国家有关规定。王艳多次找粮食局、公安局等单位，经过几年的时间才解决了。

王艳歇完产假上班后，厂领导叫她搞统计，兼管化验和管库。统计是王艳所学的专业，干起来自然没问题。化验没学过，但她有文化基础，学起来没啥困难。她工作认真细致，自然工作质量就高。那时，面粉厂与粮机厂还没分家，除了设备维修外，还有设备生产。因而不断有人来领东西，她每天十分忙碌。厂领导终于发现：这个王艳，给她什么工作，她都干得了，而且干得好。她不是厂里的包袱，而是个人才。那时，各县也都有了面粉厂，但统计工作有问题，面粉质量差，化验工作更是不行。开始，地区粮食局叫他们把一些样品送到地区面粉厂来化验。后来，省、地粮食局都抓统计和化验工作，不断地开会，办培训班。于是，介绍经验和讲课的任务，便常常落到王艳的肩上。那些年，地区面粉厂的领导人换了一任又一任，哪一任都对她的工作伸出大拇指。领导夸奖，群众拥护，每年年底，她总是把一个个奖状捧回家。

那时候，日子很苦，但王艳多年一直是从苦中过来的，也未觉得有什么了不起；工作很累，但王艳当时身体好，也能顶得住。为了干好事业，王艳总是尽量把家务安排好，减少一些不必要的拖累。比如：两个孩子生下来后，都在炕上躺了八个月，你压根儿不抱，孩子也不让你抱，孩子发育得也不坏。这几个月大人可省了不少劲，多干了不少事。后来，姥姥有病，儿子又长得特别重，姥姥抱不动他，王艳便买了个小车，让儿子坐在车里，姥姥推着他。由于养成了习惯，每逢吃饭，儿子就往小车上爬，他总是坐在小车里自己吃。两个孩子小时都不淘气，也省了大人许多力。王艳上班，工作紧张而有条理，可以清楚地看到自己工作的意义。领导信任，同志们团结，工作中不无乐趣；下班回家，两个孩子看见自己，像小鸟一样叫着："娘！娘！娘！娘！"一齐扑到自己的怀里。下班后，她除了帮助妈妈做饭洗碗、收拾卫生、洗衣缝补之外，有空就教孩子看图识字。两个孩子都很聪明，女儿两周岁多便认识200多字，儿子后来也不示弱。因此，在生活中，

也不无乐趣。

另一方面，事业在发展，地区面粉厂也在盖家属宿舍，住房条件不断地改善一些；工资低，日子紧，但蓝田与王艳每年还能省出几十元或一百多元，今年买辆自行车，明年买个迎门橱，后年再打个立橱和吃饭桌……日子也总是一点一点地好起来。

孩子再大一点了，便自己在面粉厂里和家属院附近玩，晚饭后便一个人拿一个小凳子，在面粉厂的院子里，和厂里的干部工人们一起看电视。他们从不与别的孩子打架，也从不干坏事，厂里的人们都挺喜欢他们。连全厂最偏平时最不爱讲话的人，还把蓝田的儿子蓝英放在自己的大腿上，搂在怀里一起看电视。

那时候，王艳经常去外地开会，有时便顺便为孩子买回一些鞋帽之类。王艳买的东西一般总是物美价廉。有一次，她去省里开会，为儿子买回一顶棉帽子，一块开会的人见她买的帽子那样大，就问她："你的儿子多大了？"其实，儿子才五六岁，可头大得像大人的。拿回家来，儿子戴上，显得更英俊了。花钱不多，大小正合适，又暖和，儿子一连戴了好几年。王艳很会买东西，可有时也会买了次品，上了当。一次，她给蓝田买回一双条绒布的胶底棉鞋，她说："这鞋暖和，穿着舒服。"可没想到鞋底是再生胶的，蓝田穿了半天，两只鞋底都烂了。这可让蓝田抓住了"把柄"，他经常拿这事"夸奖"王艳，当作他们生活中的笑料。对此，王艳总是光笑不做声。

1976年，面粉厂盖了部分家属宿舍，他们一家三代五口人，住上了一间半房子。1982年，他们搬进了地区水利局的家属院，并于1983年住上了三间正房的一个小院。王艳于1983年加入了中国共产党，并被评为助理统计师。1984年，她又被提升为地区面粉厂的财务科长，紧接着她又被选为厂党支部的支部委员，并负责工会的工作。在金钱和物质利益面前，她总是严格要求自己。对上，对国家，从不伸手，不贪不占；对人，对同志，从不争不抢。王艳当财务科长，既坚持原则，坚决维护国家和厂子的利益，又最能体察下情，体察同志们的具体困难。凡是对大家有利又该办的事，无论是离退休老干部的还是在岗职工的，她总是坚决去办，尽最大努力去办。因此，她的工作总是受到各级领导的肯定，也是厂里最受大家尊敬的人。她为厂子为同志们谋利益，却从不利用职权为自己谋一点私利，就连厂里经常发生的请客吃饭，她也以自己身体不好或家里忙为由，一次也没有参加过。有一次，不知怎么来了几件羊毛衫，每件25元。大家都说便宜，厂里分给他们科里一件。王艳说："我不要，你们几个不管谁要吧！"可科里五个年轻人都想要。于是有人提议抓阄。他们共做了六个阄，五个年轻人全抓了，可谁也没抓着，最后剩下一个，大家都说是王艳的。王艳说："我不是说不要了吗？"大家说："你就要了吧，你不要给谁呢？"就这样，王艳才要了，拿回家来给蓝田穿了。

1977和1979年，两个孩子都先后上小学了，学习成绩都挺好。特别是儿子蓝英，刚上学时，学习可要强了，回家便做作业，不做完作业不吃饭，你让他吃饭他急得哭。班主任老师可喜爱他了。可是到了1983年，女儿小学毕业了，在班上考第二名，却没有考上重点初中。蓝田与王艳认为这个小学教学质量太差，便把两个孩子一起转到实验小学去。实验小学离家较远，蓝田便给两个孩子买了一辆锦鸡牌的小车子。蓝玉比蓝英大两岁，可两人的个子一样高。两个小人骑一辆小车子，骑一个，驮一个。一块来，一块走。谁看见，谁发笑，真招人喜爱。

大病前后

1978年春节过后，蓝田到土山地区水利局报到上班了。局长让他负责全区喷灌的研究和推广工作，并给他配备了几个助手。蓝田首先对本区原有的试点进行了调查研究。土山地区原有的喷灌试点有两类。一类是半固定式喷灌。固定管道为玻璃管，由于在运行中玻璃管经常破裂或断裂，这类试点已全部废弃了。另一类是移动管道式喷灌，使用的是锦纶塑料软管和塑料喷头。这个试点，1977年秋，小麦是抢墒播种的，苗情差，普喷一水后，苗情迅速好转。因此，起初从干部到群众，大家对喷灌的热情都很高。他们从青年民兵中挑选了一部分人，组成了喷灌专业队，由一位副书记挂帅。1978年春，他们利用一眼深井的水源，5套移动喷灌设备，昼夜不停，将450亩小麦喷了六七遍水，每次喷水深度在30毫米左右。由于他们那里的土质是黏土，土壤渗水慢，而喷洒强度又较高，虽仅喷了30毫米，地表已经开始出现积水了。一条移动管道在一个位置连续喷洒的时间只有两个小时左右，因此，人们必须一直钉在现场。那时，谁家也没有长筒雨靴和防水的雨裤，这在小麦拔节长高以后，特别是在夜里，人们到刚喷过的麦田里搬迁移动管道，不仅拆装移动管道看不见，工作不便，还要踩两脚泥，下半身的衣服还都是湿的。春天夜里的温度还是很低的，人们一夜里都穿着湿透了的裤子，这个罪是不好受的。更令人沮丧的是，喷灌的小麦比畦灌的小麦减产了。

那时候，土山地区水利局的领导人都对喷灌十分重视，一把手亲自抓。除参加省厅每年召开的喷灌会外，还常到外地参观考察。到哪个县搞试点，都深受欢迎，当地都拿出得力的技术骨干负责这项工作。还有一些社队，自筹资金，自发地研制或引进喷灌设备，发展喷灌。

1979 年，省厅拨给土山地区喷灌经费 20 万元。他们将一半拨给了博陵县，另一半拨给了故口县。故口县这一半经费，其中一部分，在一个农场搞了 40 亩固定式喷灌，是蓝田亲自设计的。采用聚氯乙烯硬塑管和塑料喷头，管径、喷头间距及支管间距等，均是按国内外有关要求设计的；其余资金大部分搞了改性聚丙烯塑料管移动式喷灌，小部分搞了小型移动式喷灌机组。上述农场 70 亩畦灌小麦浇了 6 水，40 亩固定式喷灌也喷了 6 次，每次喷水 30 毫米左右。1980 年 5 月 16 日蓝田去看时，只见 70 亩畦灌小麦完全是一片丰收景象。40 亩喷灌小麦又矮又稀，都快干死了。但每个喷头的立管处，由于立管与喷头连接处严重漏水，每次喷灌时总是边喷边漏，所漏水量沿立管流下，渗在了立管周围，每个立管周围的小麦是又高又密，从上到下麦叶还都是绿的。小型移动式喷灌机组，因每隔 50 米便需要一条较大的输水垄沟，还得让喷灌机组在上面能走，占地多，机组又笨重，喷洒质量又不好，因而老百姓都不肯用。而改性聚丙烯塑料移动管道，由于这里都是浅井，单井出水量较小，老百姓则大多将其作为移动管道，输水畦灌。

为了保持移动管道多喷头联合作业，所需工作压力较低及较好的喷洒质量，同时克服人工移动管道的弊端，又适应我国农田大部为方田的国情，蓝田他们利用 1979 年的另一半喷灌费，与博陵县水利局及

钻机修配厂一起，联合研制绞索牵引平移式喷灌机。在一年之内，设计—制作—安装—试运行，修改设计—再制作—再安装—再试运行，连续折腾了5次，主要围绕着运行问题。从最初的四跨两个悬臂，直到最后的一跨两个悬臂，在田间仍然走不直，运行十分困难。看来只有改为自动控制，才有可能解决这个问题。蓝田他们自知当时无这个能力，不得不停止了这项研究工作。此外，1981年，为了扬喷灌便于农作物抢墒播种，土壤不板结，有利于作物苗期生长之长，同时避小麦拔节之后耗水盛期用水量大，风多风大不利喷灌之短，蓝田他们和博陵县水利局一起，又利用现有的改性聚丙烯塑料管，装配了一套喷灌畦灌两用的移动管道系统（即小麦拔节前喷灌，拔节后管道输水畦灌）。经过实际运用主要问题有三条。一是这里是深井，单井出水量较大，畦灌时，现有管径偏细，输水水头损失大，井泵增加扬程减少出水较多。若加大管径还需与管道生产厂家合作，取得厂家的支持，用户还得进一步增加投资。二是移动管道较长，运行及管理都较麻烦。三是喷灌时还需加压，要二次提水。总之，由于上述问题，农民们不愿用，他们也便罢手了。

1980年，省厅把本省联合研制的两台电动圆形喷灌机给土山地区，要蓝田他们做中间试验。经过实际运行，发现问题很多。主要问题一是记时器调节失灵，机行速度太快；二是喷水量严重不匀，水量最小的地方竟然不足水量最大地方的一半。

由于全国各地一批批喷灌试点纷纷倒闭废弃，到1981年后，全国第一次大搞喷灌的热潮终于偃旗息鼓了。这时，蓝田写了两篇文章。一篇是"关于喷灌灌水定额问题的初步探讨"，总结分析了喷灌小麦减产的原因，提出了自己的看法与建议。这篇论文在省内一个水利技术刊物上发表了。另一篇是自己主动写出的"关于喷灌工作的总结"。文章以无比沉痛和惭愧的心情写道：几年的工作中，自己虽然尽了最大的努力，但至今未能找到适合本区推广应用的喷灌设备或机型，也未能搞出一个连续喷灌的试点或地块。文章还对我国的喷灌提出了自己的看法。但这篇文章只有一份手写稿，仅在本局领导及部分同志间进行了传阅。

1979年，由于大批转业军人分配到地县水利局工作。为了帮助他们尽快地熟悉水利业务，局领导决定办一个大型的水利技术培训班。一是参加培训的人数多，二是培训的时间长。局里组织几个技术骨干，自编教材自己讲，蓝田便被确定为主讲人之一。他编的教材为《旱涝碱综合治理及水利规划》。全文46000多字，共分为五章。分别为《我区的自然条件》《灌溉排水对作物生长条件的影响》《盐碱地的成因及主要治理措施》《农田灌溉与排水》《如何搞好中、小流域水利规划》。主讲人每天白天连续讲一天，蓝田自己便连续讲了一周的时间。讲课前，因蓝田有慢性咽炎，他估计连续讲一天，最累的一定是嘴和嗓子。但实际连续讲一天后，最累的竟然是在课堂上站了一天的两条腿。

1980年新年到了，这时，蓝田42周岁。蓝田想："80年代这10年将是我最重要的时期，是我出成果的关键时期。我这一生究竟能为国家和人民做多大贡献，这10年是至关重要的。因此，我要加倍工作，更加努力地学习。"也是从这时起，他开始自学英语。不仅晚上加班加点，就连骑着自行车上下班的路上，出差在车站等车，坐在车上，他都一个劲儿地背。没想到由于过度劳累，蓝田的身体出了毛病。五月下旬，他感到四肢无力，爱出虚汗。一天晚上，他写工作总结，感觉很疲倦，便连续喝了一壶茶水，而后兴奋了，写完总结，已是夜里两点多。第二天，病情加重，到医院一检查，拍了个胸片，原来是得了肺炎。成年人得了肺炎，应该好好休息，但蓝田天天打完针后，仍照常上班，而且还是不断地加班加点。

　　前寨大队，过去省水科所的试验站在他们村时，确实为他们办过一些好事。因此，他们十分希望省里再恢复这个试验站。对此，前寨公社与博陵县科委均大力支持。他们不知从哪里得到的消息，说主管科技的副省长最近要来，他们想向这位副省长提出这个愿望与要求，但又不知话该怎么讲，应做些什么准备工作。因此，六月上旬，前寨公社与大队的两位书记，便来找蓝田研究与商量了。他们三人在蓝田的办公室里整整谈了半天。中午，蓝田从水利局的食堂里买了一些包子，三个人一起吃了饭。蓝田把他们二人送走后，找不到午休的地方，于是，蓝田便在自己的办公室里，把几把椅子并起来，自己躺在上面休息。由于蓝田本来就有病在身，再加上过分劳累，蓝田睡着了。又由于蓝田的办公室是在一楼的阴面，屋子里还很凉，蓝田的身上又啥也未盖，因而又得了重感冒，病情突然加重。他回到家去，躺在床上，头都不想抬，一连昏睡了三天。两只脚和小腿都肿了，用手写东西，胸部就疼痛。他发现自己是什么都干不得了。

　　再去医院看病，放射科的医生拿着蓝田的片子，疑惑地问他："你就是病人吗？你家里还有别人陪你来看病吗？你赶快再去外地检查一下吧！别把你的病耽误了。"蓝田说："有什么话你就直言不讳地讲吧，我什么也不怕。"原来这里的医生都认为，肺炎一般的都是肺上像有一层薄云彩，而蓝田的肺几乎都成了一个黑蛋，哪个医生也没见过这样的肺，他们都认为这是肺癌。对此，蓝田不相信。其理由一是他知道自己的病是因为什么突然变得这样重的；二是半个月前，他检查时还是肺炎，就这么几天，怎么会突然变成肺癌呢？虽然他不相信，但思想上他不能不认真地考虑一番。这一夜，他一直没有睡着，为了不让王艳发觉，他轻轻地翻身子，暗暗地落泪。他想："难道我真的得了不治之症？国家和人民培养了我，我还没干什么，现在正是我干工作的时候。另一方面，家里还有两个70上下的老人和两个不足10岁的孩子，就让我这样舒舒服服地死去吗？"他默默地向苍天祈祷："如果能再给我一些时间，让我给人民办成几件事，把两位老人都送了终，把两个孩子都养大成人，就是用最残酷的疾病把我折磨死，我也心甘情愿啊！"

蓝田决定去省会的肿瘤医院看病，王艳在面粉厂请了假，水利局领导让关军同志陪同，他们三人一同前往。前寨大队的赤脚医生王素，被保送在医大上学毕业后，便分配到该医院工作。她与蓝田夫妻二人原来就很熟。她请该医院一个水平较高的医生为蓝田诊病。这位医生看了蓝田带来的片子后，又让他做了一个透视，而后决定立即住院做手术。蓝田坚决不同意住院做手术。一定要去北京，请国家的最高权威专家去诊断。这时，蓝田对关军说："请你回去一趟，一是去局财务科再预支点路费，二是去前寨村一趟，该村的大队秘书曹一申同志，前些日子刚由北京肿瘤医院手术后回来，据他说去该医院看病很难，但他有一个熟人在该医院工作，在他治病期间，对他帮助很大，请他给我写一封信，让这位同志也帮帮咱。"之后，蓝田夫妻二人去了省水科所。老省水科所与试验站的同志们，对蓝田夫妻二人的到来十分欢迎。由于一时找不到他们招待所居室房门的钥匙，有一位同志便从门上的小窗里爬进去，从里面打开房门，让蓝田夫妻二人住进去。他们两人也在省水科所的食堂里吃饭。原先在省水科所现在省水利厅工作的一位同志，听说蓝田来看病，还专门来省水科所看望他；王艳一个在省医院工作的女同学，还从省医院为蓝田买了一批由国外进口的链霉素。他们不管走到哪里，不管怎么大费周折，蓝田还总是千方百计，坚持每天注射青霉素与链霉素。

几天后，关军回来了，他这次回去遇到的事使他非常生气。他说："我到了前寨，他们的书记说，'在省会由王素给他看病还不挺好吗？还想去北京肿瘤医院看病，到北京连我们的省委书记前任卫生部长开

介绍信都挂不上号'。看着你不行了，人家谁也不帮你了，你看看曹一申给你写的信吧！"他一面往外拿信，一面气愤地说："该着你死你就死，该不着你死，你就死不了。"蓝田接过信来一看，原来曹一申同志的信是这样写的：

××同志：

　　我在你们那里看病时就给你添了许多麻烦。我本不愿给你写信，可是土山地区水利局的蓝田，非要我给你写信不可，我才不得不给你写了这封信。

曹一申

　　蓝田看了这封信，听了上述情况，他一点气也没生，只是轻轻地冷笑了一声。便把这封信折叠起来，小心翼翼地放在了自己的口袋里。蓝田说："我的病为什么一下变得这样重？过去十几年来我为他们做过什么？天知、地知、我知。他们现在看着我病重人不行了，今后用不上我了，居然都不承认我是他们的熟人，连一句好话都不肯为我说，既然没人帮咱，那就全靠咱们自己吧！"

　　关军回来后，他们三人便一起前往北京，当晚住在沿街一座楼地下室的旅馆里。第二天上午，他们一起去找蓝田大姑家的表兄，他在北京皮毛厂工作。原来，肺癌是皮毛厂的职业病，因此，该厂的医生与肿瘤医院的医生们较熟。蓝田的表兄与这位厂医关系不错，起初，他答应给帮忙找人，但当蓝田把自己带着的片子给这位厂医看后，他说："面积这样大，来势这样猛，时间就是生命。"于是，他拒绝给找人了。他认为，这病是没治了，人是完了。蓝田问他："如果我是癌症，为什么打青链霉素见效，我的小腿和脚现在都不肿了呢？"他说："你既有肿瘤，又有炎症，一打针，炎症见轻，自然感觉良好。"曹一申说没有熟人，看病根本挂不上号，而他们至今仍找不到一个熟人，蓝田不死心，又一连打了几个电话，仍然找不到一个熟人。

下午，蓝田说："我们到日坛医院（即现在肿瘤医院的前身）去看看吧，看看这个医院在哪里，路怎么走，医院的情况到底是啥样子。"于是，他们三人到了这所医院，来到了挂号处的大厅里，发现这里空荡荡的没有人。有一个挂号的小窗口开着，里边坐着一人值班，外边根本无人排队。他们坐在大厅的长椅上休息。过了一会儿，来了一个人，到挂号的窗口处往里递了个什么，随后就挂了号去看病了。又过了一会儿，又来了一个人，也在挂号的窗口处往里递了个什么，随后也挂了号去看病了。这时，蓝田对他二人说："咱们也有转院证明啊，咱把它递进去看是否能挂上号？"于是，蓝田把自己的转院证明递进去，也随即挂上了号，并随即看病去了。而各诊室里也无人排队，医生给填表登记，而后开票去拍片、抽血等，当天下午把该办的事全办了。此时此刻，蓝田已全明白了。所谓"前卫生部长开介绍信都挂不上号"的说法，完全是一派谎言，而且这个谎还撒的真够大的，简直可称为弥天大谎。

蓝田的表兄和他的老乡们，在虎坊桥的棚户区有一间房子，谁家的亲属来了都可以在那里住。他拿了一些被褥，让蓝田夫妻二人住在那里，关军则住在附近的小旅馆里。每天早晨他们在街上吃点油条，午饭和晚饭在饭馆吃，那时，多数的饭馆里都有面条，吃完面条，大桶里有面汤供大家随便喝。吃饭既便宜，也不必再找水喝。那时，在医院里拍片或抽了血之后，要等两三天才能看结果。其间没有事，去干什么呢？过去，蓝田每次进京，必定去新华书店，看见有什么新出版的对自己有用的科技书，便买一本。此时，从书店门口过，蓝田低低头，走过去，没心思再进书店了。去逛商场吗？蓝田与王艳没有这份钱，也不想买什么东西。那就去逛公园吧，那时，各个公园的门票

都是每人5分钱，进去后随便转。于是，他们先后转了附近的天坛、中山和劳动人民文化宫等几个公园。6月下旬，公园里苍松翠柏，百花盛开，游人熙熙攘攘。一对对的情侣，一群群的孩子，也有三三两两的老人。蓝田与王艳搞对象结婚都在农村里，后来又两地分居，只是这二年才团聚在一起。但一是土山这个小城市，当时没有个像样的公园，二是两人彼此都工作忙，家务忙，因此，平时连领着孩子们一起逛街都从没有过。如今来到了北京，来到了这么好的公园里，一对情投意合的恩爱夫妻，彼此又都是多情人，时间又这么充裕，面对着一处处美景，该是激情满怀，充分敞开自己的心胸，或是尽情地谈情说爱，或是赋诗作歌，极力抒发自己的豪情壮志吧！但是，而今他们是在医生说蓝田得了极为严重的癌症的情况下来这里的。至今，蓝田生死未卜，吉凶祸福均在两可之间。两个人的内心均是忧心如焚，哪里还有心思谈情说爱和赋诗作歌？两人都是强压着自己内心的痛苦，表面还要装出一副笑脸，言不由衷地说几句简短的话。王艳说："你看这花多好！"蓝田说："是，真好。"王艳又说："你看这老柏树得多少年了？"蓝田说："可能得几百年了。"他们到哪个公园也没有多转，多数时间是坐在长椅上休息、乘凉，实际上就是消磨时间。

到了确诊的日子，蓝田他们三人一早便到了医院。各项资料都搜集齐了，他们挂号后病历档案被送到8、9病室。这是两个大病室，并且连通在一起，周围坐了一圈医生。有本医院的，也有外地来进修的。每天都有一个主任，即国内胸外科最高技术权威领班，每个医生对病人诊断后，必须经过领班主任审核同意后，才能做出结论。这天是星期一，领班的是胸外科主任张大为。轮到蓝田了，给他看病的医生个子不高，看样子像外地来进修的。他拿着新拍的片子与蓝田带来的片子对比着，自言自语地说："小了，小了。"一会儿，他拿着蓝田的片子给张主任看。张主任十分果断地说："这个不是！起码这一大块不是！按炎症治疗，一个月后复查。"蓝田对这个结论，一字字都听得十分真切，这是他多么盼望的结论啊！一直站在门口向里面望着的王艳和关军，望着蓝田满面笑容，十分兴奋的样子，已经猜到了大半。蓝田走出诊室后，在楼道里，又把情况给王艳与关军说了个详细。

自蓝田外出看病后，局领导们和彭处长一直惦记着蓝田。都半个多月了，究竟病看得怎样？于是，彭处长带着车，代表局长们到北京看望蓝田来了。也在这时，王艳的姨父给他们送来一封信，是他在云南个旧锡矿驻京办事处工作的表弟，请该矿的党委书记写的。原来肺癌也是锡矿的职业病，日坛医院在那里设有医疗点，因此，该矿的领导与该院的领导和技术权威们都很熟。恰在这时，该矿的党委书记去北戴河疗养路过北京，他为蓝田给胸外科的另一位主任黄国俊（后任该医院院长）写了封热情洋溢的信。蓝田接过这封信一看，是用毛笔在有横格的信纸上写的，整整写了两篇。此时的蓝田真是无限感慨呀！他说："我与王艳姨父的表弟及这位党委书记，从未见过面，我们素不相识。我们两个单位之间的距离，说得夸张一点，简直是十万八千里啊！可是人家竟然为我蓝田，写了一封如此热情洋溢的信。而我们前寨的曹一申同志，我们相识多年，十几年来，他们在水利上有什么困难和问题，都来找我，却为我写了那样一封信。两封不同的信展示出两颗不同的心，两相比较，真是天地之别呀！世上的人们啊，这是为什么呀？"

蓝田把自己刚才看病的结果又给大家说了一遍，大家都很高兴。但也同样，心里还有点不踏实。这时，蓝田说："我们不急着回去，可再晚回去两天，星期四黄国俊主任值班，我们再来挂号，叫黄主任再给我诊断一下，看两位主任的看法是否相同？"大家都说："好！"星期四，蓝田又挂了号，十分可喜，黄国俊主任的结论与张大为主任完全一样。这时，蓝田又拿出了云南个旧锡矿党委书记给黄主任的亲笔

信。看过信，黄主任更为亲切热情了。他又对蓝田进一步解释说："根据我们的经验，可以判断你的病是炎症而不是癌症。但又不能彻底排除有癌症的可能，因为肺炎都咳嗽吐痰，你却一点也不咳嗽，一点痰也没有。你的肺炎特别严重，整个肺都成了大片的黑影子。按炎症治疗一个月后，炎症没有了，黑影子没有了，里面有无肿块便可以看得一清二楚了。"

当天下午，他们几个人挤在一个车上回土山。离京时已是下午五六点钟了。当时，天空的西北方，阴云密布，雷声隆隆。霎时，西北方向的云上来了，乌云滚滚，风声呼呼，尘土飞扬，雨却没下几个点儿。他们不去管它，沿着公路，顺着风势，一个劲儿地往南跑。不一会儿，风停了，云散了，湛蓝的天空，显得格外宁静，空气也变得十分清凉新鲜。随后，夕阳放射出万丈彩霞，它映红了天空，也映红了大地。由于过于兴奋，蓝田一路上没有一丝倦意，他一直看着车外。当他们的车进入土山地界时，已是深夜了，公路上没有行人，也没有来往的车辆。突然一个疯子，蓬头散发，像个魔鬼似的，与他们的车擦肩而过。又过了一会儿，在汽车的灯光里，一只野兔，在公路上撅着个可爱的小尾巴，慢慢地跳来跳去。它望着明亮的车灯，一点也不慌张，车到了它的跟前了，它忙跳了两步，闪在了一边。他们的车回到土山时，已是后半夜了。

第二天，蓝田到了局里，高兴得见人就握手。说话多了点，回到家后胸部就疼。隔了几天，家里生煤火的劈柴没有了，蓝田坐在小凳子上，用斧子慢慢劈了一会儿，那么小的劈柴，根本不费什么劲儿，胸部又疼了好几天。此时，蓝田才知道，成年人的肺炎好生厉害，也许是他的肺炎太严重的缘故吧。

为了中西医结合，提高打针的效果，加速肺炎的消除，蓝田又去了一趟省会找王素。王素到中医院，请权威的王云英老专家，给蓝田开了一个治疗肺炎的中药方。蓝田回到土山，到地区医院找一位熟人尤大夫，按王老的药方开方子拿药。尤大夫一看这药方，高兴地说："这是我们的老师。"于是照王老的方子抄了一遍。蓝田在地区医院拿了三剂，吃了以后，大便稍稀一点，浑身和心里都很好受。但地区医院每次最多只给拿三剂，蓝田为了少跑医院，想一次多拿几剂，便去了另一个较小的医院，找他的一个同学。他的同学也是一个医生，他给找了一位中医开药方。这位中医不知王云英是何许人，对王老开的药方很不以为然，也没说人家这个药方有什么缺点，便自以为是，擅自另开了一个药方，蓝田对此很不高兴。但他的那个同学对他说："这个都差不多。"这个医院一次可拿 7 剂中药，蓝田回去只吃了一剂，便浑身难受，气得蓝田把其余的 6 剂全部扔掉。此后，不论在哪里拿药，蓝田要求必须按王老的方子抄，一个字都不能差。就这样，一个方子吃了一个月，感觉一直很好。

　　不能上班，也不用外出了，每天只是打针熬药吃药。一个多月来，已经打了 100 多针，还得打一个月，再打 60 针。针打多了，屁股两侧越来越硬，药也越来越难推。为了有利于药的吸收，把那么多针顺利地打下来，每天晚上，王艳总是给蓝田热敷。她把一块毛巾在脸盆里洗干净，拧干了，然后倒上些暖瓶里的开水，轻轻地敷在打针处。一会儿，毛巾不热了，她就把毛巾再拧干，重新倒上一些暖瓶里的水，再敷上去。蓝田只管脱下裤子，露出屁股，坐在小凳子上，向王艳提供水温的信息。王艳到时总是向蓝田发出命令："转过身去，烫那边！"有时还轻声地"训斥"他两句。蓝田总是乖乖地听话，乖乖地服从命令，他听着这低声的"训斥"和命令，总觉着很舒服、很快活、很幸福。这大概就是爱情，真正的爱情吧！尽管天天热敷，但针仍是越来越难打。蓝田也试着在胳膊上打了一针，仅一针胳膊就又肿又疼。看来只有打那两个地方，只有苦撑苦熬地坚持吧。最后，终于坚持下

来了。

过了半月，蓝田便去医院拍了个片子，片子上那大片的黑蛋没有了，只剩下一层淡淡的薄云，里边除了几个豆粒似的斑痕，什么也没有。医生说："那豆粒状的东西是血管，人人都有。"到一个月，蓝田去北京复查，是他自己去的。这时，炎症已彻底消除。张大为主任一看，高兴地说："怎么样？我说是炎症吧！"这时，蓝田同志紧握着张主任的手，感激之情一言难尽。他说："谢谢张主任，谢谢张主任的救命之恩！"走出诊室，蓝田回顾自己看病的全过程，真是不胜感慨啊！他想："日坛医院，这是多么好的医院！多好的管理办法！多好的专家！任何一个人，不用求人，不用请客送礼，都可挂号看病，都可以享受到国内水平最高的权威专家的诊断。这样的方法，充分地发挥了专家的作用，最大限度地避免了漏诊和误诊。这才是人民的好医院哪！如果我在那个医院，他们要立即给我动手术，要先割断四条肋骨。他们在我的肺上切上多少刀，也不会找到一个肿瘤呀！他们还会把我的肺给接起来吗？我的肺还会像从前一样地呼吸吗？他们会告诉我，说我的肺上没有肿瘤，并承担误诊的责任吗？总之，在那里我是必死无疑的。是张大为、黄国俊两位主任给了我第二次生命！从此，张大为、黄国俊这两个崇高的名字，将永远铭刻在我的心上！将永远铭记在我的心里！我要用他们给我的生命，像他们一样地努力学习、钻研业务、精益求精地工作，我要像他们一样地为人民负责，为人民服务！同一张胸片，有多少医生都认为这是癌症，这人必死无疑；而张大为、黄国俊两位主任便可果断地判断为这是炎症。同为治疗肺炎的中药方，王云英老专家开的便不用修改，既能治病，又使人感到舒服；而另一位中医开的，仅吃一剂便浑身难受。医生，担负着治病救人、救死扶伤的重任，担负着党和人民的重托。人命关天啊！一个医术水平低的医生，一个不负责任的医生，可以把小病治大，把轻病治重，甚至治死；而一个水平高的医生，一个极端负责任的医生，可以把处在死亡边缘的危重病人拉回来，让他重获新生，恢复健康，重返工作岗位。"

蓝田回到家，第二天便高高兴兴地去上班了。一块工作的淑珍，对蓝田只说了一句话："大难不死，必有后福。"1981年，蓝田在土山地区水利局第一批晋升为工程师，同年又被任命为科教科副科长，分管职工教育、技术职称晋升和科研等工作。那时候，头两项工作都很忙，工作量很大。因为近几年参加工作的年轻人，上学时初中高中都是两年毕业，在学校里学的东西少，要统一组织培训班进行补课，主要是聘用教师，给他们补数学。另一方面，由于多年未搞技术职称晋升，大批技术人员工作多年，都没有技术职称，要组织大家填表上报，主管的同志要进行审核，然后交评委会评审。各项工作党和政府都有原则、有规定、有要求，但工作中会遇到各式各样的问题。蓝田当了副科长，对这些工作哪个该办，哪个不该办，该怎么办、都必须表态。对同一件事，不同的人就有不同的表态，这是对每个干部的考验。蓝田在技术职称晋升中便遇到了两个突出的问题。一是国家规定，申报某类技术职称的人，必须是在这个岗位上工作的人。一天，主管他们这个科的老局长，拿着一个同志申报统计师的报表找蓝田来，笑嘻嘻地对蓝田说："老蓝呀，咱们给这个同志把这件事办一下吧！"蓝田接过报表后，便问这位老局长："他现在在这个岗位上工作吗？"老局长没有回答。蓝田既不管是主管自己的局长，也不给老领导一点面子，便拒不办理。显然，这一下最少得罪了两个人。二是接到上级指示，要求自某年某月某日起，对助理工程师的评审暂停。但故口县水利局的局长吕金，因他的爱人等几个人的助工尚未评审，他便由地区水利局请了两个与他关系不错的工程师，到他们那里组成了评委会，进行了评审，而把评审的日期，写在了国家确定暂停的日期之前。蓝田认为这件事的性质是十分严重的。如果我们的干部都这样，上有政

策，下有对策，有令不行，有禁不止，为了个人或小集团的利益，可以为所欲为，那么，我们的党岂不是名存实亡、变质变色、国将不国了吗？通过这两件事，首先，蓝田告诫自己：对党中央、国务院及各级党政领导的一切政令、法规、指示、规定、要求等，均必须言听计从、令行禁止、坚持真理、坚持原则、刚正不阿，概括为一句话，就是要做一个正直的人。其次，蓝田在工作中还发现：当了一点的小官儿，便有了一点儿权力，便开始有人送礼了，有的人还想充分利用这点儿权力，为自己谋取私利。于是，蓝田便给自己提出了第二点告诫：要做一个清白的人。再次，他还发现，有的人拿着国家的工资，身居一定的领导职位，一年到头，却从不做一件人民需要的事，并且一直无人过问。于是，蓝田便给自己提出了第三点告诫：要做一个有益于人民的人。

另外，在中级职称评定中，开始定的标准较高，要求很严，后来标准逐步降低，放得越来越宽。但地区水利局有两个特别老实的人，蓝田认为他俩已具备了工程师的条件，但他俩不敢申报。于是，蓝田便登门找他俩去，叫他俩申报。比如工管科的张铭同志，他说："我有什么呀？"蓝田便指着他编的全区《水利建设参考资料汇编》这一个大本对他说："就凭这个就完全没问题。"这一大本汇集了全区水利各方面的有关资料，供从事各项水利工作的同志查阅，十分方便。于是，这两位同志都申报了，也均通过了评审，晋升为工程师。此外，当时有些工作没有明确归谁管，因而无人管。比如，省报上提出的给知识分子增加一些书报费问题；晋升为工程师的知识分子，有的爱人孩子原在农村，在解决了她们农转非之后，爱人没工作，家庭经济比较困难，春节前给家庭经济困难的知识分子一些经济补助问题等，蓝田都主动地把这些事担起来。他拿着省报让一个个局长看，呼吁解决这些问题。最终，这些问题都得到了解决。

1983 年，在机构改革的浪潮中，一批年轻的知识分子走上了领导岗位。1983 年 9 月，土山地区水利局的新领导班子组建完成。新班子设一正三副，共四人。蓝田 1983 年 4 月被批准加入中国共产党，9 月被提拔为地区水利局的副局长兼局党组成员，他分管农水科、机井科、科教科、地区水科所和地区钻井公司。蓝田一上任，机井科的张铁与周胜同志便来汇报。他俩刚从水利部和省水利厅共同组织的"机井测试改造节能增效"培训班上培训归来。听了他们的汇报，蓝田感到这项工作很重要，要把它列为今后工作的重点之一，认真做好。随即他们做出了如下决定：第一，要针对全区机井及井泵的不同特点，将全区各县（市）分为三片，依次分别举办培训班；第二，每个培训班办前，要选好试点进行测试改造，培训班上要结合本试点测试改造的数据进行讲授；第三，培训班上不仅要每个学员掌握有关理论，而且要每人实际操作，要学会仪器的操作使用和对井泵的测试改造；第四，要培训到水利员；第五，除省拨给的该项费用外，本区要从水利费用中再拿出两万元，以支持培训班的举办和帮助各县（市）购置测试所需的仪器设备。此外，蓝田还向他们二人要了一本省厅印发的培训教材，并抓紧时间进行了认真研读，从而真正懂得了其中的各项技术，以利于自己正确地指导这项工作的健康发展。正是由于土山地区这项工作搞得深入、细致、扎实，各县（市）均涌现出了一批机井测试改造的积极分子。他们在工作中学到了许多真本事，纷纷深入到一个个村子，一眼眼机井，为农民解决了一个个长期存在的问题，创出了一项项看得见的效益，为国家和人民做出了自己实实在在的贡献。1986 年，水利部农水司孟处长两次来土山指导工作。1986 年 9 月 7 日，长山省机井测改技术座谈会在土山召开。

1984 年夏，地区商业局给了地区水利局 6 张 18 英寸进口彩电票。局长说："把它给局里的工程师。"那时，局里共 8 个工程师。局办公

室把8个人分为两组，每组4人3张票。蓝田这一组里有一个人，因家庭经济困难放弃了，因而每人一张票没问题了。可是另一组的4个人，每个人都想要，不好办了。其中高芳心眼最活，鬼点子最多，来的也最快。他灵机一动，便想出一个主意来，他知道蓝田在涉及个人利益时姿态最高，总是吃亏让人。于是，他便来到蓝田的办公室。蓝田见他一来，是什么事便猜出了大半。于是，蓝田说："老高，有什么事，直截了当地说吧！"高芳说："我们4个人，3张票，可是每个人都想要，缺一张票。"蓝田说："你来找我的意思，就是想让我把自己的这张票让给你们呗！"高芳说："是的。"此时，蓝田没有丝毫的犹豫，便把自己那张票拿出来，给了高芳。同时说："给你，拿去吧！"可是，没过多久，他们组的一位副总工程师得了胃癌，手术后未见好转，1985年夏便去世了。他的老伴儿及儿孙全家都在农村，家里失去这个顶梁柱以后，经济十分困难，于是，他的老伴儿便决定不要这张彩电票了，把它又退了回来，高芳又把这张票还给了蓝田。1985年秋，彩电到货后，是日本产的，"三洋"牌的，每台1500多元。蓝田家原有一台14英寸"飞跃"牌的电视机，是花400元买的。虽是国产的，黑白的，可质量不错，画面十分清晰。听说王艳家要买彩电，她二外甥女便说要它，并非按原价给王艳不可。把这400元包括在内，买了这台彩电之后，蓝田他们一家，当时便一点儿余钱也没有了。

20世纪80年代初，蓝田还遇到了一件世上少有的事：1980年，省厅决定把本省联合研制的两台电动圆形喷灌机给土山地区水利局，由蓝田他们做中间试验。他们决定一台安装在博陵县，另一台安装在故口县。故口县这个试点是蓝田亲自选定的。起初故口县水利局推荐的试点，是在县城的西边，蓝田到那里一看，那里是密集的方田林网，每条路的两侧都是整齐高大的杨树，地头上还都有混凝土防渗垄沟。蓝田说："这台喷灌机若安在这里，林网和混凝土防渗垄沟均遭破坏，损失太大，绝不能安在这里。"于是，他们开着车立即另选新点。接着他们转到了故口县城北面的施西大队，这里在公路的北侧新打了一眼深井，耕地内除了一条早已废弃的引水灌渠外，没有一棵树，也没有任何其他的水利工程。1980年秋，喷灌机运来后便安装在这里。经过1981年春的实际运行和测试，证明这台喷灌机问题很大，根本用不得，结果这台喷灌机便在那里闲置着。1983年春，省农垦局来人要把这两台喷灌机全买走，故口县这台他们决定给1.5万元。蓝田打算利用这笔钱继续在故口县搞试验研究，而故口县水利局局长吕金却觉得这笔钱好用，要完全由他们使用。要说地区水利局与县水利局是上下级关系，若是县水利局的人到地区水利局来找蓝田或哪位局长，说几句好话，要地区水利局把这笔钱全给他们，地区水利局资金来源多，数量大，另行筹集一些资金去搞试验研究，是完全有可能的。然而他们不这样做，吕金组织了一伙人，经过精心策划，编造了一系列的谎言，说这台喷灌机给他们造成了极为重大的经济损失，这1.5万元必须全部赔偿给他们。地区水利局听说故口县水利局对这笔钱的使用有意见，主管科教科的副局长便与蓝田、关军三人，一起乘车去故口水利局了解情况。故口县水利局知道他们去，便事前做好了充分的准备。当蓝田他们到达故口县招待所时，该县局的七八个人早在一间屋内坐好，专等蓝田他们到来。当蓝田他们到后，会议就开始了，他们这七八个人按照事前的准备，一个接一个地发言，他们的局长吕金故意离开会场走了出去，好像这些发言与其无关，其实他是在屋外偷听着哩。如果说损失，确实是有一些，那就是喷灌的水量小和不匀，造成了小麦的减产。但减产的损失没那么大，再说他们也绝不是为施西大队的减产而要这笔钱的，他们绝不会给施西大队一点儿钱，甚至根本不让施西大队知道这件事。最可笑的是他们说这里原来的林带有多好，混凝土防渗垄沟有多好，这台喷灌机毁了多少树多少防渗垄沟等。蓝田听

了他们这些胡编胡造的话，一点儿也没生气，一点儿也没着急，心想让他们说完后我再说话。但当他们一个接一个刚刚说完，吕金便从外面立即冲进来，说："不说了，不说了，立即吃饭。"地区水利局副局长看不出这是一套阴谋，也跟着这样说。这就是说，他们不让蓝田说一句话。可是蓝田至今也不明白，当时，自己哪来的那么大的涵养？怎么能这样忍气吞声？自己简直就是一个纯粹的窝囊废！他们不让说就不说了吗？就是在吃饭时也可以骂他个狗血喷头啊！或者吃了饭不说清不走，或者问他们敢不敢把他们讲的这一切，都写成文字，签上他们的名字，而后交给自己，咱们一块法庭上见！然而，当时的蓝田，这三招儿，一招儿也没用。他们的局长便答应人家这钱归故口了。于是，蓝田与关军这两个窝囊人，便与他们的窝囊局长一起，窝窝囊囊地回土山了。蓝田始终不明白，自己的主管局长也不让蓝田讲话，也不向蓝田问一下实情，难道他真的相信故口这些人讲的全是实情？

吕金的阴谋完全得逞了，他完全胜利了，但他尚未完全如愿，他还要继续打击蓝田，于是他派出了专人，专门来土山地区水利局，找局的一把手华局长诬告蓝田，说蓝田如何在他们县的故村喝酒，酒后如何许愿给该村 1.5 万元，在该村搞咸水的改造与利用等。但华局长可不同于蓝田的主管局长，他是个明白人，他也十分了解蓝田，他知道蓝田根本不喝酒，更谈不上酒后如何许愿。蓝田根本不是那样的人。他把这位故口人对蓝田的诬告只当作笑料，他见了蓝田便笑嘻嘻地对蓝田说："人家故口派人到我那儿告你来了，告你如何在故村喝酒许愿。"蓝田听了，只是哈哈一笑，它根本不值一驳。这就是人格的威力！这是吕金这样的人不懂的，也永远不会懂得的。

使吕金更万万想不到的是，时隔不久，蓝田在地区水利局被提升为副局长了。这时，吕金慌了，他认为蓝田必然打击报复他们，他说："这个，我们今后可怎么混哪？"于是，他派出了原来与蓝田一起搞喷灌的王书，专门到土山来找蓝田。王书对蓝田说："他们说那 1.5 万元还未动，你们还可以到那里用于搞试验。"蓝田对王书说："请你转告你们的局长，我绝不会打击报复你们，今后，该拨给你们的钱我照常给，该给你们多少就给你们多少。但是，像科研这类的项目，我们可在你们那儿搞，也可以在别处搞的。由于我们已经深知你们的人性了，因此，说什么我们也不会再去你们那里搞了。在这方面，我们今后是鸡犬之声相闻，老死不相往来啊！"蓝田想："吕金这一伙人，为了区区 1.5 万元，便丧尽天良，道德沦丧，出卖灵魂，他们这一伙人的人格加在一起，竟不值 1.5 万元；而对我们每个正直的人来说，一个人的道德品质和诚信，是无价的，无论多少金钱的诱惑，都不会去干昧心事的。吕金这样的人，为了区区 1.5 万元，便昧着良心，精心策划，兴师动众，肆无忌惮地编造谎言，恶毒攻击和诬告上一级领导，道德如此败坏，真是世上少有。如果是 15 万元、150 万元、1500 万元、1.5 亿元或更多呢？那他就可拦路抢劫，杀人放火，出卖祖宗，认贼作父，出卖国土……他这样的人是什么事都干得出的。"

1983 年后，蓝田还不断听到来自故口县的消息，开始有消息说，吕金这样的人居然有人要提拔他当故口县的副县长，起初有人反对，没有弄成，后来却居然弄成了。再往后，到 1986 年，土山地区水利局的一把手调走后，吕金这样的人，野心还真不小，他居然四处活动，要到地区水利局来当一把手，他真是太高估自己的能量了。他把地区水利局的干部职工，全看作任人宰杀的羔羊。由于他干的坏事太多了，地区水利局知道他干的这些坏事的又何止一两个人？再说地区水利局也不乏正直正义之士，只要有一个人站出来，到地区主管领导那里，把吕金干的像"晋升助工"和"卖喷灌机"这类的劣迹，随便举出一两件，那么，吕金的升迁美梦，就彻底泡汤了。

创业难

　　20 世纪 80 年代初，在我国舆论界，曾刮起过一股不大不小的风。有些同志对我国的水利建设似乎有一些意见。比如，有位领导同志说，"水路不通走旱路"；又有一位同志在一个十分重要的刊物上发表文章，说："水资源与煤和石油不同，不宜远距离输送。"公开反对我国准备实施的南水北调工程。而在当时十分盛行的学术研讨会上，一些同志则大声疾呼："一棵树便是一座小水库，绿化了大长山，我们长山省风调雨顺；如果把水利投资的十分之一拿出来搞植树造林，我省的面貌一定比现在强得多……"也正是在这个时候，一些过去长期研究"高产农业"的人，从此，则开始专心于"旱作农业"的研究了。不知是不是由于上述这些原因，我国的水利工作便进入建国以来最困难的一个时期。

　　当时的困难集中在水利建设投资上。比如土山地区的打井补助费，在 20 世纪 70 年代，每年有 700 万—1000 万元，最多的一年达 1500 万元；而这时，竟然骤降为 100 万元。另一方面，这时我国的广大农村，刚刚实行了"大包干"责任制。过去，每个村里哪块地种什么，用什么种子，买什么化肥、农药，各买多少等，都要由大小队的干部们操心、研究、安排；而生产队的干部，每天早晨都要安排本队里的每个人，各去干什么活，到晚上，他们还要在队部里给每个人记工分。简直是什么都要他们去管，真是忙得很。而今，地都分到了各家各户，这些事突然都不需要他们去管了。这时，各村大小队的干部们，一时找不准自己的位置，仿佛什么事都不需要他们管了。由于没人组织，再加上打井补助费的骤减，土山地区各县（市）的广大农村，在一个时期内，基本上没有村子要求打井了。于是，土山地区地县两级庞大的打井队伍，突然之间没活干了。他们发不出工资，吃不上饭。这时，有些县（市）的打井公司，便给打井工人放了长假，即不发工资，让工人们回老家。

蓝田上任不久，便突然听到一个噩耗。北田县钻井公司的打井工人老薛，十几年前离家时才20多岁，如今40多岁了，两手空空，回到家来，心中十分郁闷。到家后又遇上了一些烦恼的事，一时想不开，一根绳子，悬梁自尽了。蓝田同志听到这个消息，心情十分沉痛。他立即要车去了北田县钻井公司。在那里他首先向他们的经理们了解情况，然后反复嘱咐他们：要千方百计解决打井工人的就业问题，不要将打井工人"放长假"。最后，他斩钉截铁地对他们撂下了一句十分严厉的重话："给工人们放长假是领导无能的表现！"他这话是说给北田县钻井公司的经理们听的，也是说给全区打井公司的负责人听的。

蓝田回到土山，便立即去地区钻井公司，和李元等几位经理，一起研究打井工人的工作问题。他们决定：第一，把公司临街的外墙拆除，同时把临街的几间房改造成两个商店，可安排几个同志承包后对外营业；第二，把钻机修配车间由几个同志承包后，除继续修配钻机外，还可以对外揽活，承揽金属加工及机械修配等；第三，发动全体干部职工，开动脑筋，想办法，提建议，广开就业门路，绝不让一个工人下岗回老家。自此，蓝田便把打井工人的就业问题，时刻挂在自

己的心上。

由于长期在基层工作，蓝田对本区农田水利的情况和存在的问题十分清楚。由于缺乏地表水源，土山地区的农田灌溉主要靠机井。而那时的机井灌区又都是土垄沟输水小畦灌。它的问题：一是垄沟及畦埂占地多；二是浇地时垄沟跑水及渗漏水量损失多；三是每年修筑垄沟、畦埂及浇地用工多。为了解决这些问题，省厅农水处主张大力发展混凝土地下输水管道，抗旱办则主张大力推广"小白龙"（即高压聚乙烯薄膜软管）地面移动管道。蓝田他们在施工和应用中，深感这两种管材都不够理想：混凝土管管径较大，价格较低，但用水泥砂浆连接一米一节的混凝土管，对施工要求十分严格，稍有疏忽，便会漏水；而"小白龙"则十分怕扎，每扎一个小孔，浇地时便漏水不止。他们倾向于探索新的管材，并把目光首先瞄准了聚氯乙烯硬塑管。但市场上现有的这种管材，其最大管径仅 10 厘米，管壁厚度却高达 5 毫米左右。而当时土山地区深井的单井出水量大都是每小时 80 立方米左右，用这种管子显然不行：一是管子太细，严重憋水；二是管壁太厚，价格忒贵。于是，他们便与厂家协商，希望他们生产大口径薄壁的专为农田灌溉所用的低压输水管道。蓝田决定把这项工作交给农水科，由协助他工作的副总工程师车武和农水科科长常进负责，把它作为 1984 年的一个科研课题，用不同的管材和规划布置形式，各搞出一批试点。通过施工运用与测试，选出好建好用效益最好的管材、管件和管道布置形式。对这个想法和安排，大家都很赞成，很满意。因此，工作进展得很顺利。1984 年 11 月，便完成了这项试验工作。其结论是：大口径薄壁的聚氯乙烯硬塑管，埋于地下，做固定输水管道，每隔几十米设一出水口，上接"小白龙"地面移动管道，把井水直接送到畦子里。这个方案最优。薄壁硬塑管运输轻便，施工安装简易，运行可靠，内壁光滑，输水阻力小。塑料管不耐老化，但埋在地下便解决了这个问题。蓝田听了，十分高兴，他立即算了一笔账：全区深井16000眼，中浅井近3万眼，如果每眼深井安装这样的薄壁硬塑管400米，每眼中浅井安装200米，仅我们土山地区，便需要1000多万米。这是多大一个市场！如果我们地区钻井公司建这样一个厂子，专门生产这种塑料管，既解决了我区农田建设低压输水灌溉管道之需，又可以创收，更重要的是，我们钻井公司打井工人的就业问题不就全部解决了吗？于是，蓝田立即打电话把这个想法告诉钻井公司。钻井公司的人们接了这个电话，从干部到工人，一个个都满心欢喜，举双手赞成。

但是，要建这样一个塑料厂，需要什么机械设备、什么原料、多大的厂房、用多少电、多少水、设备与原料由哪里买、人员如何培训、总需多少资金等等，这一切，蓝田和地区钻井公司的经理们都一无所知。于是蓝田与李元等同志决定立即去天津、北京的轻化工学院，向塑料专业的教授和讲师们请教。他们一连跑了几所大学，所得到的回答却令他们有些失望。因为他们提出的问题得到的回答都很原则，很不具体。看来这些教授讲师们对建厂的各项事宜都不够了解，也不感兴趣。真是天无绝人之路，想不到，最后他们在北京市竟然找到了一所塑料工业学校，该学校虽然只是一所中等专业学校，仅有专业教师20多人，但近几年他们多次为国内新建塑料厂提供全套技术服务。他们不仅了解国内外各种塑料机械的性能、质量和价格，还可以协助用户与厂家谈判定货；帮用户设计厂房及内部机械的平面布置图；完成机械设备的安装、调试和试运行；对操作工人、检修工人和检测人员进行技术培训。此外，还可以为用户提供各种塑料制品的原料配方等。得知这些情况后，蓝田他们真是高兴极了，他们在北京一连住了四五天，把各方面情况一一问了个详细，回到土山后，蓝田便亲自写了可行性报告。这时已是1984年底了。

真是天有不测风云，这时上级党委明令禁止各级党政机关办企业。

一个月前，当土山地区钻井公司准备建一塑料厂，专门生产农田灌溉所需的低压输水管道的消息传到省厅时，省厅农水处的领导表示大力支持。它的一个下属单位有一些闲置资金，他们主动找上门来愿意投资入股，到这时却突然变卦了。于是，资金问题便成了一个大问题。地区钻井公司，他们自己只有 30 万元，是打井用的流动资金。无人打井，这是暂时的问题；将来，井终究还是要打的。因此，这 30 万元不能动。建这样一个塑料厂，包括流动资金在内，总需 200 万元。这在当时，可是一个大数。蓝田和李元他们都跑过银行和税务局，虽然土山地区改革开放已高喊了好几年，但对新建一个工厂，银行和税务局却一点优惠政策也没有。到银行贷款，利息还是那么多，而且必须有抵押；税金一点不减少，而且必须先缴完税后才能还银行的贷款。那么多资金，用什么做抵押？另一方面，现在水利投资那么少，低压管道输水刚刚推广，如果近几年的销量上不去，用什么还息还贷？由于他们谁也没搞过企业，因而格外谨慎，虽思虑再三，但谁也想不出好办法，下不了决心。可恰在这时，一个好消息由北京传来：率先改革的水科所，利用原有的一台汽车钻，打进城建的勘探市场，在北京闯出了一片新天地，形势一片大好。这时，蓝田便想让钻井公司与水科所联合起来。发挥自己的优势，到城建的勘探和桩基市场上去打拼，也许是一条更好的路。

要说地区水科所的勘探工作，还得从头说起。也是在蓝田刚上任的时候，有位水科所的同志告诉他："水科所的程甲同志要调走，最近要来水利局办手续。他是所里唯一在岩石地层上搞过钻探的人。"听完这话，蓝田当天晚上便到程甲同志的住处，与他促膝谈心。蓝田首先问他为什么要调走，有什么困难和问题，对所里和局里有什么意见。然后动情地告诉他："你是咱们所里唯一在岩石地层上搞过钻探的人，是我们不可缺少的人才。我们土山地区名字里虽然有个山字，但全区没有一座山，都是一片大平原。打井钻探都是在土层上干活。但是，我们要把眼光放远些，我们新班子上台以后，是要干事的，而且是要干大事的。我们今后的工作范围绝不会局限在这个狭小的区域内。希望你留下来，我们一起干一番事业，你很年轻，在我们这里今后一定会大有作为的。当前，我们所里的工作条件和生活条件都较差，但今后，随着事业的发展，一定会逐步改善的。"他们一连谈了三个晚上，程甲同志终于决定留下来，不走了。

地区水科所的老所长王林同志，是位志愿军伤残军人。因快到退休年龄，便退居二线；年轻的庄俊被任命为新所长。1984年初，长山省政府下发了一个"关于科研单位改革问题"的文件，在所里引起了强烈的反响。他们二人首先进行了反复研究，然后组织全所的干部工人对该文件进行了多次讨论。最后，他们根据省政府文件的精神，制定了本所的改革方案。报到地区水利局经局长们审批后执行。他们的改革方案主要包括以下几项内容：第一，由局里招聘技术拔尖人才，承担重大课题的研究工作，可优先给予解决住房问题；第二，钻机勘探实行承包，按完成的工作量提取奖金；第三，实验室、化验室、物资供应、财务及办公室等后方人员，按前方施工人员奖金的一定比例提取奖金等。另外，也在这时，水科所打井方面的一个科研项目要通过专家鉴定，他们由国内请来不少专家。其中，城建部勘察设计院的陆总，是打井与勘探专业全国著名的权威专家。经他们了解，陆总的老家竟然是土山地区的安饶县，原来他们是老乡。而且稍一接触，便发现陆总待人热情，平易近人。这时，蓝田与水科所的新老所长想到了一块去了：聘请陆总做水科所的技术顾问。于是，他们随即一起到了陆总的住处。当他们说出这个共同的愿望后，陆总便立即高兴地满口答应了。1984年上半年，水科所从省里争取到了一座平原水库的勘探任务。他们的改革方案一实施，无论前方和后方，工作效率都大大

提高了，所里的收入增加了，大家的奖金和福利也增加了。于是，水科所的面貌便焕然一新。

1984年7月中旬，水科所的新老所长一起去北京，找陆总办理聘做顾问的正式手续。还想请陆总帮忙，为水科所的钻机找点活干。没想到这时陆总正为香格里拉饭店的勘探工作犯愁。因为这里地面7米以下便是鹅卵石，十分坚硬，勘探工作很困难；另一方面，他们自己的钻机都使用多年，且总在岩石上钻进，磨损老化十分严重，零配件经常损坏，因而施工进展很慢，任务难以按时完成。听说他们水科所有台钻机，刚买几年，又总在土层上干活，陆总想这台钻机岂不像新的一样，如果他们的人不行，在岩石上干不了，可以让自己的工人上。于是便对他们二人说："如果你们的钻机要来，那就务必在7月19日上午8点前，在香格里拉饭店工地的孔位上就位。"于是，他们二人立即向所里打电话。当副所长王忠接到电话时，已是7月17日下午快下班的时间了。他立即通知所里有关人员晚上7点在办公室开会。随后，他又把这个消息打电话告诉了蓝田同志。晚上7点，有关同志全部到齐，蓝田也来参会。听说要去北京施工，在鹅卵石上搞钻探，任务十分艰巨，大家都十分兴奋。会开得十分紧张，也十分顺利。他们首先确定了前往北京施工的六名得力工人和两名技术人员，并确定由程甲同志任机长。然后研究了需要准备的钻头、钻具及配件、帐篷、行军床、油料等各种物资。大家分工负责，各项准备工作必须在18日上午全部完成。7月18日中午12点准时出发，当天必须赶到北京。蓝田与王忠同志也一同前往。散会时，已是夜里11点了。

7月19日早8点，水科所的钻机，已在北京香格里拉饭店工地预定的孔位上安装就位，各项准备工作都已做好。蓝田与水科所的全体领导班子、程甲及全体工人、技术人员都站在钻机旁，等待陆总等领导同志的到来。9时许，陆总及各位院领导一起来到工地。陆总走在最前头，看到这一切，他真是又惊又喜：他惊的是水科所的钻机果然准时到位；喜的是蓝田局长居然也来了。这时，蓝田同志大步迎上前去，与陆总两双手紧紧地握在一起，彼此嘘寒问暖，互致问候，真像久别重逢的老朋友。随后，陆总从口袋里掏出自己的名片，双手递给蓝田同志。傍晚7点，蓝田与所里的全体领导班子，又在东来顺饭店宴请了陆总和大嫂子（即陆总的老伴儿）。饭桌上，他们频频举杯，共叙友谊。从此，他们彼此简直就像一家人一样了。

勘察院的领导走后，不用敲锣打鼓，也不用放鞭炮，程甲同志一个手势，便立即开钻了。按照程甲同志的安排，六个工人和两个技术人员分为两班，钻机昼夜不停。帐篷就支在钻机旁不远处，里边一个个行军床分为两排，整齐地布置在里面，大家都一起住在这里。北京的7月下旬，天气炎热，空气潮湿，工地上白天苍蝇飞，晚上蚊子叮。但无人叫苦，无人抱怨。开钻后，上部的7米土层很快就通过了，可是打到下面的卵石层，进尺可就难多了。程甲同志讲，鹅卵石是所有地层中最难打的。一是因为它最坚硬，二是因为它正像大家所看到的，有时好几个小时一点进尺也没有，最后终于把这块卵石提上来，原来是有一块卵石它比钻头刚大一点儿，又恰在钻孔的中心，钻了好长时间，好不容易有一点进尺，工人们想把它提上来，但刚提了不足一尺，它就掉下去了，可它在下面却翻转了一个角度，于是又得重新钻它。就这样它在下面连续翻转了好几次，最后终于把它提上来，一看到它，才知道原来是这么一回事。每天工人们在工地干活，蓝田和各位所长都守在钻机周围，他们有时主动地帮助工人搅拌灰浆，或搬倒制拌灰浆的特种水泥。有一天，钻机的一个配件坏了，这个配件没有备件，必须停机拆下来去修。工地在北京市的西北部，勘察院的钻机修配厂在北京市的东郊。王林同志对北京市最熟，这个任务自然由王林来完成。工人们拆下这个配件，王林提上它，立即带车赶往东郊。当他到

达修配厂时，已到了吃午饭的时候了。经过王林同志一番工作，修配厂的师傅，撂下饭碗便立即去车间为王林同志修理这个配件。当钻机拆下损坏的部件去修的时候，程甲同志说："大家赶紧利用这个时间去帐篷内休息。"下午3点多，当王林修完配件赶回工地的时候，人尚未到跟前，便招呼了一声。于是，工人们便一骨碌都爬了起来，三步并作两步地一齐来到工地，安上配件，钻机就又开钻了。水科所钻机的两侧不远处，便是勘察院的两台钻机在工作。他们的勘探工作未实行承包，还是老样子，吃的是大锅饭。工人们实行的还是8小时工作制。上班来，下班走。因此，水科所的钻机虽然开工晚好多天，但进尺渐渐赶了上来。到第10天，水科所的钻探工作，一直正常进行，进展较为顺利。看来没有什么大问题了。蓝田便回到了土山。

最终，香格里拉饭店工地设计的这3个勘探孔，只有水科所承担的这个孔，钻到了设计的深度50米，各项测试工作也都是在这个孔内完成的。自此，只要勘察院有勘探任务，他们便要水科所的钻机和他们一起去干。老所长王林同志自此便留在北京，专门负责这项工作。每一次，他们这台钻机完成的工程量，往往是其他一台钻机的二至三倍。因此，勘察院的领导和同志们都称赞他们：是一支过得硬的队伍，信得过的队伍。

1984年秋天，一个偶然的机会王林在北京结识了蓝田爱人王艳的姨父，年近60岁的朱工，他在北京市一个区的城建处任主任工程师。他是土山地区博陵县人，也是王林他们的老乡。多年在外工作的人，哪一个不思念自己的故乡？哪一个不想为家乡办点实事？哪一个不想为故乡做点贡献？哪一个见到自己的老乡心里不是热乎乎的？朱工正是由于这种朴素的乡谊，在听王林说他在北京带一台钻机搞勘探后，便一连给他提供了好几项勘探工程。正是由于这个原因，水科所这台钻机自1984年7月18日进京之后，一直干到1985年春节，工程一个接着一个，活儿就没有间断过。王林和全体勘探人员，其间谁也没有回过家。

因此，1984 年这一年，地区水科所收入不菲。这一年，他们用勘探挣来的钱，又买了一台既能勘探又能打井的黄河 300 型钻机；还装修了各个办公室，并为各个办公室配备了电扇；每个人都分得了不少奖金。于是，地区水科所一下子成了土山小有名气的好单位。外单位有的人羡慕他们，有的人嫉妒他们。有好几个在外地工作的打井工人，地质部门的几个技术人员，都想调进土山地区水科所。

1985 年 1 月，蓝田接到了王林由北京打来的电话。说北京市某研究所的所长问我们有没有打斜眼的钻机，如有，他们愿与我们合作，共同承揽锚杆工程。事情原来是这样的：北京市某研究所要建一座新宿舍楼，这项勘探工程又是朱工给提供的。新楼就在旧的住宅楼旁边，该所的所长就住在这座旧楼里。王林他们的钻机进场后，由于他们昼夜不停地钻进，干扰了所长等人们夜间的休息，所长起初对他们还有些讨厌。但后来又一想：这是哪里的钻机？他们的干劲为什么这么足？如果我们与他们合作，一定会收到很好的经济效益。于是，他便走到钻机一旁，与王林同志攀谈起来。他问王林同志："你们有没有打斜眼的钻机？如有，我们可以合作，我们负责设计和揽活，你们负责施工。"王林答不上来，于是便打电话给蓝田同志。蓝田对此更是不知，便立即想到了黄谦主任。黄谦同志十几岁小学毕业后，便报考了地质部门的一个培训班，经过短期培训后，在地质队当了一名钻工。在 20 多年的时间里，他使用过多种钻机，参加过多地的探矿与找水等工作。在 20 世纪 70 年代土山地区打深井的高潮中，他回到老家文邑县，在本县的一台钻机上当了机长。由于他技术高超，又具有十分丰富的实践经验，因此，他负责的钻机打的深井质量最好，进度最快，很快便成为闻名全省的明星，还被评为全国劳动模范，后来，又被提

拔为土山地区机井指挥部的副主任。由于他文化水平较低，又不善于言辞，在这次机构改革中退居二线。蓝田上任以后，自知自己虽然有学历，又是学农田水利的，但对打井，特别是对技术难度大的深井，自己一点儿实践经验也没有。对各种钻机，自己更是一窍不通。黄谦比蓝田大两岁。因此，蓝田把黄谦看作自己的兄长，也看作自己的老师。只要是研究打井等有关的工作，蓝田总是把黄谦主任请来，坐在上座。当科长、所长或经理们汇报完情况并讲完意见之后，蓝田同志总是请黄谦主任先讲意见，他自己总是最后才讲意见或做结论。蓝田认为，只要这样，有黄谦主任在，他在有关打井方面所做的任何决策，便不会有大的失误；他们还经常一起下乡，检查与指导各县的工作。此外，那时国内和省内还经常举办有关打井和钻机方面的学术会议，蓝田 总是让黄谦同志代表土山地区水利局去参加会议。因此，黄谦不止一次高兴地说："我虽然退居二线，却没有一点二线的感觉。"蓝田放下电话，便立即来到黄主任的办公室。蓝田将上述情况向黄主任叙说了一遍后，黄主任立即说："有这种钻机。"蓝田接着说："请你在这种钻机中为咱们选择一种，最好是既能打斜眼，搞锚杆施工，又能勘探与打井。"不到半小时，黄谦主任便拿着一本钻机的说明书来到蓝田的办公室，他对蓝田同志说："这种油压300型钻机便能满足你的要求。"蓝田把这种钻机的照片和文字说明仔细看了一遍，心中十分高兴。但觉得这事关重大，还是把机井科、钻井公司和水科所的有关技术人员和三单位的领导人员全叫来，大家一起座谈讨论了一番。大家一致认为这是一件大事，油压300型钻机也是他们适用的一种好钻机，但还需把它装在汽车上。并一致同意蓝田同志的意见，可以先买两台钻机，设备和人员均由钻井公司上。让钻井公司与水科所联合作战，由水科所带钻井公司。这样钻井公司打井工人的就业问题便基本解决了。

10多天后，李元给蓝田同志来电话，说钻机与汽车已全部买到。

两部汽车全是二手车，并请了人在搞设计，设计也很快就会搞出，然后由钻机修配车间安装，工作很顺利。唯一的困难是油压300钻机需要的50钻杆，由于钢材紧张，国内市场上买不到。于是，蓝田与李元同志决定第二天去省厅寻求帮助。第二天，当他们到达省水利厅物资处说明来意后，冯科长二话没说便给省地矿局打电话。冯科长在电话里对地矿局的同志说："你们有没有50钻杆，你们需要什么钢材，我们可以给你们换。"蓝田与李元在一旁站着，听冯科长打电话。没用5分钟，问题便全部解决了。蓝田与李元甭提有多高兴了，他们真不知道该如何感谢厅领导，感谢冯科长的大力支持。

1985年9月中旬，水科所接到了北京打来的电话，说正阳市场的勘探工程必须马上进场。这时，水科所的两台钻机，正在北田县一个炼铁厂工地上勘探着，工程正在扫尾；钻井公司的两台钻机已安好了一台，另一台还有一些尾工。因此，水科所便抽出一台钻机，首先前往北京正阳市场工地。由于这项工程的工程量大，情况复杂，工期又很紧，并且在这个工地上水科所将与钻井公司第一次联合作战，钻井公司的工人原来都是打井工人，从未搞过勘探，他们的工人和技术人员，要通过这个工地的施工，向水科所的工人和技术人员学习，掌握这门勘探技术。因此，蓝田同志又要带队前往。接到电话后的第三天，蓝田和水科所的正副所长、钻井公司的正副经理，带着钻井公司的一台钻机、水科所的另一台钻机，及其配备的全体工人与技术人员一起，向北京进发了。下午，当他们到达正阳市场工地时，工地的负责人见了蓝田等同志很着急，甚至可以说有点生气。他对蓝田等同志说："我们这个工地，东西200多米，南北六七十米，工地很大，情况又十分复杂。这里原是护城河，全部由鹅卵石和建筑垃圾填起，下面有自来水管、通信电缆和动力电缆。有多少，各在什么位置，谁也说不清，必须先人工开槽。只有把它们都槽探清楚，才能躲开它们，在其间布

置钻孔，进行钻探，整个工期只有 20 天。可是我们打电话通知你们后，你们才来了一台钻机。偌大的工地上，只有六七个工人抡镐开槽，干活稀稀拉拉。现在勘探市场竞争多么激烈，如果你们干不了，我们一个电话，便会有好多钻机立即进场。"蓝田对工地负责同志说："请您放心，情况很快就会改变，问题很快就会得到解决。"此时，蓝田同志宣布，立即就地召开全体干部与技术人员参加的紧急会议。研究决定了如下几个问题：第一，钻井公司经理李元带一部车，立即赶回土山，招募 50 多名农民工，自带行李、铁锹和洋镐，明天下午务必赶回工地；第二，由水科所刘工负责，带领几名技术人员，负责探槽的定线放线、施工的质量监督、验收和工程量的计量工作；第三，由钻井公司的老安同志负责，带领几名工人，负责搭建帐篷，为全体干部工人和即将到来的农民工解决住宿问题；第四，由钻井公司老冀同志负责，带领几名工人负责搭建伙房，为大家解决吃饭问题；第五，由水科所老所长王林负责，带一部车和两名年轻工人，专门负责各项采购工作；第六，其余的工人把钻机在工地的外侧停好后，全部投入探槽的开挖，按完成的工程量付费。最后，蓝田同志问大家还有什么问题与意见，大家都说："没有。"于是，立即散会，整个会议只用了 20 多分钟。随后，大家都按照分工，紧张有序地忙碌起来。谁说钻探工人长期不干力气活，没有劲，干活稀稀拉拉？看一个个人，镐都抡得圆，锹都蹬得猛，整个工地上没有说笑声，只听见镐锹密密麻麻连续撞击土石的声音。第二天下午，一辆大轿车拉着 50 多名农民工来到了工地。人们下了车，把行李放在一边，拿着铁锹和洋镐便来认段。任务三两句话便交代清了，二话没说，人们就干了起来。好家伙，这一下工地上可热闹了。你看那一行行挖沟的人，你瞧那紧张的气氛，真好像要在这里打一场大战似的。

开槽，他们采取集中突击的方法，经过两天的紧急施工，有一部分探槽已按要求挖好。一条条电缆和自来水管都暴露了出来。其中有的埋得很深，槽挖了三米多深，才把它的位置搞清楚。于是，一台台钻机开过去勘探了。这时候，他们的 4 台钻机已经到齐，水科所又从省水科所租来一台钻机。5 台钻机一字摆开，200 多米长的工地上，人头攒动，钻机轰鸣，真有一番大干社会主义的气势。此时，工地负责人的心里踏实了些，他们的脸上开始露出了笑容。

为了让钻井公司的工人和技术人员掌握勘探技术，他们决定每台钻机上所需的工人和技术人员，均由水科所与钻井公司各出一半。采用师傅带徒弟的办法，通过这次施工，让水科所帮助钻井公司的人员掌握这门勘探技术。也正是因为在这个工地上，钻机多，而技术熟练的工人和技术人员少，因而不能把人员分为两班，让钻机昼夜不停地钻探。他们是从早到晚一个班连续地干。在这个工地上，在技术上他们又遇到了一个新问题：这里的地层中有一层干沙，沙层松散，土样取不上来。于是，各台钻机上人员主动地研究取这层土样的新办法。还是老机长史振华办法多，来得快，他采用轻提钻的办法，取了土样后，一面慢慢向上提钻，同时让钻机以最慢的速度旋转着，取样成功了。他们把这个办法立即告诉其他四台钻机，于是，这个问题便解决了。

经过 7 天紧张劳动，挖探槽的任务完成了。农民工一个个领了自己应得的工资，背起行李，高高兴兴地退场了。勘探的进度也渐渐赶了上来，任务已经有把握按时完成了。工地上到处洋溢出轻松欢乐的气氛。在这个工地上，还发生过两件十分少见的事。一是他们的干部从来不是鼓动勘探的工人和技术人员鼓足干劲，加班加点赶进度，而是恰恰相反。他们发现人们由于工作时间过长，过于劳累，有的工人扶着钻机的刹把禁不住打瞌睡。为了确保安全，他们向各台钻机下达了一条命令：晚上 11 点必须停机休息，第二天早晨 5 点以前谁也不得

开钻。二是在勘探队伍如林，竞争十分激烈的情况下，在整个施工过程中，他们一次也没有宴请过工地的负责人。相反，工地的负责人却来宴请他们。工地的负责人对他们说："你们很辛苦，工作干得不错。中秋节到了，你们离乡背井，不能与家人团聚，我们决定宴请你们一次。"他们买了许多菜，请来有名的厨师，工地上建设单位的全体人员，与参加勘探的全体干部工人欢聚一堂。大家频频举杯，互致谢意，彼此祝福，共叙友谊，度过了一个欢乐的中秋节。

任务又一次提前完成了。工地负责人很满意，蓝田和他的同事们也都十分满意。因为在这里，他们的事业又向前迈出了巨大的一步，也是十分坚实的一步。

当蓝田他们做出了购买两台油压300型钻机，并且设备和人员均由钻井公司上的决定做出之后，蓝田便与北京某研究所的所长电话联系，基本确定了双方联合承揽锚杆工程的意向。1985年5月，蓝田又代表土山地区水利局专程进京，与该研究所的所长签订了联合承揽锚杆工程的5年合同。据该所长说，当时能承揽锚杆工程施工的，包括蓝田他们在内，全国只有三家。

1985年12月初，北京华府大厦桩基工程又要开工了。这是土山地区水利局与北京市某研究所第一次联合承担工程。该工程位于北京市东华门外，王府井大街西侧。因它的东、西、南三面都有楼房，北面是马路，所以其基槽只能垂直下挖。为保证垂直下挖时周围不坍塌，在该工程的周围设计了一圈钢筋混凝土圆柱。圆柱直径1米，深12至16米，中间间隔1米。由于下面有过去备战时挖的许多防空洞，情况复杂，桩孔必须人工开挖。工程原计划在开挖中间土方时，还要打两次锚杆。即中间土方挖至4至5米深时，便在两根钢筋混凝土圆柱间向外侧斜下方打眼，而后插入钢筋，再用压力灌浆法注入水泥浆，最后再用槽钢和螺栓将锚杆与钢筋混凝土圆柱牢牢地铆固在一起，之后中间才能继续深挖。这是第一期工程,任务是完成人工挖孔、钢筋笼子的制作与吊装及浇筑混凝土。整个工程共 108 根桩,工期为一个月。土山地区水利局一把手拍板,该工程由水科所、钻井公司和工程队三家联合,共同承担。仍由蓝田同志带队出征。于是,蓝田立即召开三家单位全体领导班子参加的紧急会议。确定了三家单位的分工和各自须立即抓紧准备的工作。会议研究决定:水科所负责人工挖孔工作,须马上赶制一批专为人工挖孔所需的小辘轳,买一批短把的小铁锹、铁桶和安全帽等,并招募一大批民工;工程队负责钢筋笼子的制作与吊装;钻井公司负责后勤和财务管理。这次施工包括民工在内,总需200 人左右。散会后,钻井公司副经理赵建同志要带几个工人立即赶往北京,为大家安排食宿问题。王林同志再带两个人,专门负责对外联系工作。各项准备工作务必在 3 天内完成。第 4 天,全体人员要一起赶往北京。

这个工程的特点有几个。一是工程量大,工期紧。二是场地狭小,工地又处在北京市的中心,车辆进出困难。由此也会增加不少工作量,多花不少钱。三是情况复杂,特别是人工挖孔的施工,危险性还很大。四是工作条件和生活条件很差,大家的工作和生活条件都十分艰苦。最令人担心的是人工挖桩孔。这 1 米直径的圆孔,一个人刚好站在那里,弯不下腰,民工只能蹲在那里挖土。土只能装在桶里通过孔口的小辘轳提上去。因此,每个孔均需两个人为一组,配一个小辘轳、一把小铁锹和两个桶。下边一个人不停地挖,上边一个人提桶、倒土、下桶。下边的人累了,上下两人便倒换一下。这项工作每时每刻都要小心谨慎。蓝田算了一下,一个 12 米深的桩孔,就要提 1000多次。倘有一次疏忽,连桶带土掉下去,下边的人躲也没处躲。虽然人人都配戴了安全帽,后果也不堪设想。由于人工挖孔活难干,并有一定的危险,因而民工每挖 1 立方米土,他们给民工的报酬是较高的,

是有吸引力的。但他们雇佣的民工，有的是自己来的，有的是乡（镇）统一组织并有人带队来的，还有某县钻井公司没活干的打井工人。这些乡（镇）统一组织和钻井公司来的人，乡（镇）和其钻井公司还要从他们的工资中提取一部分管理费。究竟提多少，又还未定，民工们不知道他们干一天活能收入多少，因此，干活就没有积极性。水科所知道这些情况后，便主动与他们的乡（镇）政府和钻井公司联系，说明施工的难度和危险性，希望他们别提或少提管理费，如提也要尽早把提取的比例定下来。结果，这个问题解决得好的，民工们便留下来继续干，还有自己主动陆续找来的；解决得不好的，民工们便一个个退场了。这就是说，挖孔的民工，施工队伍很不稳定。另一方面，各地来的民工，素不相识，常常为了工具问题，倒土场地问题，以及吃饭排队等问题闹矛盾，起纠纷，必须及时妥善处理。总之，民工的管理问题也是一个大问题。另外，按设计，在挖孔过程中，孔周围都要支护。即每挖一两米，便需在周围支上模板，浇筑一圈混凝土，然后才能往下挖。可是民工们干起活来总是图快，他们往往不打支护，一直往下挖。根据蓝田和他的同事们的经验，在黏土和壤土层，挖直径1米的圆孔，不打支护还是可以的，但若遇上厚达一两米以上的干沙层，土很松散，不打支护随时都有塌孔埋人的危险。还有，这里的地下水位埋深很大，挖16米也挖不到地下水，但靠马路一侧有下水道的地方，它渗出来的水，常使孔位下部土体内的水分完全饱和，若不支护，同样有塌孔的危险。遇到这两种情况，蓝田和他的同事们，都要强制民工们打好支护。此外，挖孔时常遇到过去备战时挖的，现已废弃的防空洞。到这时，民工们虽然可以少挖一些土。但必须用砖将圆孔外的防空洞砌堵起来。由于场地狭小，挖出的土，拉来的砖，又一点也不得占到马路上去。而一切运输车辆又只能在晚上进出。假如有一两个晚上往外拉土的车没来，挖出的土便堆成小山似的，新挖出的土便无处堆放。由于场地狭小和吊车只能晚上进出，钢筋笼子的制作和吊装也多费了许多工，多花了不少钱。制作钢筋笼子时，工程队的同志们须把钢筋拉出去，找个空地把它拉直截断，然后拉到工地的西侧把它焊成笼子，再把它抬出去一排排一层层地存放。到吊装时，再把它们一个个地抬回来。而到吊装时，他们雇的吊车，前一天晚上来，要算一个台班，第二天白天干活又是一个台班，晚上回去还要算一个台班。这就是说，干一个台班的活，他们要付三个台班的费用。

再说他们的生活条件。为了工作方便，他们就住在工地南面一座在建楼的地下室里。这个地下室东西长 100 多米，南北宽 10 多米。里面一无上下水道，二无厕所，三无通风排气孔。只有东头一个进出口。起初连电也没有，赵建他们来后，拉上了临时电线，安上了一些电灯。又买了 200 多个七八厘米厚的草垫子，一个挨一个地铺了南北两排，中间做过道。施工队伍到达后，便全部住在这里。他们打开自己的行李，把被褥一个挨一个地铺开，就这样一个挨一个地在这里睡。这里也是蓝田他们白天研究工作的地方。北京的 12 月份，天气寒冷，地下室里又潮湿，最糟糕的是里面的空气。由于这里离厕所很远，虽严加管理，晚上仍有民工在西头大小便。蓝田和三个单位的负责人也都住在这里。他们唯一的特权便是住在最东头临近出口处，这里空气最新鲜，但也是最冷的地方。每天早晨，脸盆里的水总要结一层薄冰。吃饭呢，每天三顿，总是馒头和大锅熬白菜。馒头是买来的，自己只是放在笼屉里热一下。熬白菜呢，一碗菜吃完，碗底总有一层泥。起初，蓝田同志到伙房和周围转了一转，发现自来水管和下水道都离伙房很远，每顿饭要把 200 人吃的大白菜都洗得很干净，那得用多少水？蓝田同志也没办法，因而什么话也没说。

北京，由于是我国的首都，各方面要求都十分严格。他们在这里施工，自然便有街道上各方面的人，常来查这查那。每逢来人，蓝田

他们自然都会热情接待，高接远送。但使他们想不到的是，最难缠的竟然是在这附近工作的他们的一位老乡。这位老乡还真不客气，起初他说："你们在这里施工，增加了我们的任务，给同志们买几条烟抽抽吧！"后来，他又说："我老家正在盖房，请你们给我焊几扇铁门铁窗吧，待你们有车回家时，再给我捎回老家去。"对这些，蓝田他们自然都得答应，一一照办。另外，由于经常来客，他们便需要常在附近的饭店，招待或宴请客人。吊车干一个台班的活要付三个台班的费，为了让开吊车的师傅在这一个台班里抓紧时间多干点活，自然又必须让这位师傅吃好、喝好、抽好。总之，常需人去饭店陪客人就餐。但蓝田他们这个领导班子里的每个人，一个个宁肯在自己的食堂里吃馒头和熬白菜，也不愿违心地装出一副笑脸，去陪客人吃喝。每到这时，蓝田只得指派人去。蓝田说："叫谁去，谁就得去，大家轮着来。"

由于蓝田率领的三个单位的干部们都很得力，他们一个个工作都认真努力，团结协作，亲密无间。因此，在他们这个领导班子内部，没有需蓝田去做的工作。对于这个工程，蓝田一不担心质量，二不担心进度。唯一使他放心不下的，便是安全问题，特别是人工挖孔工作。因此，他每天总是围着这些桩孔转。哪个孔每天的进展如何？遇上了什么问题？需怎样解决？解决得如何？他总是及时掌握。对水科所负责这项工作的同志和一个个民工，总是千叮咛，万嘱咐。要大家一定注意安全问题。当时，北京市有个规定：哪个建筑队出现一个死亡事故，便被驱出北京市。当时蓝田同志想：别说死一个人了，就是伤残一个人，也是了不得的大事！为了让自己的工人有工做，有饭吃，为了让自己的干部工人和农民工兄弟增加些收入，生活过得更好一些，我们不得不离乡背井，冒严寒，斗酷暑，外出施工。谁家没有妻子儿女？谁家没有年迈的父母？工程多了，时间长了，难免会有一些风险。一旦出了人身事故，无论出在谁身上，无论责任追查到谁，还不是一样，都是极大的不幸。如今，事情轮到了自己身上，蓝田同志并不糊涂，也不傻。在这个工地上，他是第一负责人，一旦出了人身事故，他是第一责任人，也是责任最大的人。对此，他责无旁贷，不能退避，只能默默地承受。因此，他每天从早到晚，日复一日，总是处处小心谨慎，以最大的努力尽职尽责。最后，能否平安无事，那只能听天由命了。1985 年 12 月 25 日，这是他一生难忘的日子。这一天，华府大厦 108 个桩孔全部完成，没有出一个人身事故。这时蓝田同志长长地出了一口气，他心中的那块大石头，终于落了地。这时，他禁不住双手合十，面对苍天，深深地鞠了一个躬，连说两句："谢天谢地！谢天谢地！"

　　尽管他们一再强调安全问题，事事小心谨慎，在这个工地上，仍然出现过三次险情。值得庆幸的是均没有造成人身事故。一次是一个提土的民工，满满一桶土快到孔口了，他突然脚下一滑，跌倒了，辘轳把脱了手。于是，辘轳飞快地反转起来，桶迅速地坠下去。他不由得一声呼喊，下边的民工赶紧向孔壁一贴。好险呀！桶刚好没有砸着他。另一次是一个民工，在两人倒班时，他手里拉着绳子，脚蹬着孔壁向下去。也是脚下一滑，手里的绳子没有拽住，他摔了下去。真是万幸，人没有摔伤。第三次是在吊装钢筋笼子时，每个钢筋笼子上都焊有一根钢筋做提梁，钢筋笼子吊装时，总是用吊车的钩子钩住它。桩孔周围站一圈人，大家都用手晃动钢筋笼子，让它慢慢地往下走。有一天，快到中午了，在吊装钢筋笼子时，有一个钢筋笼子在焊接提梁时，焊工没注意，焊枪把环筋咬了一块，出现了薄弱环节。当钢筋笼子快到孔底，吊钩已到人头以下时，突然环筋拉断，吊钩一下飞上天，站在周围的人一下子被吓傻了。真让人后怕呀！如果吊钩钩住一个人，会出现什么情况呢？待大家从这突如其来的惊吓中醒过来时，纷纷说："不干了，走，大家一起喝酒去！庆幸这一次没出事。"此后，

他们把剩下的钢筋笼子每个提梁又加焊了一根钢筋，并把两端的焊口一一检查了一遍。

在浇筑混凝土时，出过一次事故。他们发现一个桩孔用浆量过大，经检查原来是混凝土浆冲决了砌堵防空洞的砖墙，把相邻的一个尚未下钢筋笼子的桩孔也快灌满了。为了抢救这个孔，他们立即组织民工，要把刚浇筑的混凝土挖出来。但活很难干，而且越来越难干。民工们倒着班地干，一刻也不停。但由于浇筑的混凝土中掺着早强剂，强度增加得很快，到凌晨5点，虽然仅13个小时，一镐下去，已是火星四溅了，他们只好停了下来。这一夜，蓝田他们整个领导班子，谁也没有睡。经请示，建设单位同意，在这棵桩的外侧，增加两棵桩。以此来解决上述事故带来的问题。

当工程施工进入尾声阶段的时候，一天晚上，王林同志对蓝田及全体领导班子说："某研究所对该工程资金收入的分配拿出了意见。"分管财务的同志说："按照他们提出的这个分配比例，我们所得的资金刚够给工人和农民工发工资的。"王林同志接着说："我已经同意他们的意见了。"听了这话，大家都不说话，会场上一片沉闷。这时，蓝田很不高兴，或者说简直有点生气了。蓝田同志说："王林同志，这就是你的不对了。因为这不是你一个人的事，也不是你水科所一家的事，而是三个单位共同的事。这么大的一件事，不经过大家共同研究，也不请示，你怎么能一个人就答应他们呢？他们揽活，搞设计，是坐在有暖气的办公室里，需要几个人？多长时间？多大的投入？我们施工，是什么样的工作条件和生活条件？有时，我们是冒着生命危险在工作啊！我们是多大的投入？他们竟然把所有的利润独吞了。这也太不近人情，太不仗义了吧！"讲到这里，蓝田同志又想："王林同志这么大年纪，长年在北京工作，也很不容易。也不愿让他下不了台。"便接着说："这个工程既然你已经答应了他们，那也只好这样了。但也只限于这个工程。今后的工程必须另谈。"过了一会儿，蓝田同志又说："我见他们的陈工，每次与建设单位谈工作，总是对人家大吵大嚷，摆出一副居高临下、盛气凌人的样子。这哪里像搞企业搞事业的。大家都是平等的，有什么事大家商量着办，和气生财嘛！大家一起合作，要互利互惠，互相体谅！这样的工作作风如果不改，长此下去，谁有工程还会给他们设计施工？谁还肯与他们合作？他们渐渐不就变成孤家寡人了吗？"这次会上，大家一直都没有讲话，会议就在这样闷闷不乐中散了。

到12月底，工程如期完成了，质量也没问题，完全出乎工地负责人的预料。人们心悦诚服地向这支施工队伍伸出了大拇指，夸奖他们："不简单，不得了！"但是，蓝田他们领导班子里的每个人，谁也没有像打了一场大胜仗那样，发自心底地快乐。从此，"华府大厦"便像"香格里拉饭店"和"正阳市场"一样，永远深深地留在蓝田的记忆里。北京，这是我们伟大祖国的首都。使蓝田同志感到欣慰的是：在我们伟大祖国首都的建设中，他留下过自己的足迹，品味过一个伟大祖国首都建设者经历过的艰辛。因此，他对这三段经历无怨无悔。但令蓝田同志感到十分遗憾和不解的是：在这次华府大厦的施工中，在长达一个月的如此艰难困苦的工作中，在他们的工地上，卧室里，食堂前，却始终未见过他们合作伙伴任何一个人的身影。在他们即将离京回家时，他们合作伙伴也没有任何一个人前来送行。当然，蓝田同志也未带领他的领导班子的任何成员，登他们的门，前去拜访。他们两家彼此似乎素不相识，蓝田也从未喝过他们一碗水。他们以极少的投入，却将整个工程的全部利润独吞了去，还觉得理直气壮，心安理得。他们两家彼此之间无情无义，只是赤裸裸的金钱关系。在人家看来，土山地区水利局的这伙傻小子们，只是人家牟利和聚财的一个苦力和工具。蓝田他们就要离京回家了，但蓝田和水科所的同志们想不

到，一个无论如何也想不到的空前的噩梦，正在前面等着他们哩。

在华府大厦施工最紧张的日子里，蓝田和他的同事们听到了一个不祥的消息：省大检查工作组在土山地区有关人员的带领下，直奔水科所去检查了。不久，北京工地又接到一个通知，要水科所所长和一些同志回土山。在施工临近收尾时，大检查工作组又去工地调查。蓝田同志热情地接待了他们。首先请他们看了人工挖的桩孔，然后看了工地的伙房，最后来到地下室。蓝田是想让他们充分了解水科所的人们，是在多么艰难困苦甚至充满危险的条件下工作和生活的，以便唤起他们的怜悯之心，希望他们在检查中手下留情，不要意气用事。当蓝田回到土山以后，便有水科所的同志告诉蓝田，说1984年底地区大检查时，穆风同志个人要用一下水科所的车，要一台电扇，水科所都没有答应。穆风同志很不高兴，临走时对他们说："咱们明年见！"因此，1985年底省大检查工作组一到土山，穆风同志便领他们直奔水科所来了。很快，水科所的问题便被列为土山地区八大要案之一，长山省电台便广播："土山地区水科所，违纪资金达几十万元之多……"接着，大检查工作组又发了通报，通报中说："1984年7月，水科所在北京施工期间，水利局副局长蓝田到那里看了一下，也得了60元……"听了这些，蓝田同志说："谁让你们惹人家生气，遭人家嫉恨啦！人家胸中有气，自然要发泄的。立大案、发通报、上广播，这是人家的权力。1984年7月，我在北京是干了10天，还是看了一下，水科所的违纪资金是多少，就让人家随意去说，尽情地发泄好了。人家不就是要把我们彻底地抹黑搞臭吗？我们只有默默地承受这一切。但我相信，我们的政府，我们的法院，绝不会据此就对我们处分、判刑乃至杀头的。我们做了些什么，自己最清楚，心里没病死不了人。我们有多少问题，多大的问题，终究会搞清楚的。"

经过几个月的内查外调，水科所的问题已经搞清楚。主要问题有四个:一是超发奖金;二是欠缴部分交通能源基金;三是账目混乱,白条下账;四是有两张假单据,共 3000 多元,给大家搞了集体福利。结论是:第一,退奖金;第二,补缴交通能源基金;第三,水科所所长做检查。并指出今后外出勘探施工,不得承包,只能每人每天补助 1.1 元。随后,水科所又接到了税务部门给他们发出的通知:"限 10 日内上缴奖金税。逾期不缴,查封账户。"于是,所长庄俊赶紧登门请示:"我们既然要退奖金,就不超发了,为什么还要缴奖金税?"答复是:"奖金税必须缴,你们什么时候把奖金全部退清了,奖金税再退给你们。"这时,蓝田同志想:"水科所的改革方案,是遵照长山省政府 1984 年的改革文件制定的。1985 年,长山省政府又制定了新的文件,但水科所仍按 1984 年的文件执行,因而超发了奖金。要他们退奖金,他们就退;该退多少,就退多少。为什么既退奖金还要缴奖金税?为什么外出施工不能承包,每人每天只能补助 1.1 元?这是谁的规定?这不是明明白白地非要把我们置之死地而后快吗?"

这时,地区水利局的一把手,认为自己是外乡人,在土山没有自己的关系网,受不下这股窝囊气,要求调回老家到省厅的一个下属单位去工作。申请很快便被批准了。据说地区一位主要负责同志知道后,一不问申请调离的原因,二不挽留,却说:"好啊,那么我们在省里又多了一个熟人。"地区水利局的一把手调走了,新的一把手调来了。随后不久,蓝田同志便听到了不知从哪里冒出来的一些冷言冷语。一个是说蓝田率领水科所和钻井公司等去外地施工,是不务正业。听了这话,蓝田同志说:"水科所的汽车钻,是头几年水利局为建水工建筑物的勘探而买的。现在,每年省厅只给土山地区水利局一二百万元,只能建一座闸。而要建这座闸,仅需一台汽车钻勘探两三天即完活了,这是正业。按照他们的说法,干完这点活后,水科所的汽车钻便闲着,人员便歇着。钻井公司的正业是打井,而今,无井可打,打井工人发

不出工资吃不上饭，便把打井工人都放长假，让他们都回老家就对了。说这话的人，真是站着说话不腰疼！不干事有理！为了让自己的打井工人有工做，有饭吃；为了多干事，为国家多做贡献；为单位多创收，从而改善了自己的工作条件和生活条件，使自己的干部职工的生活过得更好，反而是不务正业，是错误的。这是什么逻辑？"另一个冷言冷语是说"蓝田不会干工作，给领导添了麻烦"。对此，蓝田同志则说："说我不会干工作，也许还有一定的道理。比如1986年春节，钻井公司的一些干部工人，在北京搞锚杆施工，春节都没停工，未回家过节。我便到他们的家里去一一看望。我发现他们一家家都很高兴。他们的家属们都认为，只要能挣到钱，春节不回来也没啥。看到他们都高兴，我也高兴。我认为我这是为人民服务。可是，我们的各位领导，也是人民的一部分呀。过年过节，我却从未前去拜见或看望。我甚至连人家在哪儿住，门朝哪里都不知道。平时，我只对水利局的一把手汇报和研究工作，而几乎从不向上层领导汇报和请示工作。因而，当水科所出事之后，各位领导都认为不是自己的事，与己无关，谁也不过问此事，更不为水科所说句话。大检查工作组也不会找哪位领导查问什么事。因此，说我不会干工作是有一定道理的。但要说给领导添了麻烦，那是毫无根据的。"

蓝田认为：水科所对勘探施工实行承包，按完成的工作量发放工资或奖金，充分调动了大家的积极性，大大提高了工作效率。又依托国家的权威部门和专家，打入城市建设的勘探市场。仅仅两年的时间，他们这支队伍，从一台钻机发展到五台钻机；从单纯的勘探发展到勘探、桩基和锚杆施工；从最初的六七个人，发展到200多人；他们不仅占领了本地和北京的市场，而且南到郑州，东到烟台，都留下了他们施工的足迹。他们不仅为国家的建设做出了一定的贡献，也为本单位创造了可观的收入。单位添置了设备，并改善了干部职工的工作条件和生活条件。还帮助本区的部分农民工兄弟增加了收入。在当时的本行业内，他们这支队伍，在土山地区，是一枝独秀；在长山全省，是遥遥领先；就是在全国，恐怕也是位居前列。应该肯定，他们的所作所为，是改革和创新，其大方向是正确的，应该受到各级党政领导的爱护、保护和支持。他们有缺点与错误，应帮助他们克服与改正，但应保护他们的积极性，要让他们今后能够继续干下去。但是，蓝田同志无论如何也想不到，在大检查工作组进驻水科所的数月之内，从大检查工作组到土山地区的各位领导人，竟然没有一个人，说过与上述认识类似的一句话。当大检查结束，问题搞清，结论做出了。并指出今后外出施工，不得承包，承包就是违纪。不论干多干少，每人每天只能补助 1.1 元。可按照这个规定，无人去干。因而设备在院里放着，人员在家里歇着。面对这种情况，土山地区的领导人，依然是视若无睹，更无一人表态。这无人表态实际上也是一种表态。即对大检查的全面肯定，对水科所过去两年工作的全面否定。真想不到，在全国改革的浪潮中，他们的改革，在土山地区，竟然被一棍子打死了。"枪打出头鸟，出头的橡子先烂"，在我们这个新时代，这些老话，竟在他们身上应验了。

　　在这种形势下，一些立志创业的人，还能不能再干呢？蓝田同志听到了两种新说法。有一个同志对蓝田说："就是变通。"并坦率地说："变通就是造假。你吃喝请送花了那么多钱，你超发了那么多奖金，但账上一点也没有。你账上的一切支出都是遵纪守法的。"蓝田想：这条路不能走。因为我们共产党人虽然是反对形而上学的，但不少人看问题做事情却往往是只看一点，不问其余。随着你的事业越办越大，时间越长，你的业绩和对国家的贡献会越来越大。但违纪资金也会越来越多。你的假账只要认真去查，真相是不难毕露的。若光看你的业绩和贡献，那么你就是模范，是功臣；但若光看你的违纪资金，那么，

你就是罪犯。若这样做，自己的命运都不能掌握在自己的手里。另一种说法是蓝田在省厅开会时，在外地也当副局长的一个老乡告诉他的。这位老乡对他说："我们新建了一个面粉厂，目的不是赚钱，而是为了方便给一些人的亲属安排工作。我们每个月都给他们发工资，发奖金。这一切都不违纪，不违法。他得到了好处，他的利益便与我们的利益联在了一起。因此，他就不会到我们的单位来挑毛病。而一旦有事，他还会主动地来保护我们。"这就是说，他们利用这种方法，为自己建立了一个关系网。蓝田想：这倒是一种方法。但对绝大多数立志创业的人来说，却是无法做到的。另外，"变通"也好，利用各种方法建关系网也好，蓝田总觉得有些不对味。仔细一想，这两种方法都与我们中国共产党对党员的要求相违背。假如人人都这样做，那么，我们的党，岂不是变质变色了吗？

数年之后，也许土山地区的领导人们，发现了他们工作中的一些问题。一天，《土山日报》上公布了一批受特殊保护的明星企业的名单。为什么要特殊保护这些企业？要防护什么？蓝田同志一看就明白了。就是不让某些职能部门的一些人，随便到这些企业去巧立名目，给企业出一个个的难题，以权谋私，以便为这些企业创造比较宽松的环境，让它尽快地发展，从而为本区的发展多做贡献。但是，蓝田认为，仅有这项措施是远远不够的。因为仅靠这样为数不多的几个明星企业的成长与发展，就能带动整个土山地区的经济腾飞吗？显然是不能的。只有数以百计、千计刚刚起步的小微企业，像雨后春笋般迅速成长壮大和发展起来，才能带动整个土山地区的经济腾飞。而它们又有谁来保护呢？

水科所这棵幼苗被大检查工作组一棍子打折了。这个刚刚两岁的婴儿被扼死在摇篮里了。但在土山地区的许多人看来，这是件微不足道的小事。一个小小的地区水科所和它所干的事，它的存在与否，干与不干，对土山地区的经济发展无足轻重。然而，蓝田同志却不这样看。他认为：自己虽然学历不高，也没有什么专长，但却有一颗创业的雄心。在他看来，程甲是人才，黄谦同志更是人才。他手下这些所长、经理、科长和队长们，大都很年轻，一个个都能吃苦耐劳，忍辱负重，能与人团结协作，并具有一定的科学文化知识。经过几年实战的磨练，他们一个个都可成为能征善战的领军人才。另一方面，土山地区一不靠山，二不临海，地下没有宝藏，只有800多万亩耕地，水资源还奇缺。我们只有几百万能够吃大苦耐大劳，勤奋朴实的农民兄弟姊妹。这是我们唯一的优势，也是我们最宝贵的财富。如果我们有地区领导的大力支持，仍以我国的权威部门和专家为依托，聚集天下的英才，把我区数以千计万计的农民，组建成一支支建筑大军，南征北战，纵横驰骋，在我国辽阔的国土上，修路架桥，建大厦，起高楼，那么，不用许多年，我们将有可能成为我国驰名的建筑企业，并有可能在国际市场上占有一席之地。那时，我们既可为我国的建设做出巨大的贡献，也可为土山地区的经济腾飞做出巨大的贡献，还可使我区数以万计的农民家庭脱贫致富。听了这话，有的人可能哈哈大笑，认为这是在吹牛皮，说胡话。但蓝田可以冷静地告诉他们：请你们翻开国内外那些大企业家的名册，查一查他们的创业史，有多少人都是白手起家的？我们土山人，与国外各个国家各个民族比起来，与国内先进省市的人们比起来，无论是聪明才智，还是吃苦耐劳的精神，我们哪一点比他们差？他们能够做到的，为什么我们就不能做到？为什么我们要妄自菲薄？

而今，我国的改革开放，已跨越了40个年头。40多年来，我国社会安定，经济发展，人民的生活水平不断提高。因此，土山地区同全国一样，广大人民群众齐声盛赞党的领导好，党的改革开放的政策好。但在蓝田平时接触的老百姓中，大家大都很少了解国内及本省先

进地（市）的情况，因而也从不拿本地（市）的情况与其比较，最多也就是偶尔有人提及此。比如拿最不起眼的高龄补贴来说吧，有人说："在土山地区，人到80周岁以后，每人每月30元，到85周岁以后，每人每月增至50元；而本省较为先进的地（市），80周岁以后，每人每月50元，到85周岁以后，每人每月增至100元。"听到这话，老年人大都是哈哈一笑。说："因为咱们土山地区穷啊！咱们落后啊！"就是说，土山地区的普通老百姓，大家都承认本地（市）贫穷落后，并且过去多年来就如此，今后也很难改变这种状态。

40多年来，土山地（市）级的领导班子，不知换了多少任、多少届。蓝田即使在退休之前，所接触的地（市）级领导人也不多，因而他的看法很难说有多大的代表性。但他在与这些领导干部的接触中，他发现他们对自己任期中的工作，大都自我感觉良好。比如，在20世纪80年代，有一位专员，在一次会议上公然自我表扬。说什么为了本地的发展，自己如何呕心沥血，因而几年中增加了许多白发。另外，他们还自觉不自觉地回避与国内和省内一些先进地（市）进行比较，更有意无意地回避本地的"落后"问题。对他们的自我感觉良好和自我表扬，蓝田均不买账。因为蓝田有自己切身的体会。他为了解决打井工人的就业问题，由地区水科所率先进行的改革，他们所承揽的勘探、桩基和锚杆等工程，在短短的两年之内，无论是发展速度，还是所创造的业绩，当时都可与国内省内先进的地（市）相比较。然而，正是在他们的任期内，在他们的眼皮子底下，被一棍子打死了。这件事，蓝田有切肤之痛，是刻骨铭心的。但这些领导人，却始终不承认是一个问题，更不承认他们应对此负有责任。

在20世纪90年代，蓝田还亲历了两件事。头一件是，有一年，地委通知，地直单位的一把手和技术负责人，同地委书记一起到基层调查研究，因而蓝田也参加了。经过几天的调研之后，在全市各乡

（镇）书记都参加的总结大会上，这位地委书记一连讲了两个多小时。其中，用了一个多小时大讲水利工作。起初，蓝田觉得这位地委书记很重视农田水利建设，是件好事。但会后，他的秘书来到地区水利局，要求地区水利局做一个大计划，然后将任务逐级分解到各乡（镇）。蓝田和地区水利局的一些技术人员开始很不理解。他们说："低压输水灌溉管道是需要大发展，关键是资金问题。资金从哪里来？如何筹集？地委书记在讲话中未提及这个问题，至今谁也未提出任何新的措施，如何大发展？"但地委书记的秘书反复强调：一定要做一个大计划，又一定不要提资金问题，并要求各级都要立军令状。而各县（市）和各乡（镇）的领导人，却对此毫无压力。无论要他们完成多少，如何立军令状，都欣然接受，毫不畏惧。年底前，地区水利局仍然依照惯例召开统计工作会议。一位副局长会议一开始，便对各县（市）的统计人员说："请注意，我们可都是立了军令状的啊！"于是，一个县上报他们低压管道完成的数量为 48 万米，而据知情人说，他们实际完成的数是 7 万米。因此，他们受到了表扬。而另一个县实际也完成了近 7 万米，其上报完成数为 30 多万米，因而未受表扬。这时，蓝田彻底明白了。他目睹了这次浮夸产生的全过程。他十分痛心地说："这样的统计，这样的统计数据还有什么用？"接着，他非常气愤地说："如此弄虚作假，夸大自己的业绩，严重破坏全地区的党风。其始作俑者竟然是地区的最高领导人！其目的，仅仅是为了个人的升迁。真是可耻！"

另一件事是，有信息说，不知是哪个国家还是什么国际组织，可以向我国的"改水降氟"提供一些无偿援助。因而省里由一个部门牵头，土山地区由地区水利局和另一个局对该项目联合申报。地区水利局确定由蓝田负责，并让地区水科所所长带一名技术人员陪同，其目的一是协助蓝田做些具体工作，二是所需费用由地区水科所来出。而地区另一个局仅有一位年轻的副局长参加。这位副局长的年龄当时大

约在 40 岁，而蓝田当时已 55 岁以上。之所以"改水降氟"，是因饮用水中含氟量高，由此对人体造成一系列伤害。原来多是采取一些水利措施，把人们饮用水中的高含氟量降下来。它本是水利局的工作任务之一，这就是说，地区水利局对这项工作是熟悉的，而另一个局则是陌生的。但这位年轻的副局长，知道了蓝田是一个副总工，便根本不把蓝田放在眼里。两个局本来是平等的，但他却以长官自居，事事都由他说了算。首先，关于申报报告的编写，他要蓝田写。但对"本区高氟水的分布情况及不同条件下含氟量不同的高氟水，所应采取的措施"部分，这本是申报报告的核心部分，也是最重要的部分，他却要求蓝田只写几十个字。蓝田说："不行。"他接着说："那就一百字。"蓝田仍说："不行。"于是，他说："那我来写。"当他写出后，蓝田发现，不仅内容十分空洞，更重要的是，他不是根据本区高氟水的实际情况来写，而是任意编造，肆意夸大高氟水的含氟量。他认为，把问题说得越严重，越容易引起国内外负责人及专家的重视与支持，申报的项目越容易被选定。对此，蓝田则坚决反对。蓝田说："第一，你敢肯定我区高氟水的分布情况，国内的数据库中没有吗？国外的专家肯定不知吗？第二，含氟量不同的高氟水所采取的降氟措施是不同的，你肆意夸大高氟水的含氟量，根据什么来制定降氟措施？第三，你认为使用国外的援助资金就那么简单吗？项目即使被批准，国外的专家在项目实施前可能要来考察。项目实施中和完成后，要验收。一旦你肆意夸大的行为被识破，不仅你申报的项目会被否决，你还将使我们中国人的信誉尽失，脸面丢尽，其损失是难以估量的。"他写的东西，省里的负责同志一看便否定了。最后，还是由蓝田写后，省里负责同志才认同了。

还有一次，在北京宴请某部的一位司长时，这个项目只这个副局长一人参加。他让蓝田和司机一起，在该饭店的别处，另搞点吃的。

和他一起参加宴请的还有土山地区申报另一项目的一位副专员和与他同来的一位副县长，这位副专员知道蓝田是享受国务院颁发的政府特殊津贴的专家，并且是代表地区水利局来的，便质问他："为什么没有蓝田？"并随即令他立即请蓝田同志同他们一齐参宴。

再者，这个副局长这次进京，还带着他的父亲，他父亲得了肝癌，是来京看病的。当申报任务完成后，他说自己带的钱不够，便向地区水科所所长借钱为他父亲看病。但他回到土山后，却借账不还。当地区水科所找他要账时，他说他已调到别的单位，让水科所到他的原单位去要。

还有，春节前，两单位要一起进京慰问。虽然只是过节吃的一些食品，但这位副局长要慰问的，绝不仅限于上级主管某项目的几位有关同志，他送礼的范围还包括本地委和行署不少领导同志。另外，还有自己的一份。还需特别说明的是，显然，在向本地领导送礼时，就由他自己包办了。

蓝田虽与这位年轻的副局长只共了这一次事，时间也不长，但蓝田就断定：这绝不是一只好鸟儿，是一个德才兼不备的蠢货。但就是这样一个人，过了一段时间，蓝田便听说，他被提拔为一个县的县委书记。又过了几年，他又被调到地直一个重要的局里当了局长。

综上所述，蓝田认为：第一，如果土山地区上述这样的地委书记多了，如果率先改革，成绩卓著的单位常被人一棍子打死而无人过问，如果上述年轻的副局长这样的人常被提拔重用，那么，土山地区贫穷落后的帽子就戴定了，也就是要一直戴下去了。

第二，一个干部的提拔重用，这是上一级领导和组织部门的事，个人无须为此操心。一个干部的职责就是，无论党组织把自己放到哪里，自己就在哪里尽职尽责、恪尽职守、鞠躬尽瘁，千方百计把自己的工作做好。

第三，一个领导干部要不辜负党和人民的重托，要用高标准严格要求自己。要既敢于面对现实，正视和承认本地（市）的落后，又不甘居落后，要立志赶超。要一心一意谋发展，决心为本地（市）人民做出自己最大的贡献。

第四，发展靠创新。据蓝田所知，在改革开放之前，土山地区与周围一些省、地（市）的经济发展和人民的生活水平都差不多。但改革开放以后，附近一个省大大加快了发展的速度，土山等地（市）渐渐与人家拉开了一些距离，落后了。最主要的原因就是人家总是搞创新。其中最明显的例子是，改革开放后，一开始，人家大种一种棉花发了财。几年之后，土山地区等一些地（市）见人家种棉花发了大财，也纷纷效仿。但当他们的棉花丰收上市之后，我国的棉花市场几乎饱和了，棉价低了下来。因此，他们靠种棉花发大财的愿望未能实现。而当他们大种棉花的时候，人家又率先搞起了塑料大棚，大种蔬菜发了财。一两年后，邻近的地（市）见人家种大棚菜发了大财，于是也纷纷搞起了大棚菜。但当他们的大棚菜上市的时候，人家的大棚菜早已占领了附近几个大城市的市场。当他们千方百计挤进这些大城市，力图从中分一杯羹的时候，人家把蔬菜精细加工之后出口到韩国、日本等国外去了。总之，人家总是走在前头，搞创新，发大财。而另一些省地（市）却总是跟在人家的后头，亦步亦趋，虽然老百姓一点也没少吃苦受累，却总是发不了财。因此，要发展，要赶超，就必须立志搞创新。

第五，"发展靠创新，创新靠人才"。如今，这句话几乎成了人人皆知的真理。一个领导干部，要做新时代的"伯乐"，不要做"叶公好龙"似的"叶公"。对不怕苦、不怕累，有真才实学，脚踏实地、志在创新创业的人才，要为其保驾护航，为他们创造充分施展自己才华的广阔天地，让他们能够放开手脚，为国家和人民最大限度地建功立业。

要近君子，远小人。对那些善于阿谀奉承、送礼行贿、喜欢弄虚作假、跑官要官的庸人和蠢材，不但不能提拔重用，还应提高警惕，严加管教。只有这样，像土山这样长期贫穷落后的地方，才有可能使经济真正腾飞，从而彻底甩掉贫穷落后的帽子，跨入省内乃至国内先进队伍的行列。

在科技攻关的岁月里

　　1986年初，长山省水利厅科教处处长申森对蓝田说："我交给你一个特别重大的任务，我相信你一定能够很好地完成。过去，水利部总是绕过我省，到别的省（市）去搞科研项目。你要尽最大努力，把这项工作搞好，从此扭转这种局面。"申处长说的这个特别重大的任务，就是水利部统一组织的"七五"国家重点科技攻关项目——"低压管道输水灌溉技术研究"。他要蓝田同志代表长山省，作为其中的一个子课题，参加这项科技攻关工作；另外，还要选择一个试区，作为水利部的重点试验工程，也是全国五大试区之一。按照部里的设想和部署，该项研究工作分为两个阶段。第一个阶段为试区建设阶段，约需一年的时间。试区建设完成后，由水利部主持，组织专家对各试区进行鉴定验收。试验工程完成后，即进入第二个阶段。各子课题继续进一步进行攻关研究，至1989年，仍由水利部主持，组织专家对各子课题的研究成果进行鉴定。然后，将各子课题的研究成果汇总起来，由国家组织专家进行鉴定。

　　蓝田同志接受任务后，决定针对当时本区农田水利工作中存在的主要问题，集中力量，对一系列的问题进行研究攻关，取得一批成果后向全区推广，使土山地区的农田水利事业向前迈出一大步，提高到一个新水平。土山地区当时，浅层淡水底板埋深大于 30 米的地方及全淡区成井容易，已是中浅井密布，大部分耕地都成了水浇地；在浅层咸水区及浅层淡水底板埋深小于 10 米的地方，只能打深井，是全区的深井灌区；唯有淡水底板埋深在 20 米左右的浅薄层淡水区，现有技术成井难。打浅井往往水少，或是打成咸水井。这些区域浅井和深井都少，旱地多。另一方面，单井出水量每小时 20 至 30 立方米的浅井，没有配套合理且高效的井泵。另外，全区机井灌区都是土垄沟输水小畦灌，其垄沟及畦埂占地多，土垄沟输水跑水及渗漏水量损失多，修筑垄沟畦埂及浇地用工多。此外，由于本区水资源严重不足，对种植结构须进行调整。总之，经过反复考虑，蓝田同志决定把"浅薄层淡水开发技术研究""机泵合理配套及测试改造技术研究""低压管道输水灌溉技术研究""水资源供需分析""种植结构调整"及"工程管理"等六项作为此次科技攻关的子子课题。蓝田和副总工程师车武为总课题负责人。其中前三项为硬件，也是主攻方向。"浅薄层淡水开发技术研究"由水科所所长庄俊同志做课题负责人，"机泵合理配套及测试改造技术研究"及"低压管道输水灌溉技术研究"，分别由蓝田及车武二同志兼任其课题负责人。上述意向确定之后，蓝田同志与黄谦主任首先在土山地区水文地质分布图上圈定了几片，然后由黄谦主任带领几个同志到上述几片，对其水文地质条件、自然景观、社会经济条件、乡村两级干群的思想基础及要求等情况，做全面深入的考察。而后通过比较，最终确定了隋塔县杜木乡东南部总面积 8000 多亩的一片，作为该项科技攻关的试验区。经与省厅科教与农水两处领导研究，定名为"长山隋塔杜木机井灌区配套改造技术试验区"。与其同时，地区水利局有关科室及水科所还确定了参试的主要人选。随后，地区水科所又对该试区水文地质条件，做了进一步的勘探。各子子课题分别进行

了可行性研究。1986 年 5 月底，在省水利厅的主持下，完成了试区建设的论证工作。之后，他们又完成了扩大初步设计。

1986 年 10 月下旬，蓝田同志带领地区水利局和水科所及隋塔县水利局的全体参试人员，进驻试区，试区开始全面施工。由于打井、配套及低压输水管道建设是当地农民群众的迫切需要，深受广大农民群众的欢迎。被确定为国家试区后，所需材料、机泵及管道等均由试区统一供应，只需农民投劳，因而广大农民无限欣喜，劳动积极性十分高涨，真可说是一呼百应。哪里需要多少劳力，啥时叫，啥时到；工程要求怎么干，啥时开工，啥时完成，都毫不含糊。在施工期间，广大参试人员，绞尽脑汁，集思广益，反复研究与推敲，千方百计，提高工程的质量与效益，加快进度，节约资金，为试区建设做出了巨大的贡献。

首先，由于本试区已大部分实现了方田林网，每个方田南北长 300 米，东西宽 220 米，即每个方田耕地面积约为 100 亩。针对这种情况，在规划设计中，本试区采取打井、配套与低压管道输水统一规划，实现了百亩一井，既避免了机井过密抽水时互相干扰，还使亩均投资减少了一半。另一方面，由于当时作为地面移动管道的高压聚乙烯薄膜软管怕扎易损，输水距离不宜过长，因而将固定管道在地块中部东西向布置，双向控制，而将井位布置在固定管道的一端，与将井位布置在地块一端比较，使亩均固定管道长度减少 1.5 米。仅此一项，又可使整个试区低压管道投资节省 5 万元左右。

其次，在机泵配套方面，参试人员根据试区内当时的地下水位和供电情况，选择了深井泵，机电双配。在 50 多眼浅井的深井泵中，经研究决定，在深井泵的叶轮组下增加了 6 米塑料管，同时减少了 6 米深井泵管。这一措施的实施，不仅减少了每套深井泵的投资，还显著地提高了机泵综合效率。另外，端庄的一眼深井，由深井泵更新为潜水泵后，课题组仅为其购置了一套潜水泵，而未买与其配套的 3 英寸或 4 英寸的潜水泵管，泵管采用原深井泵的 6 英寸泵管。这既节省了一套潜水泵管的购置费用，还大大减少了泵管的水头损失，不仅显著地增加了机井每小时的出水量，而且显著地减少了耗电量。课题组还在道口村发现了一眼报废多年的深井，因井管严重弯曲，安装深井泵和潜水泵都不行，现在井管内都被砖头填满。课题组认为这个问题能够解决，便决定把它修复使用起来。杜木乡的水利员张志，这个小伙子真不简单。他利用本乡一套修井的架子，自己一个人，连续干了十多天，竟然把深井井管上部 40 多米填满的砖头，一块块地抓住并通通提了上来。课题组买了一套潜水泵和几十米直径 5 英寸的厚壁聚氯乙烯硬塑管，承插连接后做潜水泵管，并加了两根外包橡胶的细钢丝绳提吊着潜水泵，上端牢固地固定在井口上。于是，一个多年的废井就这样复活了。一开机，出水量完全没问题。这一下，最少可使 200 多亩旱田变成了水浇地。道口村的农民群众真是高兴极了。

还有一件有趣的事。村子在试区外但有一块耕地在试区内的田村，它的一眼浅井低压管道安装铺设完成后，他们就是不把管道与井泵的出水口连接起来。蓝田同志问他们为什么，田村的一个干部说："那不很快就灌了肠了吗？"意思是低压管道很快会被泥沙淤堵起来。蓝田告诉他们不会，但他们仍不相信，仍不用低压管道。试区给各浅井配的深井泵都是机电双配，柴油机是各村自备的，而电动机是试区统一配发的。蓝田知道他们特别想要深井泵上的那台电动机，便对他们说："你们不把井泵的出水口与低压管道连接起来，不用低压管道，我就不给你们这台电动机。"田村的干部们没办法，只好把这二者连接起来。低压管道一用，他们才觉得真好，从此便一直用起来，再也不拆开。而后，蓝田就把这台深井泵上的电动机给了他们。

但是，在试区的施工中，并不是一切都十分顺利，也出现过一些

这样那样的问题。工作中遇到的第一个问题，是该乡自筹款迟迟不交。试区建设在县水利局单开了一个账户，设专人管理。各方面的资金都到位了，唯有杜木乡在选定试区时，该乡答应的自筹资金 5 万元，而今都开工好几天了，仍迟迟不交。大概是想拖下去，能不交就不交。由于试区建设项目多，工程量大，资金十分紧张，各方面必须掐着指头精打细算过紧日子，杜木乡的自筹款不交，绝对不行。开工后，蓝田亲自去催了两次，他们总说交，但总不交。于是，蓝田便去找隋塔县的副县长、县长和县委书记。他们一说话，杜木乡的自筹款 5 万元，当天便交上了。

第二个问题是打浅井的锅锥及井架子，起初都是县钻井公司的。他们自作主张用很厚的钢板车上丝扣做井管的底盘。水科所的刘工告诉蓝田，光这一个底盘就近 200 元。他们每打一眼浅井，隋塔县水利局副局长吕贵便签字让他们把款支走。于是蓝田同志决定：第一，立即通知县水利局、县钻井公司与试区内各村，所有浅井一律禁止使用这种井盘。今后，给哪个村打井，哪个村就找点木头，自己打个井盘。木头既不要多长多厚，又不要多好，只要能托住井管就行。这样，我们一个钱也不用花，全试区总计需打浅井 50 多眼，光这一项就可节约资金一万元左右。第二，通知试区的专职会计，今后一切开支都必须由蓝田一人签字才能报销，其他人谁也无权签字报账。

第三个问题是为了保护机井和井泵，每眼井上都建一个小井房。当井房的设计方案反复研究确定之后，乡政府的一位领导同志说："每个井房的施工费 170 元，我们乡里包了。"蓝田同志没有答应，也没有完全封死。随后，蓝田便独自来到晶庄这个试区内最穷的村，让人把该村的党支部书记找来。蓝田对他说："你找几个瓦工和壮工，组织一个施工队，把全试区的井房都包了，每个井房我给你们施工费 50 元。这样你们既可以增加点收入，又可为试区省下些钱，我们可以为大家办更多的好事。你们是试区内最穷的村，也是杜木乡的村。你们出来与乡里竞争，他们什么话也说不出来，只得让你们干。"结果，这件事果然就这样办成了。仅这一项，又为试区建设节省资金七八千元。

第四个问题是，试区开工以后，有些人总觉着这是一块大肥肉。总想从中捞点好处，占点便宜。有一位老干部，仗着自己年岁大了，过去曾在领导岗位上工作过，便来到试区，直接找蓝田同志。直截了当地说："想要点'小白龙'，家里浇地用。"蓝田想："这老干部，那么大岁数了，如果不给他，那该多难堪哪！还是该给他点面子。"于是，便拿了一卷'小白龙'送给他。最不像话的是，隋塔县水利局的一个中层干部，家里正在盖房。趁着白天参试的同志们都到工地施工，他们的住处没人的时候，开着大汽车，到他们住处的院子里去拉砂子。蓝田同志知道后十分生气，便给他们的局长打电话说："以后此类事情绝不能再次发生！"

按照扩大初步设计，试区还要新打两眼深井：一眼在道口村，一眼在晶庄。这两个村也是地区水利局的扶贫点。为了平衡两方面的关系，蓝田决定一眼深井由地区钻井公司打，另一眼由隋塔县钻井公司打。1986年12月中旬，蓝田把两个钻井公司的经理叫来，给他们二人详细交代了一番，一再指出这是"七五"国家重点科技攻关项目，是国家的五大试区之一，要求他们在深井施工中，一定要采用新技术，严格要求，一丝不苟。特别是滤水管，一定要采用竹笼腾空外包丝网，绝不能包棕等。他们二人都满口答应了。12月下旬，两台深井钻机均进了场。12月底，一场大雪铺天盖地而来，整个地里到处是一层厚厚的积雪，气温骤降，所有的道路上都是一层坚冰。于是，整个试区建设除两眼深井外，只得全部暂停，全体参试人员只得退场。这时，蓝田把地区水利局在两个村扶贫的人员叫来，反复嘱咐他们："现在全体参试人员都退场了，只剩下两眼深井还在施工。咱们局里在试区的人

员也只剩下你们二人。这到了最容易出事的时候了，你们二人务必认真监督两眼深井的施工。要他们一定按要求严格施工。"

　　从10月底到12月底，整整两个月的时间，蓝田一次家也未回。回到家后，蓝田才知道岳母得了脑血栓，已住院天天输液。爱人王艳把姐姐从老家叫来，在家做饭，她在单位上请了假，每天白天在医院照顾妈妈。蓝田回来后，白天在局里上班，每天晚上便在医院给岳母陪床。他把一个竹躺椅白天放在病床下，晚上从床下拉出来，蓝田便躺在上面和衣而睡。通过一个月的输液，后来又结合针灸，岳母的病情稍有好转，春节前，岳母出院，回到家里，姐姐则回老家去了。这时，一个两难的问题便摆在了蓝田的面前。一方面是省领导的重托，承担"七五"国家重点科技攻关项目，为国尽忠，从个人角度来说，这是十分难得的机遇。全省那么多水利科技人员，省领导把它交给自己，这也是充分发挥自己聪明才智的大好时机。如果失去这次机遇，蓝田这一生中也不可能再有。另一方面，岳母得了脑血栓，每天躺在床上动不得；爱人王艳是个风湿性心脏病患者，病情已经很重了，但王艳不但每天还要上班，回家还得买菜、做饭、搞卫生，侍奉卧在病床的妈妈和两个上中学的孩子。在这种情况下，如果蓝田集中全部精力，为国尽忠，则对不住岳母，更对不住爱人王艳。这简直是太不人道太残忍了。相反，如果蓝田让王艳病退，每天卧床休息，自己把全部家务承担起来，则不能对国家尽忠，对不住国家和人民。对蓝田同志的两难处境，王艳同志早已看清楚。她也是一个事业心极强的人，她完全理解蓝田。这事她早已想清楚，也下了决心，她决心牺牲自己，全力支持蓝田的工作，由自己承担起全部家务。这时，蓝田还有一个想法：为了集中精力搞好试区建设和科技攻关，他打算辞去地区水利局副局长的职务，改任副总工。蓝田把这个想法给爱人王艳一说，王艳也完全理解与支持。对蓝田同志的这一想法，局里的一、二把手也早有预料。他们也感到蓝田的业务能力强，副局长繁杂的事物处理，影响他技术水平的充分发挥；长期蹲在一个点上搞试区建设和科技攻关，也难于照顾到全区的工作。于是，二者一拍即合，手续春节前就办妥了。蓝田同志辞去地区水利局副局长的职务，改任副总工，仍兼任局党组成员。春节过后，正月初七，蓝田又要同全体参试人员一起，回试区了。他眼里含满泪水，向岳母辞行，向爱人王艳辞行，他心里难过得一句话也说不出。

回到试区，蓝田便知道在深井建设中果然出了问题。地区钻井公司这台钻机完全按领导的要求施工，井眼打成后，经测斜超标，他们便换个井位另打。最后，各方面都符合要求，质量完全没有问题。而隋塔县钻井公司这台钻机则不然，当蓝田向他们交代任务提出各项要求时，他们条条都同意，处处都答应。但到施工时，则完全另搞一套，原来他们怎么干还是怎么干。特别是对机井的滤水管，他们仍采用包棕的办法。在晶庄扶贫的同志无论怎样制止，他们就是不听。结果打完井后，开始用空压机洗井时，机井出水很少。晶庄这个村，本来就很穷，自己打不起深井。国家的试区设在这里，好不容易决定给他们打一眼深井，结果却出水很少。全村的农民群众又气又急，决心扣住他们的井架子，不让他们走。要求他们必须给处理好，处理不好就得赔一眼井。后来用空压机连续洗了两次，机井出水量有所增加，但仍不合格。这时，隋塔县水利局的局长和钻井公司的副经理便来找蓝田同志。希望蓝田到晶庄给讲情，把他们的井架子放走，然后他们的空压机一定还会再来，保证把晶庄的这眼深井给洗好。在这种情况下，蓝田便到了晶庄，给晶庄的干部群众讲了讲，大家就把隋塔钻井公司的井架子放走了。但他们的井架子走后，他们的空压机无论蓝田怎么催促，他们反正就是不来了。这时，蓝田和晶庄的干部群众终于看清了这伙人的丑恶嘴脸。于是，蓝田便让地区钻井公司的空压机来晶庄

对这眼深井继续洗井，直至把这眼深井彻底洗好。

1987年4月，试区的工程已大部完成，不少麦田已用试验工程浇上了水，发挥了效益。这时，水利部科教司的领导率领几位专家，对各大试区进行了巡视检查。当他们对本试区检查过后，开始有两位专家发言，大家都听不清他们讲的究竟是什么意思。看来，人家是不愿明确表态。水利部科教司的杨工是个直爽的人，他最后说："你们这个试区，部里给你们的资金最少，你们的项目最多，工程量最大，进度最快，质量最好，效益最大。"当场的地、县、乡的干部和技术人员，亲耳听到这一连几个"最"字，一个个兴高采烈，到处传扬，使全体施工人员深受鼓舞。

1987年5月中旬，试验工程全部完工。共打深井2眼，修好深井1眼，打浅井50眼，修好浅井12眼，完成深井配套5眼，浅井配套62眼，建井房60座，建深井低压输水管道3256米，浅井低压输水管道12100米。机井控制面积达到8000亩，其中新增水浇地4200亩。工程验收前，蓝田等同志对试验工程的验收报告应怎样写都不知道。蓝田找来几个同志研究了一番，然后亲自动手写了一个简短的报告。1987年5月22日至23日，试验工程第一个通过了水利部主持的专家鉴定验收，也是唯一按照水利部的要求，对试验工程和试验研究分两次分别进行鉴定验收的参试单位。会上，大家对试验工程都很满意。水利部科教司张处长最后说："工程验收了，很好；但报告不行，必须重写。"会后，长山省水利厅科教处申森处长对蓝田说："感谢你们，为我省争了光。你不用发愁，下阶段研究工作所需的资金，我为你们去筹集。"随后，水利部科教司张处长把蓝田叫到一边，单独对他说："试验工程的报告应分成四个来写：一个工作报告，一个技术总结报告，一个财务分析报告，一个工程管理报告。其中最重要的是技术总结报告。技术总结报告的写法是……"通过张处长一番讲解，蓝田逐渐明白了。他再不同任何同志商量。由于财务分析报告和工程管理报告比较简单，他让隋塔县水利局写后交由他来审定；工作报告和技术总结报告完全由他自己来写。

1987年5月24日，蓝田同志回到家，这一出去又是三个月的时间。虽然试区离家只有100多里，虽然家里有两个重病人，但中间他一次家也未回。天气热了，他在工地附近买了双凉鞋，买了个背心，直至工程验收后才回家。为了写好技术总结报告，回局后，他又从图书馆借了两本参考书。他仔细浏览了一番，从而进一步加深了对张处长讲解的理解。于是，开始编写。经过反复思考与推敲，终于完成了工作报告、技术总结报告的编写和后两个报告的审定，铅印后送交水利部科教司，张处长看后，表示十分满意。

试验工程鉴定验收之后，各课题便进入进一步研究攻关阶段。于是，蓝田同志便把前三个子课题的主要参试人员找来，一起商讨如何进一步开展研究攻关问题。会上，水三山首先挑动车武同志说："咱们不干。"车武同志不吱声，实际上也是主张不再继续研究。他们把科技攻关当作儿戏，或者认为这是为蓝田干的。自蓝田同志改任副总工程师后，车武同志已成为土山地区水利局的总工程师，他又是本子课题的负责人之一，还兼任子子课题"低压管道输水灌溉技术研究"的负责人。他不说继续研究，蓝田同志也没有办法，总不能另组织课题组继续研究吧。于是，蓝田同志便与另两个子子课题的主要参试人员庄俊、刘福及王志、周胜等同志研究起来。

首先说"浅薄层淡水开发技术的研究"。要在浅薄层淡水区研究出一套地下水开发利用技术，必须首先摸准井位处水质及土质的变化情况。不仅要摸准此处咸淡界面的埋深，而且还必须摸准咸淡界面以上和以下的地下水矿化度究竟是多少，同时还必须摸准该处不同深度上的土质究竟是什么。由于此类地区无论在水平方向上，还是在垂直

方向上，其水质和土质都变化很大，当地老百姓常常夸张地说这里是"一步三泉"。因此，在这里使用地面物探法根本不行，因为它测得的是数十米至数百米之间的平均电阻率。看来，在这里要摸准井位处的水质和土质的变化情况，只有在打井前先在这里打一个小孔，然后用测井法一段一段地测试。当然，用汽车钻可以开这个小孔，但成本太高。于是，研制一套简易勘探钻便成了必由之路。水科所的刘福和隋塔县水利局的吴章同志，在试区建设中便一直钉在第一线，指导和监督着各台钻机打井的情况，并对试区内过去打井的情况进行了深入的调查研究，总结了他们的经验和教训。浅薄层淡水开发技术的研究，又是他们始终战斗在第一线。经过几个月的研制、试用、改进、再试用，一套简易人工反循环勘探钻终于研制成功。它是利用人工反循环钻钻孔，凭手感经验区分土层。由压机子从钻孔里吸出的泥浆里捞取沙样进行颗分，并利用电测井法来验证钻孔内逐段地层的性质、沙层的位置、厚度和逐段的水质。全套设备不足 1000 元，总重 50—60 公斤，钻探一个 30 米左右的钻孔，一般仅需要三个人一天的时间。设备简单，安装简易，搬迁方便，投资省，用工少，费用低，技术可靠，易于掌握，便于推广。

由于试区的咸淡界面大都在 20 米左右，过去打浅井不敢突破咸淡界面，井打得浅，单井出水量少，一般无法用机泵抽水，没有应用价值。如今有了简易人工反循环勘探钻，情况就不同了。如果测得咸淡界面以上的地下水，其矿化度才 1 克／升左右，而咸淡界面以下的地下水矿化度在 2 至 3 克／升左右，那么，就可以把井深打至 30 多米，使单井出水量增加一倍以上，而井水矿化度才 2 克／升左右。当然，如果测得咸淡界面以下的地下水矿化度达到 4 至 5 克／升，那么，便可不在这里打井，从而便避免了打一眼咸水井所造成的损失。他们用这个方法连续打了 6 眼试验井，都达到了预期的目的，取得了成功，受到了当地农民的热烈欢迎。

另一方面，他们又总结了 20 世纪 70 年代所打的浅井，其中出水量较大至今一直应用而没有坍塌的 10 多眼井的成功经验。其主要原因都是因为这些井孔的剖面大多为黏土和亚黏土，沙层较薄。由于所填滤料粒径较大（为 3—6 毫米的砾石），在洗井时强烈抽水的情况下，一部分含水沙层被抽空，增大了井的汇水面积，改善了进水条件，到一定程度便停止进沙，并保证了井壁不致坍塌。根据上述经验，他们又研制了根据井孔剖面情况，分层填砾、边填边测，适当放沙入井的一套新技术：在沙层较厚的中底部，仍按 8—10 倍的填含比这个老规矩回填滤料，而在黏土、亚黏土、亚沙土、薄层沙土与粉土以及较厚含水层的上部（多为 0.5 米左右）均填直径 3—6 毫米的大砾，适当放沙入井，又获得了成功。就这样，他们从 1987 年夏天开始，从夏到冬，又从冬到夏。历经两年的艰苦奋战，一眼眼地打孔、测试、井孔设计、打井、洗井、抽水试验，首先取得一项项单项成果，然后把这些成果组合起来。即利用简易勘探钻与测井法所取得土质与水质的准确资料，把适当增加井深、适当扩大井径及分层填砾、边填边测、适当放沙入井、及时洗井、彻底洗井等一系列新技术结合起来，终于打出了一眼眼单井出水量较大，水质合格的好井，创出了浅薄层淡水开发利用的一套新技术。特别是在位居试区中心的道口村，历史上就从未打出过能用机泵抽水的浅井。如今居然打出了单井出水量每小时达 30 多立方米的好井，老百姓真是高兴极了。这个村的会计，见到蓝田时高兴地说："这是天下第一井。"一句话，把蓝田同志给逗乐了。

其次，"机泵合理配套及测试改造"在进一步研究攻关阶段，由于原深井泵转速较高，他们先加大柴油机皮带轮，使柴油机降速运行，从而达到了节油降耗的目的。然后，他们又完成了深井泵预润滑灌水装置的研究。深井泵开机前，橡胶轴承必须预润滑。许多深井泵在管

理运用中，因灌水困难，就不灌或少灌水，轻者造成橡胶轴承的严重磨损，重者则打碎轴承支架和断轴，最为严重的还会因橡胶轴承干磨生热后，和泵轴抱在一起，加大电动机的负荷，造成电动机烧坏。因此，研究深井泵简易方便的预润滑灌水装置，是充分发挥深井泵和深井效益，延长深井泵寿命的迫切需要。为此，他们设计安装了一个圆桶，通过一根胶管与深井泵灌水嘴连接，中间用节门控制。深井泵开机前，打开节门，放水润滑橡胶轴承。开机后水沿胶管回灌水桶，待水桶将满时，将节门关闭，供下次开机前灌泵应用。于是，问题便得到圆满解决。

另外，他们还将地埋塑料电缆与低压架空线路进行了对比。指出地埋塑料电缆可节省大量的钢材、水泥与有色金属，节省大量的资金，并可少占农田，便于耕作，有利于绿化，以及安全可靠，维护工作量小等。他们在试区埋设塑料电缆2000多米，并提出了一些应注意的事项。

此外，试区开始选用的深井泵为JD型深井泵，泵效率只有65%，他们认为其效率太低，便研究提高泵效率的办法。他们发现170JS50-32深井泵，泵效率达76%。但其额定出水量达50立方米／时，扬程达32米。估计若将该泵降速运行，流量和扬程必然降低，有可能满足本试区浅井配套的需要，但不知是否还能保持泵效率高的优点。于是决定开展这项试验工作。经实际测试，其泵效率仍然较高。于是，他们便把试区内部分JD型深井泵头更换为170JS50-32降速运行。经过大量的测试与翻阅资料，课题组发现似乎有这样一个规律：泵叶轮直径小，转速高，则其泵效率较低；相反，泵叶轮直径较大，转速较低，则泵效率较高。而浅井一般井径较大，一般最小为33厘米，多数为50和80厘米。因而为浅井配套的井泵，完全可采取直径较大的叶轮组，并让其低速运行。常来试区推销井泵的某水泵厂的销售员，得此信息后如获至宝。他们决心遵此规律，为不同流量和扬程的浅井，研制配套合理且高效的几种水泵。

　　1989 年上半年，科技攻关的各项成果要通过专家鉴定了。蓝田他们承担的子课题，一个总课题的工作报告、一个总课题的技术总结报告、六个子子课题的技术总结报告的编写、审核、铅印等各项工作必须在 4 月底以前全部完成。其中，蓝田承担的是一个总课题的工作报告、一个总课题的技术总结报告、两个子子课题的技术总结报告共四个报告的编写任务。还有其他四个子子课题技术总结报告的审订任务。此外，所有报告铅印前的最后一次校版，也是蓝田的任务。为了集中精力完成这些任务，蓝田在春节后的两个多月内，住在局里的办公室，每天只回家吃三顿饭。除了白天工作一天外，每天晚上还要工作到深夜两三点。为了使自己的身体能支持得住，他订了一斤牛奶，又买了一个电热杯。每天夜里 12 点，他用电热杯把这一斤牛奶热开了，然后一次全部喝下去；另外，每天中午，他坚持休息 10 多分钟。到 4 月底，上述任务均按期完成了。

　　1989 年 5 月，本子课题及 6 个子子课题，一起通过了水利部主持的专家鉴定。接着，蓝田完成了总课题《低压管道输水灌溉技术研究》技术总结报告及《低压管道输水灌溉技术》一书的分工编写任务。1989 年 7 月，由 8 个人分工编写的总课题的技术总结报告，由水利部科教司领导指定，由蓝田一人承担了从头到尾的统稿任务。

　　1989 年 11 月，水利部在北京市卢沟桥附近举办全国的"低压管道输水灌溉技术"培训班，各子课题的负责人及《低压管道输水灌溉技术》一书的编写人员也一起参会。这时土山地区来人告诉蓝田同志，说蓝田的岳母去世了，并说王艳要来人告诉蓝田，要蓝田不用回去。听到这个消息，蓝田悲痛万分。一天，水利部科教司一位 70 多岁的老同志，召集各子课题的人开会。开始，有一位同志说："今天是一位水

科院的老专家，来培训班上讲机泵测试改造，这位老专家的脾气可是够大的，如果他来讲课我们这些人都不参加，恐怕他要大发脾气的。咱们哪个子课题里有机泵测试改造的内容，是否去培训班上听老专家讲课。"听了这话，蓝田便去培训班了。蓝田去听课走后，他们又开了个会议。这位70多岁的老同志，在部里没有任何行政职务，过去他也从未抓过试区的工作，对各试区的人员也不熟悉。不知为什么，在今天人员不全的情况下，他一个人竟擅自做主，对《低压管道输水灌溉技术》一书的编写进行了重新分工。各章节的编写任务由在场的人全包了。原由蓝田负责编写的一章，竟然分给了另一个子课题所在县的一位科长。这一下，这个科长可发了愁。他自己说他对这一部分不懂，更不会写。于是，他们同一个子课题的一位同志便对他说："你去找蓝田呀，他原来负责写这一部分，你们不是同学吗？你去问他，再把他写的稿子要过来，问题不就解决了吗？"这位科长大概觉得这样做是否有点太过分了，因此，便一直未来找蓝田。不几天，培训班结束了，写书的人们要换个地方去写了。蓝田没有了写书的任务，自然便立即回家。那位老同志便派车送蓝田去火车站，路上，他问蓝田同志："你怎么总不讲话，情绪这么低沉？"蓝田说："我岳母多年为我们看孩子做饭，她得病期间我不能在家照顾她，她如今去世了，我连家也不在，我太对不住她老人家了。"回到土山后，不久，蓝田接到了水利部科教司的一个通知，说张处长等领导同志一致同意，书的那一部分仍由蓝田同志编写。

1989年底，总课题通过了农业部主持的专家鉴定。

在荣辱面前

　　如果你的身边有一个人，能力比你强，水平比你高，世上的人，对此往往有两种截然不同的看法与态度。多数人认为这是件好事，感到高兴。因为你可以与他合作，在他的指导与帮助下，你们可以为国家和人民干更多的事，做更大的贡献，你也可以得到更快的提高与进步。相反，却有极少数的人，认为这是件坏事，他认为这个人是他前进道路上的障碍或一堵墙，必须把他推倒清除掉。如果感到自己力量不足，那就联合一切可以联合的人；如仍不能把他推倒清除掉，也要在背后千方百计地诋毁他。这种人以害人利己为出发点，最后以害人害己而告终。蓝田同志在自己的人生中，便遇到过这样一个人。

　　水三山，中专毕业。"文革"前在外地工作，"文革"后调入土山地区水利局。蓝田在刚升任土山地区水利局副局长时，曾看到过来自外地的一封信。信中说水三山"文革"中在他们那里整人，干过不少坏事。但信写得很简短，也很空洞，蓝田便没把这事放在心上。1981—1983 年的技术职称晋升中，一开始对工程师的要求很高很严，后来则逐步降低标准，放得越来越宽。水三山直到 1983 年也未能晋升为工程师。过去，蓝田从未与水三山深入接触过，看他不爱说话，像

个老实人。看他未评上工程师那个痛苦相，又有点可怜他，便把他调到自己分管的农水科来，想让他日后跟着自己搞点科研项目，出点成果，也好解决技术职称晋升问题。

1984 年，水三山也参加了农水科搞的不同管材低压管道的对比测试。他写了一篇文章，交由蓝田同志审核。文章的最后一部分为经济效益分析。水利工程的经济效益分析，过去从中专到大学本科的课程都不曾讲过。从 20 世纪 80 年代开始，我国的水利工程建设，才普遍强调要搞经济效益分析。不知什么时间在哪里举办过一个培训班，水三山参加了学习，土山地区水利局参加培训的人员可能不多。经济效益分析有静态分析法和动态分析法，前者较为简单，后者较为复杂些。低压管道输水灌溉由于投资少、效益大，一般还本年限只需一二年，因此，使用较简单的静态分析法即可。水三山可能觉得土山地区水利局懂得经济效益分析的人不多，想卖弄一番，因而使用了动态分析法。他虽然参加了培训班，但他对这一部分并没有真正学懂吃透，因而出现了错误。蓝田虽然没有参加培训班，但手头有一份水利经济效益分析的资料，他认真地看了一番，便明白了。他发现了水三山文中的错误之后，便给他指了出来，并指出了应怎样修改。但水三山并未照此修改，而是换了一种方法，还是动态分析法。蓝田一看，还是错误的，又给他指了出来。大约就在这时，蓝田同志开始发现，看来水三山不是一个老实人；而水三山也在这时开始发现，看来蓝田是他前进路上的一堵墙。

在"七五"国家重点科技攻关中，水三山和李希盛被确定为"低压管道输水灌溉技术研究"的主研人员，副总工程师车武为该课题的负责人。在课题组的一次会议上，他们集中研究了低压输水灌溉管道的管件问题，蓝田也参加了这次会议。低压输水灌溉管道所需的管件不多，也比较简单，主要就是三通、出水口和管道首端的调压排气阀。

大家一起研究了它们的结构和大体尺寸后，决定让水三山绘成图。后来，蓝田发现，在水三山绘制的图纸的图框内，绘图者和设计者都是水三山；而校核者与审定者一栏内，签字的并不是该课题的负责人车武，而是根本没参加该项研究的他们科的科长。对水三山的这点小伎俩和他的动机，蓝田看得一清二楚。但他们的课题负责人车武未说话，蓝田自然也没吱声。

试验工程开工之前，蓝田与水三山及隋塔县水利局的副局长一起，到该县的一个农机修造厂去过一趟，与该厂的厂长及技术人员面谈过一次，决定低压管道的管件由该厂生产。试验工程开工以后，蓝田让水三山将管件图纸给该农机修造厂送去，并告诉该厂所有管件交货的最后日期。水三山回来后啥也未告诉蓝田。之后，由于水三山父亲生病，他请了很长时间的假。整个试区低压管道的施工主要由李希盛和隋塔县水利局的一两个同志承担。1987年春天，到了管件交货的最后日期，蓝田派人去催，但厂家说交不了货。这一下可成了了不得的大事了。没有管件，低压管道无法按时完工，整个试验工程便无法按期鉴定验收。于是，全体参试人员可急了，当晚大家聚在院子里越嚷越凶，一个个纷纷喊着要去告他们。这时，水三山才低着头找蓝田同志说："我没把交货的最后日期告诉人家。"原来是水三山爱喝酒，喝了酒又必然要睡觉。看来是他把图纸送到农机修造厂后，人家请他喝了一顿酒，他酒后睡了一大觉便回来了，关于交货日期问题根本未与人家谈。蓝田知道了这个情况后，便来到院子里，对大家说："大家别嚷了，这事不怨人家，是我们的人根本就未给人家提交货日期问题。"第二天，蓝田只得向隋塔县领导求救，由隋塔县领导出面，找县农机修造厂的领导，要他们加班加点，千方百计，把试区所需的管件给赶制出来。

接着，水三山负责浅庄这眼深井的低压管道施工。浅庄是个小村，

全村只有这一眼深井。配的是 6 英寸深井泵，单井出水量每小时 80 立方米。几百米低压管道完全沿着村北的一条东西大道北侧布置，使用的管材是内径 20 厘米的预制混凝土管，施工要求非常严格，稍有疏忽，便严重漏水。施工期间，有一天中午，蓝田到了浅庄。不一会儿，乡里的一位副书记也来到浅庄。吃午饭时，村干部说："喝点酒吧？"蓝田说："不喝。"但水三山却不听蓝田的，偏要喝；乡里那位副书记也说："喝点吧！"于是村干部便摆上了酒与菜，大家边吃边喝。席间，水三山多次主动地向乡里那位副书记挑战碰杯，蓝田总用眼睛瞪他，他却毫不理睬。毫无疑问，水三山饭后又必然睡了一大觉。晚上回到住处吃晚饭时，蓝田批评水三山说："没喝过酒吗？"水三山毫不服气，他满口贼横地说："没喝过！"蓝田说："到通水时管道漏水谁负责？"水三山仍然贼横地说："我负责！"过了些天，到浅庄的管道试水时，蓝田又来到现场。深井泵一开，不多时，只见管道上一处处漏水，冲开上面的回填土，沿地面四处横流，整个管道漏得是一塌糊涂。见此光景，只见水三山满头豆粒大的汗珠，一下子冒了出来。他再也站不住，两只手捂着头，一下子蹲了下来。此时，浅庄的干部群众一下子把蓝田同志围了起来。大家都七嘴八舌地对蓝田说："这都是我们的责任，都是我们的问题，我们的错。"蓝田同志说："乡亲们哪！这几百米管道和水泥砂浆，一共是多少钱哪？你们投入了多少工？现在全报废了。乡亲们哪！我已经没钱了，咱们试区已经没钱了。你们还有钱吗？就是有钱也不行啊！再过几天就到了水利部验收的日子了，我们来得及吗？验收时，这条路是一条必经之路，原计划这地方还是一个重点的停车点。停车点我们可以不停了，但是这条路我们绕得过去吗？我们是一点办法也没有啊！"蓝田看到水三山那个样子，心想他必定知道是自己错了，责任全在他身上。看他压力那么大，便一句话也没有批评他，生怕再批他几句，他若是得了脑溢血岂不是更麻烦了吗？蓝田同志此后在任何场合都没再提过这件事。工程验收时，这几百米路上是一片泥水，带路的车只得硬着头皮往前开，整个验收的车队都从这一片泥水路上通过。虽未停车，但车上的人谁看不清楚，前来验收的领导和专家谁不明白是怎么回事！也许与会的领导和专家们把它看成是个别问题，特殊情况，会上大家都很客气，没提这个问题。

　　试验工程鉴定验收以后，大家便开始研究如何报奖的问题。该试验工程先后获得了地区科技进步一等奖和省科技进步三等奖。在研究如何报奖时，蓝田提出：三个子子课题的主要参试人员均为两人，当两个研究人员完成的工作量及贡献大小在伯仲之间，难分高下之时，可在两次报奖时轮流着上，让主要参试人员都得个奖。这个意见头两个子子课题的四个人都同意，而唯独水三山不同意。他认为，在他这个子子课题内，每次报奖都必须报他，而不能报李希盛。他的意见显然很不合理。因为在试区建设中，由于他父亲得病，他曾长时间请假，另外，他在试区施工期间，又干了两件砸锅的大事；李希盛虽然没学历，但试区施工期间，一直钉在现场，工作认真负责，他负责施工的低压管道，质量都没问题。蓝田同志不支持水三山的意见，这又是水三山对蓝田怀恨在心的原因之一。后来，李希盛与他们的科长有矛盾，水三山便煽动他们科长对蓝田的仇恨。他说："李希盛的背后有蓝田的支持。"

　　总工程师车武，比蓝田大10岁。因他年岁大，资格老，蓝田在当副局长期间，就十分尊重他，处处谦让他。长山省承担"七五"国家重点科技攻关项目的总负责人由蓝田和车武一起共同承担，也是蓝田提出的。实际上车武只管"低压管道输水灌溉技术研究"一个子子课题的事，对其他5个子子课题，车武根本不闻不问。在试区施工的全过程中，车武只在验收前从局里要了一个车，在试区待了三四天，由于身体顶不住又回机关了。而蓝田则一直坚持在第一线，试验工程的

工作报告和技术总结报告也完全是蓝田一个人编写的。这就是说，长山省该课题的总负责人实际上就是蓝田同志一人。从长山省水利厅到水利部的各位领导同志，凡是该课题的一切事务都只对蓝田一人，也就是他们只承认蓝田是这个课题的负责人。然而，在试验工程向省报奖时，蓝田同志仍然谦让车武，表示由车武同志做第一获奖人，自己做第二获奖人。但车武竟对此欣然接受，毫无谦让或感谢之意。

试验工程鉴定验收之后，各课题进入进一步研究攻关阶段。当蓝田召集三个子子课题的主要参试人员，研究如何进一步开展研究攻关时，水三山公然挑动车武，对"低压管道输水灌溉技术"拒不进行下一步研究。车武虽一句话不说，但作为课题负责人，这实际上也是主张不再进行研究。1987—1989这两年间，他们什么也没干。1989年春，车武也写了"低压管道输水灌溉技术研究"的技术总结报告，蓝田在审核中发现了一处错误，并给他改了过来。当车武来到蓝田的办公室，蓝田把这事告诉他后，车武同志竟然非常恼怒。他坐在蓝田的对面，看着改过的地方，涨红着脸，好长时间不说话，而后愤愤而去，一边走着，一边怒不可遏地连说了两句："你欺负人！你欺负人！"蓝田没有吱声。蓝田想："发现了你写的报告中有错误，不能给你指出，更不能修改，那要我来审核什么？发现错了不改，就拿着它让专家们去鉴定那就好吗？我给你改过来，怎么就是欺负你了呢？"对此，蓝田真是无法理解。

1989年5月，在水利部的主持下，本子课题及各子子课题研究成果的专家鉴定会议如期召开了。会上，当省里一位专家发言之后，车武立即予以驳斥。见此情况，主持会议的水利部的张处长非常生气，她当即宣布休会。然后把蓝田同志叫到一边，对蓝田说："会上，无论专家们讲什么，我们只能好好听着，绝不能反驳。"蓝田说："他这个人就是这样，一不满意，不分是对谁，也不分是什么场合，就和人家干，谁也管不了。"张处长接着说："那不行！这是水利部主持的成果鉴定会。绝不允许此类事情再次发生。"幸好，以后的会议中再未发生类似问题。

本子课题及各子子课题通过了水利部主持的专家鉴定之后，蓝田召集前三个子子课题的主要参试人员研究报奖问题。会上，蓝田同志说："为了让各主要参试人员都得一些奖，我建议我们在地区分三个子子课题报奖。我们给地区领导和地区科委领导做一番工作，争取能多给咱们个一等奖。然后，我们汇集起来向省里报奖，争取能拿一个省里的二等奖。"大家都同意蓝田的意见。在地区报奖之后，蓝田便与庄俊等人去找地区的领导和科委主任，反复说明承担的这是"七五"国家重点科技攻关课题，在本区的历史上是前所未有的。我们也付出了极大的努力，取得了一系列的重要成果，希望能多给一些大奖等。但无论蓝田等同志怎么说，也感动不了科委主任。人家主张的是要平衡，不可能把大奖都给你们地区水利局；并且坚决要求蓝田把这三个课题，排出一、二、三号来。由于蓝田无论怎么说都不行，最后不得不按照科委主任的要求来排号。按照蓝田做人的原则，排在第一号的自然是年岁大、资格老、脾气又大的车武做课题负责人的课题，然后是庄俊做课题负责人的"浅薄层淡水开发技术研究"，自己负责的课题则排在最后。但是，蓝田没想到，他一回到地区水利局，车武便找他来大吵大嚷。他说蓝田去找领导，找科委主任，一定是为了自己的课题去找，而要压制他。蓝田一再向车武解释，说不是为自己去找，而是为大家去找。但车武就是不相信。蓝田又说："车总，我们相处已经不是一年两年了，我蓝田什么时候，同什么人争过名，夺过利？"但蓝田这话等于白说，车武依然是不依不饶。这时，蓝田告诉车武，说科委主任如何让他排号，他如何把车武的课题排为一号，而把自己负责的课题排在最后，这时车武还是不信。最后，蓝田说："咱们甭说了，几

天之后评奖的结果就出来了，你等着看结果吧！"没过几天，地区科委的评奖结果公布了：以车武同志为课题负责人的"低压管道输水灌溉技术研究"获地区科技进步一等奖；以庄俊为课题负责人的"浅薄层淡水开发技术研究"获地区科技进步二等奖；以蓝田为课题负责人的"机泵合理配套及测试改造技术研究"获地区科技进步三等奖。这时，车武见了蓝田什么话也没说。

接着，蓝田召集大家研究向省如何报奖的问题。想不到，以车武同志为首的"低压管道输水灌溉技术研究"课题组又提出了新的要求：由于他们得的是地区科技进步一等奖，向省里报奖时他们的人员必须增加。三个子子课题各出一人，再加上两个总课题负责人和隋塔县水利局的一个人，便超过了五个人。他们若再增加，岂不是更为困难了。因此，蓝田与其他两个子子课题的人都没有表示同意。这时，车武同志从座位上愤然站了起来，愤怒而武断地说："报子课题！"边说边离开了会场。这就是说，再没有商量的余地。他们在地区得的是一等奖，向省里报奖自然没问题，其他两个子子课题在地区得的是二等奖和三等奖，向省里报奖自然没戏，报也是白报。车武等同志已离开了会场，会已无法继续开了，其他的同志只有在闷闷不乐中无可奈何地慢慢地离开了蓝田的办公室，回去了。

车武离开了蓝田的办公室，便来到农水科。农水科的人们一听说由子课题向省科委报奖，真是一片欢腾。因为这样一些没有参加攻关研究的人，也可以参加报奖了。这时，唯一一个头脑最清醒也最聪明的关军对大家说："应该把蓝田同志吸收进来，参加我们课题的报奖。因为他在《水利水电技术》上发表过这方面的重要论文，还参加了《低压管道输水灌溉技术》一书的编写等，他参加了我们这个课题的报奖，就可以把他的论文和这本书附上，从而大大提高我们成果的水平。"大家一听都觉得有道理，一致表示赞成。但水三山接着说："叫他参加可以，但必须把他的名次排在我的后头。"奇怪的是，对水三山这样的话，既无人谴责，也无人提出质问。随后，关军与车武二人便立即来找蓝田，并把关军和水三山的话原原本本地告诉了蓝田。蓝田也未问他们二人的态度究竟是什么，便说："我不是你们子课题的人，我不参加你们的报奖。"这时，蓝田一下感到轻松多了，因为那两个子子课题不报奖，农水科这个子子课题报奖他不参加，也用不着他操心。据说这些人是兴致勃勃，信心满怀，他们申报的不是省的科技进步二等奖，而是省的科技进步一等奖。

土山地区水利局"低压管道输水灌溉技术研究"向省科委的报奖，很快就报上去了，但却一直没有消息。过了好长时间，蓝田见到省水利厅科教处的一位同志，便问她是否知道一些情况。她说："我们也从未听说过任何消息。"这时，蓝田突然明白了。因为省科委可与土山地区科委不同。他们既不搞平衡，也不要水利系统自己排号。人家并不把所有的报奖申请都拿到专家评审会上去评审，而是在上会前还有一次严格的资格审查。即把所有的报奖申请仔细审查一番，看你申报的科研成果都是些什么，再查一下你过去的报奖的资料，看有无重复申报的内容。土山地区水利局申报的"低压管道输水灌溉技术研究"成果，在1989年"机井灌区配套改造技术试验工程"的报奖时已经全部包括在内了。该项目已得了省的科技进步三等奖。在这之后的两年内，根本没做任何研究，也没有一点新成果。因此，负责审查的同志必定把你的全部申报资料通通抽出来，扔在一边，你连上专家评审会的资格都没有。蓝田心里明白了，但对谁也没说。他不知那些信心满怀的人是怎样想的。从1986年到1989年，土山地区水利局投入那么多力量，奋战了四年的"七五"国家重点科技攻关项目，就这样无声无息地结束了。

据了解，同为"七五"国家重点科技攻关项目的一个子课题，在

兄弟省（市）所选择的试区均为全淡区，最少也是浅层淡水区。也就是说，人家研究的任务，既无打井问题，也无井泵配套问题，只有一个低压管道输水灌溉问题。而在长山省的土山地区，所选择的试区为浅薄层淡水区。需要研究解决的问题，既有浅薄层淡水开发利用的打井技术问题，又有机泵合理配套及测试改造问题。在低压管道输水灌溉技术的研究中，既有单井出水量每小时达 80 立方米的深井，也有每小时出水量仅 20 至 30 立方米的浅井；在管材方面，既有预制的混凝土管，又有大口径薄壁聚氯乙烯塑料管，还有再生聚氯乙烯塑料管。由于大量的浅井是新打的，因此，又有打井、配套、低压管道统一规划，合理布置井位与低压管道，从而大幅度节省建设投资，降低运行费。在经济效益方面，除了低压管道省水、省地、省工的效益外，还有扩大水浇地，变旱地为水浇地的巨大的经济效益。总之，长山省土山地区的这个子课题，研究的项目多，情况复杂，成果多，经济效益大。但最后，其科研成果在省（市）级得奖的情况却是：兄弟省（市）课题有的得了省（市）级科技进步一等奖，有的得了省（市）级科技进步二等奖，而唯独长山省土山地区，仅试验工程得了省（市）级科技进步三等奖，其试验研究成果在省（市）级竟然什么奖也没得。

对于上述问题，蓝田在事过之后是这样认识的。第一，世上的人，并不是所有的人，都能靠宽容和谦让能够感化和改变的。第二，对于心术不正，明知故犯，给工作造成重大损失的，必须当众给以严厉的批评，要他认真检查，承认错误，从此再不敢造孽。也就是说，在工作中，对某些人来说，必须有必要的批评和适当的斗争。否则，他们将得寸进尺、日益猖獗、蹬着鼻子上脸，遗患无穷。第三，在科技成果报奖中，由于蓝田的过于宽容和谦让，使一些不干事的人竟然掌握了向省里报奖的大权，为所欲为；而一些老老实实干工作有实绩的人，则完全处于无权状态。其责任应完全由蓝田来承担。第四，在科技成果的报奖中，如果按照蓝田预定的路子，以总课题向省科委报奖，有"浅薄层淡水开发技术研究"和"机泵合理配套及测试改造技术研究"的研究成果。在"低压管道输水灌溉技术"的研究方面，不仅有蓝田发表的论文和参加编写的书籍，还有蓝田为全省培训低压管道输水灌溉技术骨干自编的培训教材。再把全省低压管道推广的面积和巨大的经济效益一同算进去，那么，得一个省科技进步二等奖是完全有可能的。然而，某些人却由于缺乏自知之明，得寸进尺，利令智昏，武断地决定以子课题报奖。以害人利己为出发点，到头来，连参评的资格都没有。什么奖都得不到，以害人害己而告终。

"七五"国家科技攻关工作结束了，然而，水三山对蓝田同志的仇视却没完没了。蓝田不断地有所耳闻，说水三山经常在背后说："我和老蓝没完！我要和他干到底！"最凶的一次是在地区水利局召开的全区各县（市）局参加的一个会议上，这次会议蓝田同志没有参加，地区水利局的一把手也没有参加。但最少有一位副局长参加了。在中午大家都在食堂的大厅里用餐时，水三山便对着这位副局长大喊大叫："我和老蓝没完！我要和他干到底！"他不断地重复着这两句话，与会的各县（市）局的人们都不知道是怎么回事，都觉得实在不像话，实在看不过去了。有的县局的同志便把这事反映给地区水利局的一把手。因此，事后地区水利局的一把手便把这位副局长和水三山一一叫去，分别训斥了一顿。

在这里，有令人十分奇怪之处。第一，既然你水三山对蓝田那么痛恨，何不利用人多的大好时机，把蓝田的问题一一揭发出来？只有把他的问题彻底揭发出来，才能把蓝田彻底搞臭啊！比如，他如何贪污受贿、吃喝嫖赌、乱搞女人，或如何压制你、打击你、迫害你等。你可以将一说成十，将十说成百，或者捕风捉影，无中生有，给他完全编造出一个个问题来吗！看来，连你自己都一点信心也没有，所以

才到处嚷的总是这两句空话哩!

第二,既然你水三山总是嚷着"我和老蓝没完!要和他干到底"!那你们的办公室又离得很近,每天上下班总要见面,甚至不只见一次,那你为什么每次见到他时,总是低低头走过去,一言不发?为什么不同他干呢?你完全可以和他当面锣对面鼓地见面就干,天天干仗呀?看来你是炕头上的光棍儿,只有在背后没有蓝田的时候,才敢发发疯解解气啊!

至于水三山为什么总在背后不厌其烦地重复那两句话,其目的是什么,蓝田早就十分清楚。其目的共有两个。第一,这是他搞统战的一个手段。即他认为这个局里哪个人可能对蓝田心怀嫉妒或不满,而又不肯讲出来,那么当这个人在场而蓝田又不在场时,他便把这两句话拿出来表演一番,虽然在表面上这个人什么也不说,但他水三山便有可能取得这个人发自内心的支持。第二,他是想在群众中造成一种影响,让人人都知道水三山与蓝田之间有矛盾。因为他所干的坏事,蓝田都十分清楚,他这样一闹就可以把蓝田的嘴堵住。今后,蓝田再向众人说水三山有什么问题时,大家都会想到他们二人有矛盾,于是便会对蓝田的话半信半疑,起码要打不少折扣。

凭蓝田的业绩和水平,凭他的工作能力和工作态度,在土山地区水利局当这么个毫无实权的副总工程师,他本人且既不贪财,又不贪色,混身没有任何把柄可抓。你水三山在土山地区水利局就是联合任何人也无法撼动他。再说谁又肯与你公开地联合呢?因此,蓝田同志对水三山所做的一切,总是听之任之,泰然处之;而水三山则不然。当他每次歇斯底里地发作之后,心中快活了吗?心情舒畅了吗?没有!而恰恰是更为懊丧。这正是古人常说的"天下本无事,庸人自扰之""君子坦荡荡,小人长戚戚"。就这样,直到他退休,蓝田同志一无所损,水三山一无所得。

水三山退休后不久，有一天，蓝田见他家的楼下摆着两个花圈，蓝田走近一看，原来是水三山升天了。蓝田想："没听说这小子有什么病，怎么突然升天了呢？"按照蓝田同志的惯例，本院里自己单位的人去世了，蓝田总是交上 100 元的礼钱，然后到他家里对着他的遗像三鞠躬。这时，蓝田同志想："水三山我又没招惹他，他却铁了心地与我为敌。但他的妻子儿女是无辜的，他死之后，他的家人起码在经济上是一个损失，这 100 元的礼钱是给他的妻子儿女的，因此，我是要拿的。"于是，他在楼下的账桌上交上 100 元钱，签上自己的名字。但蓝田绝不会到楼上水三山的家去，对着他的遗像三鞠躬的。过了两三天，一个早晨，他的两个孩子敲开了蓝田的楼门，对着蓝田同志深深地鞠了一躬。

水三山走了，他经常喊叫的，在土山地区水利局几乎人人皆知的那两句名言，有一半是做到了。即到人生的最后，仍毫无悔改之意；而另一半却没有做到，因为蓝田还在，而他却驾鹤西游去了。从此，人们再也听不到他那两句特有的名言了。

水三山不是想在土山地区水利局联合一切可以联合的人，即使不能把蓝田推倒清除掉，也要在背后千方百计地诋毁他、孤立他、把他搞臭吗？结果如何呢？

1990 年，蓝田指导了北田县水利机械厂等单位进行"对潜水泵无泵管提水装置的试验与研究"。

1991 年，蓝田又承担了水利部农水司下达的"深浅机井咸淡混浇与管道输水相结合"的试验与研究任务。

1991—1995 年，蓝田与土山地区水科所及某大学共同承担了"水资源优化调度与节水灌溉"的试验与研究任务。

上述研究工作一开始，蓝田总是首先宣布：今后研究工作可照常进行，但到成果报奖时，本人概不参加。

1988—1991 年，蓝田先后两次编写教材，在省水利厅农水处，分三次为全省培训"低压管道输水灌溉"技术的骨干。

1995 年，蓝田被水利部农水司供水处借调去北京，与水利部润华公司供水部一起，承担了联合国儿基会委托的"关于中国 PVC 管材生产及成井应用情况"的调查。并参加了报告的编写。

1995—1998 年，蓝田还先后三次作为水利部聘请的专家，赴陕西、山西、云南与河北，对联合国儿基会对我国贫困地区援助的供水项目进行中期验收，并对联合国儿基会对我国援助的钻机进行验收。

1982—1997 年间，蓝田同志在国家和省级期刊上发表了以下论文：

1982 年，在《海河科技》第 1 期，发表了《关于喷灌灌水定额问题的初步探讨》。

1982 年，写了《垂直排水冲洗改良盐碱地、抽咸灌淡改造地下咸水及利用咸水灌溉试验研究报告（1974—1976 年）》，因文章较长，《地下水》原决定在 1986 年分期刊登，后因故未登。

1986 年，在《地下水》第 2 期，发表了《抽咸补淡，改造与利用地下水》。

1987 年，在《水利情报与科普》第 1 期，发表了《打井配套防渗统一规划，充分发挥机井、管道效益》。

1988 年，在《水利水电技术》第 4 期，发表了《低压输水灌溉管道的规划设计与施工》。1989 年 1 月，该篇论文又被选入《黄淮海平原开发治理水利技术选编》。

1990 年，在《排灌机械》第 2 期，发表了《对潜水泵无泵管提水装置的试验与研究》。

1991 年 3 月，参加编写的《低压管道输水灌溉技术》一书出版。

1991 年，在《灌溉排水》第 4 期，发表了《浅薄层淡水开发技术》。

1991 年，在《农业节水技术》一书中，发表了《长山隋塔机井灌区配套改造技术》。

1991 年，在《海河科技》第 2 期，发表了《谈谈低压管道输水灌溉技术的发展》。1991 年 3 月，获省科协优秀奖。

1992 年，在《水利水电技术》第 5 期，发表了《低压管道输水灌溉工程的规划与设计》。

1993 年，在《水利水电技术》第 3 期，发表了《关于低压管道输水灌溉中管径设计问题的探讨》。

1993 年 4 月，写了《对我区开发深层水的回顾与展望——谈谈自己对深层水是不是水资源等一系列问题的认识》这一长篇论文。受到有关领导的一致好评。某刊物已决定登载，但给作者要版面费，作者拒付便未登载。

1993 年，在《长山工程技术高等专科学校学报》第 4 期，发表了《机井排灌治水》。

1996 年，在《长山省科教兴水战略研究与探讨》一书中，发表了《科教兴水战略实施之我见》，获 1996 年科教兴水战略研讨会优秀论文奖。

1997 年 9 月，在长山省水利学会农田水利专业委员会"农业节水学术研讨会"上，发表的《对我国建设节水农业的几点建议》一文，引起强烈反响。1999 年，被《中国新时期社会科学成果荟萃》收录；2000 年，该文又被人民日报出版社于 2000 年 12 月出版的《中国当代论文选粹》收入。

1988—1995 年，蓝田同志获奖及受表彰情况如下：

1988 年，晋升为高级工程师。

1988 年，"机井灌区配套改造技术试验工程"获土山地区科技进

步一等奖。

1989 年，"机井灌区配套改造技术试验工程"获长山省科技进步三等奖。

1990 年，"低压管道输水灌溉技术研究和推广"获水利部科技进步二等奖。

1991 年，"低压管道输水灌溉技术研究和推广"获国家科技进步二等奖。

1992 年，被评为"土山地区专业技术拔尖人才"。

1992 年，荣获土山地区"专员特别奖"。

1993 年 6 月，被授予土山地区劳动模范称号。

1993 年 10 月，被批准享受国务院颁发的百元级政府特殊津贴。

1994 年，荣获土山地区 1994 年度十佳科技人才。

1995 年，《长山水利》第 6 期，登载了省水利厅厅直党委供稿的文章"孔繁森式的好干部——蓝田"。

2004 年，经省人事厅职改办严格审查，省老科协高级专业技术职称评定委员会评审，被评为教授级高级工程师。

永远无法偿还的债

　　王艳 1966 年患重感冒和重伤风，留下风湿心脏病这个隐患，在连生两个孩子又刮过两次宫后，终于在 1984 年初夏暴发了。她咳嗽得很厉害，几个昼夜躺不下，睡不了觉，便到地区医院住院治疗。一般人住院都有人陪床，可王艳住院却没人陪床。因为医院离家远，妈妈老了去不了；两个孩子上学也去不了；蓝田那时担任地区水利局的副局长，工作很忙。因此，王艳每天自己在医院输液。蓝田只是每天中午去医院，给她买点饭，陪她一会儿。有一天，蓝田因局党组开会，中午下班时会尚未开完，他 12 点以后才到医院。他见到王艳时，王艳已买了饭，自己坐在小桌前，一只手输着液，另一只手拿着小勺正在吃饭，眼泪一滴一滴地掉在碗里。蓝田见到这般光景，十分惭愧，他一面解释，一面自责，简直无地自容。现在蓝田回想起来，觉得自己太死心眼了，局里自己分管的科里有好几个女同志，她们的工作并不忙，局机关又紧靠着医院，给她们哪一个说一声，让去医院帮助照顾一下不行呢？然而，当时他没有。没过几天，蓝田的岳母又得了痢疾，她不停地拉肚子，病情很严重。由于蓝田当时认为这是传染病，便赶紧找了个车，把岳母拉到了传染病医院。这个医院在城东南郊外，距地

区医院有 7 里路。医院内的条件很差：蓝田背着岳母去检查，爬楼梯住医院；医院里也没有食堂，只有一个公共的煤火炉，供住院的人在上面轮流做饭；它的周围和附近也没有卖饭的摊点。蓝田从家里拿了一个锅、一个勺子、两个碗和一些小米，他和岳母每顿饭便都是喝小米粥。蓝田只能管岳母一个人，王艳更没人管了。两个分别上中学、小学的孩子，一个 13 岁，一个 11 岁，这几天的日子也不知是怎样过的。事过之后，蓝田才知道，岳母患痢疾，也可在地区医院住院治疗。若让岳母也住进地区医院，蓝田一个人便可以照顾岳母和王艳两个人，地区医院有食堂，两个上学的孩子也可来医院食堂吃饭，那样不就好多了吗？蓝田始终不明白，为什么自己在处理工作时，总是办法很多，来得也快，处理措施也基本上都是正确的，而到处理自己家里的事时，就变得那样笨，那样废物？他恨不得把自己狠狠地骂一顿，甚至打一顿。就是因为自己这样混蛋和废物，让一家人都跟着自己多吃了许多苦，多受了许多罪！

王艳住院期间，医生一再说："这个病一定要好好休息，最好是卧床休息。干活越多越累，发展得越快；更特别怕感冒，感冒一次，就加重一步。"医生还劝王艳去做手术。提起在心脏上做手术，王艳与蓝田都十分谨慎。王艳出院后，蓝田便请熟人尤大夫，给省里一位专家写了一封信。蓝田与王艳专程去了一趟，向这位专家咨询了一番。这位专家说："王艳的心脏不仅二尖瓣狭窄，还闭锁不全。若动手术，效果并不太好，且有一定的危险性。"于是，蓝田与王艳便决定采取保守治疗。

1985 年夏天，蓝田的弟弟从老家来，突然向蓝田提出要集资再盖一套房的问题。他说有的在外面工作的人，当老人去世之后，便回去分家。家里的房产东西都要平均分，有的把分到的房子拆了卖砖卖木料，连家里养的鸡也要分一半。蓝田明白了弟弟的意思，当即表示：

"家里的房子东西我什么都不要。我们也不必分家，分家也没我的。因为爸爸供我上学，我有了工作，外面有房住，收入比你们多，老人在家里又多蒙你们侍奉，我已过意不去，又怎会去家里分东西！你若不放心，怕没爸爸后我变卦，我就给你立个字据；你若怕你嫂子不干，我们俩都签字。"王艳听了后对弟弟说："俺们家的房子那么好，我出来参加工作了，就都是俺姐姐的了，我都一点儿也不要。还怎么去要你们的房子？"经蓝田与王艳这么一说，弟弟放心了。1986年侄子考上了大学，1990年毕业后在土山农校工作。之后，蓝田的弟弟两口子，也来土山打工。家里唯一的一套房子也闲着没人住了。

1986年7月，蓝田的爸爸得了脑血栓，来土山地区医院住院。因恰逢暑假，蓝田的侄子和弟弟一块儿来了。蓝田和儿子蓝英与他们二人轮流着看护老人。王艳在家里给大家做饭。不知什么原因，蓝田的爸爸输液后突然拉起稀来，裤子里、床单上拉了许多稀屎。蓝田他们手忙脚乱地去卫生间清洗，可这时，他爸爸却自己光着屁股在屋里转起来。这个大病房里有那么多病人和护理人员，其中有不少年轻的女同志，蓝田真是抱歉。可有什么办法呢？他已经病得糊涂了。后来，他的病情虽有所好转，但仍远不比从前。他在与蓝英聊天时，又说了一些蓝英的姥姥不愿听的话。这时蓝英已经13周岁，当年的蓝田比他小得多时就知道，不把奶奶在背后对他说妈妈的话告诉妈妈，也不把妈妈在背后对他说奶奶的话告诉奶奶。可他这么大了，怎么还不知道这个呢？也许是他从小未跟爷爷在一起，对爷爷没有一点儿感情的原因吧！回到家后，他便把他爷爷说的话对全家说起来。蓝田不愿叫他说，便用眼睛瞪他，可他不予理睬，还继续说。后来，蓝田对蓝英发火，这可把岳母气急了。于是，岳母便对着蓝田发起火来，把多年窝在肚子里的委屈全诉了出来。蓝田不吱声，他斜倚在西里间自己房间的被子和枕头上，一面听着岳母诉说，一面流眼泪。一滴滴眼泪从蓝

田的眼角里流出来，沿着脸面向下流。这时，王艳也不吱声。她轻轻地坐在蓝田身旁，掏出自己的手绢为蓝田擦眼泪。当时，蓝田真担心，若是爸爸出院后来到家里，和岳母两人顶撞起来，他和王艳可怎么办哪？幸好，岳母发过火后，又对蓝田表示："你爸爸来家，我仍会以礼相待。"蓝田的爸爸这次出院后，因人多住不下，他便与蓝田的弟弟、侄子一起，到汽车站乘公交车回老家了。后来，王艳对蓝田说："俺娘是个有理不饶人的人。"蓝田说："老人家说的句句是实情，句句都对。她老人家对咱这个家做出的牺牲太大了！是我不对。"

1986年12月下旬，蓝田的岳母也因脑血栓住院了。春节前岳母才出院回到家里，她除每天坚持服药外，就是蓝田和王艳每天架着她在屋里学走路。累了便休息，一天学几次。

自从蓝田的岳母得了脑血栓后，蓝田与王艳这个家里便发生了巨大的变化。过去，岳母给他们做饭搞卫生。现在，不但干不了这些活了，还得需人多方照顾。那么，今后的日子怎么过？这是蓝田与王艳好多天来一直考虑的问题。1987年春节前，一天晚上，他俩把老人安顿好休息之后，回到自己的屋内，把屋门关好，免得他俩的谈话让岳母和孩子们听到。他俩也躺在床上，头枕在枕头上，面对着面，压低着声音，慢慢谈起来。蓝田说："艳，过去你的风湿心脏病虽然随着时间的推移在不断加重，但你的工作不像过去那样重那样累了；回家来有咱娘（岳母）做饭收拾卫生，你只是搭把手，帮咱娘洗洗碗、刷刷锅，料理点家务，工作量不大；两个孩子上学咱没怎么管他们。我一心一意地干工作，日子还能凑和着过下去。如今，咱娘病了以后，不仅干不了活了，我们还必须为她老人家端屎、端尿，给她喂饭、喂水、喂药，擦手脸甚至全身等。我们今后的日子可怎么过呀？"王艳说："是，这是一个很大的变化，我也想了好长时间了。"

蓝田接着说："最大的难点集中在我身上。1986 年初，水利部组织四省（市）和两个国家科研单位，共同承担'七五'国家重点科技攻关项目——'低压管道输水灌溉技术研究'。长山省水利厅领导叫我代表咱们省，作为它的一个子课题的负责人，承担这项研究工作。省厅领导把它交给我，这是对我业务水平、工作能力和工作态度的全面肯定，也是对我未来的无限希望。我过去从未承担过如此重大的科研项目。从青年时期，我就立志这一生要为国家和人民做出自己最大的贡献，这正是充分发挥自己的聪明才智，为国尽忠建功立业的大好时机。在这项工作中，从试验工程的规划设计，到施工和各项研究工作，直到最后研究报告的编写，我必须一直站在第一线，直接决策和指挥，研究报告我必须亲自动手写。在土山地区水利局，又找不到可以代替我的人。这就像打仗，现在到了决战决胜的时候，我作为主将，决不能退缩。否则，我将对不住党和人民对我的培养教育，对不住省厅领导对我的信任和期望。可是，另一方面，在咱家里，又出现了目前这种状况。你这病，1984 年刚发病时医生就对咱说，这病需要卧床休息。越是受累，病情就发展得越快越重。如果我仍然一点也不管家，把这副家庭重担全压在你身上，那我不就是太无人性、太不人道、对你太残忍了吗？那我将真正成为一个罪孽无比深重的人了。"

王艳说："对你两难的处境，我早已看清楚了。对你的心情我也完全理解。在咱们搞对象时，我不就说，咱俩有七个共同点吗？其中一个十分重要的共同点，就是咱俩都有一颗很强的事业心。决心在自己的一生中，要为国家和人民做出自己最大的贡献，绝不因虚度年华而悔恨。这也是我深深爱你的原因之一。还有，我们的爱情是从属于事业的。我们是这样说的，也是这样做的。1971 年你从干校重新分配工作时，我们俩就决定你不来离家近的土山，而去离家远的滨海。结果你在滨海的 6 年中，各方面收获和进步都很大，证

明我们的决策是完全正确的。我的远大理想和抱负，因我的身体不行，已无法施展了。现在，我们的家里出现了新的困难，又是考验我们的一个重要时刻。我已下定了决心，由我承担起全部家务，全力支持你的工作。"

听了这话，蓝田痛苦得抱住王艳几乎要哭起来。王艳接着说："蓝，不要这样，不要哭，好好听我继续说下去。毛主席不是说过吗，'要奋斗，就会有牺牲'。每到我们为此而痛苦时，就要想想在抗日战争中，在解放战争和抗美援朝战争中，有多少青年战士都牺牲了。他们有的还不到 20 岁，都还没有结婚。而我们现在都 40 多岁了，孩子都十几岁了，都快长成大人了。我们比起他们来，不是强多了吗？"王艳说到这里，蓝田接过去说："艳，你说得对。抗日战争时期，我们 100 户的一个小村，西头有个春峨，东头有个九恒，他们都参加了八路军，但走后就没了消息，人们都说牺牲了。我们村西南角外，有一小块荒地，上面有五个小坟头。起初，坟前还有个小木牌，但上面写的字都看不清。后来，这小木牌都没有了。人们说，那都是牺牲的八路军战士，但是，他们每个人都叫什么，哪里人，谁也不知道。在解放战争时期，我姥姥家一个胡同里，有一家姓赵的老两口，有一个儿子十八九岁，我去我姥姥家时，常见他在坑塘边钓青蛙。后来听说他参军了，也是走了后便没了消息。再往后我到我姥姥家去时，还常见这二位老人在自己的家门口进出，但从未见他们说过一句话，也从未见过他们的笑脸。这二位老人就像傻了似的。"

蓝田说："艳，人家董存瑞、黄继光这些英雄人物，为国家献出了自己的生命。立功的是自己，牺牲的也是自己呀。可我们不同，将来立功得奖的是我，可牺牲的是你呀！"王艳轻轻地拍打了一下蓝田的胳膊，随即说："不是说军功章里有你的一半也有我的一半吗？"这时，蓝田抱着王艳的脖子，用自己的前额亲着王艳的前额，抽泣着说："我不要奖章、奖金，不要钱，就要我的艳艳，我一辈子就这么一个知己，就这么一个最亲的亲人！"

过了一会儿，蓝田又说："艳，你比我强，比我会办事，工作方法也好。因此，你在厂里人人都尊敬你。可我就不行，无论在哪里，总有个别人跟我过不去。"王艳说："这与咱俩的工作性质不同有关。我当财务科长，管财务，在国家政策允许的范围内，总是尽力给大家多发点奖金；我还注意谁家有困难，总设法给他弄点困难补助；另外，厂长经常换人，大都很年轻，我在厂里已算老人啦，退休老干部们或他们的子女们，来厂里办事，他们大都不认识厂长，便总是来找我，我也总是尽力帮他们去办。因此，大家都赞成我。可是你研究的成果是在农田里，在大地上，受益的是广大农民，你单位的干部职工并没因你的工作受什么益。"蓝田说："这只是一个方面。我反省着自己的工作方法，说话确实有些问题。比如我当科教科副科长的时候，主管我们的局长，拿着一个人要晋升统计师的报表，找我来办手续。我当即问他：'他现在干什么？在岗吗？'硬是把人家顶了回去。坚持原则固然是对的，但说话这样简单生硬肯定要得罪人。但若换个说法，比如这样说：'老局长啊，不是我不愿给他办，我也愿给他办。但是国家有规定啊，评什么技术职称必须是在那个岗位上。要不你老帮他调一下工作，把他调到统计岗位上去，咱们再给他办好不？'这样其效果肯定要好得多。"

蓝田接着说："艳，你比我聪明，长了个那么聪明的大脑，可惜心脏出了毛病，它顶不住劲了，使你大脑的潜力也无法发挥了。你那个什么破文金舅呀，他真是可恨！他简直就是你的催命鬼！他卖红荆条也好，买红荆条也好，非用算盘不行啊？你给他张纸和笔叫他自己算去。如非用算盘不可，那就把咱姐家的门钥匙给他，让他自己去取。反正我感冒了刚出了大汗就是不出门。"王艳说："谁想到问题会

那么严重啊！"蓝田说："你这个人呀，就知道对别人好，不知道关心自己，爱护自己。"王艳说："蓝，你比我能写文章。"她摸着蓝田的肚子继续说："这大肚子里全是文章啊！"蓝田说："哼！这里面除了肠子和脂肪，就是屎和尿！啊，对了，还有屁！"说完，两个人都嘻嘻地笑了。

蓝田又问王艳，说："艳，你说人没了以后还有来生吗？"王艳说："没有。你想人活着的时候，做个梦还常常是离奇古怪的，不合逻辑。人死了以后，灵魂很快就烟消云散了。"蓝田接着说："我们都是共产党员，是无神论者。但是，我多么希望人死以后还有来生，而且还有一个老天爷，他对世上每个人每天所做的事，无一不知，无一不晓，他了解一切，洞察一切，也主宰一切。使人恶有恶报，善有善报，让一切好人善良的人都健康长寿。最近几年，我常出去开会，会后常顺便到附近一些景点旅游一下。好多景点上都有庙宇，也常有好多人买些纸香，跪在神佛前膜拜，祈求神佛保佑。我不肯这样做，总是在那儿站一会儿，默默走过。但总是默默地向神佛祈祷一件事，就是祈求神佛保佑我的王艳健康长寿。"蓝田接着说："艳，我欠你这么多，怎么报答你呢？如有来生，我给你当牛做马吧！"王艳说："你这个傻蛋！如有来生，我还会骑你这个大马，坐你的老牛车吗？让我们还做夫妻。"蓝田说："那就你做丈夫，在前面建功立业。我做妻子，给你搞好后勤。因为好多工作，一个女同志去干就不行。比如我在滨海，要了解全省旱涝碱综合治理的情况，就我一个人，背个书包，拿着一封介绍信，或坐公交车，或骑自行车，到处转。晚上有时一个人住在大队部，有时住在社队企业的办公室里。若是一个年轻的女同志，这样做就不行。"王艳说："随着科技的进步，社会的发展，到时候，看孩子做饭，也许有机器人为我们干了呢？我们俩可以一块工作，搞高科技，搞科研，并肩战斗，白天在一块研究一天，晚上钻到被窝里还可继续研究呢！"这时，蓝田便抢着说："若那样，我们的研究成果必定出得又快又多又好。"说到这里，两个人又一起笑了起来。

蓝田说："我爸爸与咱娘（岳母）虽然得的都是脑血栓，但他俩栓住的部位不同。我爸爸是手脚能动，但脑子糊涂了，连拉尿都不知，这样他哪儿难受也说不出，或者没感觉；而咱娘是手脚不能动，但知觉和说话都很清楚，这样她长时间不得翻身便硌得难受。每天的上午下午，咱俩都上班去了，两个孩子都上学去了，家里只剩下咱娘一个病人无人管。要像过去咱们的住处紧挨着面粉厂，中间你也可以回去一二次，给老人家翻翻身。如今这住处离咱们上班和孩子上学的地方都远，这一条做不到。咱娘从 1973 年春便扔下得病的咱爹（岳父）来这里给咱们看孩子做饭。因此，为咱娘看病和照顾咱娘便应完全是咱们的事。但咱们这点工资，雇人咱们是雇不起；你若办病退不上班，收入骤减，咱们的孩子们上学、老人看病、一家人的生活也承受不起；咱姐倒是有工夫，也有这个能力，她自己几亩地的农活，二闺女和女婿就在一个胡同里，他们一块儿就给她干了，她一个人在家没什么事。可是咱娘不说叫咱姐来照顾自己，却说把咱家里的房卖了吧，意思是拿卖房的钱，雇人来照顾她；而咱姐呢，一听咱娘要卖房，便急了，连说：'卖了！卖了！'就不说：'娘，不用卖房，我来照顾你就行了。'可是咱们呢，你出来上班后，咱爹娘的这套房自然就成了咱姐的了，这套房和院子比咱姐原来的那套大得多，房子也强得多。你又不能拿这套房来要挟咱姐，表示你要这套房就得来照顾咱娘。这话你说不出，更做不出。这套房肯定是不能卖了，因为咱姐把她原来的那套房已经卖了，再卖这套咱姐就没住的地方了。其结果就是咱们天天看着咱娘硌得难受、受罪，咱们却毫无办法。这就是咱们欠下咱娘的又一笔无法偿还的债！"王艳说："蓝，你看的完全对，情况就是这样。我也完全是这样看这样想的。"

　　蓝田又说："艳，我还有一个想法，想听听你的意见。为了集中精力，搞好试区建设和科技攻关，我打算辞去副局长的职务，改任副总工程师。因为要搞好试区建设和科技攻关，就需要长期蹲在一个点上，或是集中精力写研究报告、写论文，无暇顾及面上的工作。要继续当这个副局长，就得把自己分管的这几个科和下属单位的各种事都得管起来，各县（市）水利局这几个方面的事也得管，这样自己就不能集中精力搞科技攻关。特别是局里这位新的一把手上任以后，我们俩对农田水利工作应怎样干的思路不一致。他认为：水利工作就是春天抓抗旱，夏天搞防汛，秋冬搞农田基本建设；向上跑，去要钱要油，回来后，分钱分油；带一个车，天天到各县去转；农田建设哪里挖沟修渠修路，上的人多，场面大，轰轰烈烈，便在哪里召开现场会。这样搞，科研和职工教育都排不上号。我的思路是针对我区农田水利工作中存在的问题，有的是技术问题，有的是管理问题，通过搞试点，探讨和研究解决这些问题的方法或技术。问题解决了，试点搞好了，经验与技术总结出来后，或举办培训班，或召开现场会，予以推广，这样推动全区的农田水利事业不断发展与提高。我认为，这两条不同的思路也不是完全对立的，也可以适当地相结合。或者也可以比作一辆车的两个轮子，相辅相成。主要的不同是以哪个为主的问题。但我发现我们之间这个分歧之后，我曾经找他谈过一次，他未表态。但事实上还是认准他那一条路，对我的这条思路不认可。那我正好退下来，让他按照他的思路去提拔一位副局长，每天到各县去跑。我现在集中精力搞'七五'国家重点科技攻关，将来则集中精力办一件件的实事，解决一个个实际问题。你认为我的想法怎样？"王艳说："我完全赞成你的思路，支持你的想法。我们工作的目的是为人民办实事，解决实际问题。这样做，自己的水平能不断提高，我们的事业也不断发展。总之，我们工作的目的是做事，而不是做官。怎样做对人民的贡献最大，我们就怎样去做。"

蓝田又接着说："1983 年，我被提拔为水利局副局长时，摆在我面前有三条路。一条路是搞实业，做一个实业家。从 1984 年 7 月，我带领地区水科所进京搞勘探开始，仅仅一年半的时间，业务范围和施工队伍都迅速扩大。如果我们能得到地区领导的大力支持，这样迅速地发展下去，我们就完全有可能，拉出一支队伍，发展成一个庞大的建筑企业。走这条路为国家为人民的贡献可能更大。但是由于我们的思想和做法太超前，我们本来是一个率先改革的先进典型，却被视为违章违纪的洪水猛兽，被一棍子打死了。第二条路是从政，也就是当官。我虽然是一身正气两袖清风，对党和人民一片忠诚，对工作极端的负责任。但是我的工作方法有时简单生硬，从思想上又往往有点疾恶如仇，因此，往往得罪一些人。我也不善于团结不同意见的人一道工作。概括一句话，就是我下面的群众基础不是太好，又没有上层领导人的赏识和提携。我被提为副局长时已 45 周岁了，年龄较大了。这就决定了我这一辈子若从政，当这个地区水利局的副局长也就到头了。特别是跟着这样的一把手整天到处跑，虽不能说一辈子对人民没有一点贡献，但自己的很多潜能发挥不出来。第三条路是搞技术，搞一辈子科研工作。从 1963 年我到试验站从事旱涝碱综合治理研究工作开始，20年来，我一直是这样想的。从理论学习，科学试验，到调查研究，农田水利工程的规划设计施工管理，直到写研究报告，写论文，我一直是为此而准备的。特别凑巧的是，当我搞实业这条路刚被打下马来时，'七五'国家重点科技攻关这个千载难逢的大好机遇便降到我的头上，真可谓天赐良机吧。这就使我的工作层面由省这个层面一下子提高到国家层面，使我接触到国家和其他省（市）级的技术人员。与他们相比，我的学历最低，但通过一段时间的工作和接触，我很快就发现，在业务水平和工作能力方面，我并不比他们差；而在实践经验和艰苦

奋斗精神等方面，我还具有一定的优势。因此，这条路我是走定了。"

过了春节，正月初七，蓝田挥泪告别了岳母和王艳，与大家一起回试区施工去了。王艳每天上班、买菜、做饭、搞卫生、照顾妈妈，把活干完后，便扶着妈妈在屋里练习走路，情况越来越好。王艳还特意告诉妈妈："你自己可一定不要动，千万别摔着。"可在5月20日，不知怎的她自己动了一下，摔在了地上，又不能动了。5月24日蓝田回到家后，马上拉着岳母去医院看病。拍片后确诊是一个股骨头摔折了。医生说有两个办法：一是将皮肉剥开，用钢夹板把断处夹住；另一个办法是在外部固定住。蓝田他们决定采用第二种方法，把医生请到家来，医生用绷带把老人绑在床上，脚上坠上一块砖，并说："一个月不能动。"可是，没过几天，老人家的冠心病便发作了一次。蓝田、王艳便与妈妈一起商量。大家都认为，一个78岁的老人，躺在床上一个月不能动，恐怕等不到股骨长好，心脏就受不了了。于是便解开了绷带和坠着的砖。蓝田又到乡下找了个祖传的接骨人来，他只将断骨对了对位，在那儿贴了块膏药，既无捆绑定位，也无吃的药。医生临走时说："不用请我，过些日子我自己来。"可是他走后就没有再来。这时，蓝田与王艳和妈妈又一起商量。蓝田说："若是没有脑血栓，仅是股骨头折了，剥开皮肉，把断处用钢板夹住，通过锻炼，能自己行走还是可能的。现在是已有了脑血栓了，本来已走不了了，股骨头又摔折了，恐怕用钢板再夹住，也很有可能仍不能走。"三人都认为，那样很有可能是白花钱受罪，仍然自己走不了。三人对治这个病都失去了信心。

1987年汛期，人们嚷着这年要发大水，到处演练防洪堵口，闹得人心惶惶。因土山正处在洪水走廊上，蓝田又是水利部门的负责人之一，一旦洪水到来，必然要冲上第一线，无暇顾家。因此，他与王艳一起商量着，便用车把岳母送到老家跟着姐姐。主汛期过后，他俩又一起把岳母接回来。虽然仅仅一个月，不知什么原因，原来岳母是一条腿和胳膊不能动，到这时，她的另一条腿和胳膊也不能动了。久卧在床上，自己翻不了身，肌肉被硌得疼痛难忍。老人家便常叫两个孩子把她抬一下，或翻一下身。蓝田的女儿蓝玉，她和姥姥在一间屋里睡，做作业也在这间屋里，她正在上高中，作业多，压力大。姥姥常常叫她，她往往不赶紧去，还有时呲哒姥姥。蓝田听到时，便赶紧过去，脱下鞋，上到床上，把老人家抬一下，或帮她翻一下身。然后，蓝田把蓝玉叫出来，小声地对她说："姥姥从小把你看大很不容易，姥姥的日子已经不多了，你一定要好好地侍奉姥姥，绝不能呲哒姥姥。否则，你会后悔一辈子的。"平时，主要是王艳照顾妈妈，除了喂饭、喂水、喂药、端屎、端尿和擦洗手脸外，她总是把屋子里打扫得干干净净，并且每隔几天，便用温水和湿毛巾，把妈妈的身上擦洗一遍。因而妈妈虽卧床几年，但屋子里始终干净，空气新鲜，不像个久病之人的屋子。

　　蓝田的爸爸出院后，仍坚持着吃药，但病情却不断发展。开始是晚上尿炕，后来，白天也尿裤子了，再往后，连大便也拉到了被窝里和棉裤里，走路也常摔跟头了。1988年2月，春节刚过，蓝田的爸爸去世了。早在几年之前，蓝田便与王艳由面粉厂请了个木匠师傅，他们一起到木材厂为两位老人各买了做一个棺材的木料，运回家去打成棺材，做好了准备。蓝田的爸爸去世后，蓝田回到老家去，把200元人民币交给弟弟，让他掌握着哪儿该花什么钱就花吧！蓝田的老家，村风很正，谁家的丧事也不准大办。同族的人都自动来帮忙，办事格外认真主动，但谁都回自己家吃饭。蓝田买了一条恒大烟，本族的长辈嫌这烟超出了规定，坚决不让他给大家发。因此，丧事办完后，蓝田的弟弟对他说："钱没花完。"蓝田说："没花完我也不要了。"

　　1989年，王艳晋升为统计师，同年11月，蓝田的岳母去世了，

蓝田正在北京开会。王艳给他捎信说："你不用回来。"蓝田深感愧疚。岳母去世一个月时，蓝田与王艳及两个孩子一起，专门回家，给她老人家去烧纸。岳母去世时，她们村里的习惯是同族的人要一起吃饭，因此，共花了500元。蓝田对王艳说："这钱一定要完全由我们来拿，一点儿也不要让咱姐拿。"

　　1986年，女儿蓝玉考上重点高中时，学习成绩在班上排13名。不知什么原因，高中3年，她的学习成绩渐渐落后。1989年高中毕业后，她未能考上大学。在原校复习一年，仍未考上大学。这可引起了蓝田与王艳的高度重视。他们一起分析这个孩子的特点：在女孩子中，她的大脑还是较好的，但身体较弱，手脚有点笨拙，因而她还是适合于脑力劳动的。其考试成绩差的原因：一是有偏科；二是没有养成严细准确的好习惯，本来会的题，计算过程中常常出错；三是可能有点怯场。因此，只要她有决心有信心考大学，愿意继续复习，就大力支持她。跟她谈过之后，决定转入三中再复习一年。入三中后，学校里经常搞模拟考试，她的成绩总是名列前茅，班主任老师认为，她的水平升大学应是没问题的。于是，她的信心增强了，1991年，她考上了青岛建筑工程学院。大学学习期间，学习成绩又总是名列前茅，大三时，还考了全班第一名，得了奖学金。女儿的一个男同学，家在土山附近农村，放假或开学，他们同来同往，关系越来越密切。看来这个男孩有一定的工作能力，不过蓝田与王艳看他心眼较多，不知是否忠实可靠。但经过几年的来往，也没发现什么。另外，女儿学习好，工作能力较强，但干家务，总有点笨手笨脚，这是她的弱项。而这个男孩，学习较女儿差一些，但每到蓝田家，就争抢着干家务，十分积极勤快，手脚也很麻利。蓝田与王艳认为他俩可以优势互补，只是不知他婚后是否会变。到1995年春节前，女儿正式向父母表述他们二人的心意时，蓝田与王艳便都同意了。

　　蓝田在初中学习时，读过《意志与性格的培养》一书，这本书不厚，但书中有两点给他的印象很深。一点是书中说："好孩子是夸出来的。"另一点是说，有一个土匪，但他的夫人总说他是个好人，后来，这个人果然变成了一个好人。意思是说，对人的教育，应以正面教育为主，多肯定表扬鼓励他正确的一面，不要一味地批评指责。蓝田对孩子的教育中就注意到这一点。他儿子蓝英上学和成长过程中，也从正反两面证实了这一点。他1979—1983年在北门口小学上学时，由于学习努力，学习成绩为年级第一名。班主任老师十分喜欢他，学校还让这么个小孩子上台介绍学习经验。但1983年转到实验小学后，起初因在课堂上没有专心听讲，便受到老师当众批评，老师还为此找了家长。此后，他的学习成绩便逐步下降。初中他也是在实验学校上的。1988年初中毕业后，他未能考上重点高中。为了满足他上大学的愿望，几经周折，蓝田才把他转入重点高中。在高中学习时，据他自己说，一次上晚自习，他从教室里走得最晚，有一个同学的书丢了，班主任老师便怀疑是他拿了。于是，当着全班同学的面，班主任老师便旁敲侧击地指向他。他受不了这个冤枉气，用书向老师投去，然后愤然离开教室，走了。不知他是从这时起，还是以前已经开始，他便经常不上课，不上自习，和几个同学一起去校外玩。但这事老师和校方并未告诉家长，直到1990年王艳因病住院时，蓝田在街上碰见了蓝英，问他为啥不在校上课，他说是体育课。这时，才引起了蓝田的怀疑。此后，蓝田便经常在晚自习时去学校的教室和宿舍查他，发现经常没有他时，可着了急。蓝田多次找他的班主任，找同他一块玩的同学的家长，研究如何教育他们。虽然采用不同的方式方法，向他讲道理，却总无效果。

　　1991年初夏，蓝英和他的两个同学一起，离家出走了。离家前，他在家里找不到钱，只有他的一个同学在自己的家里，找到了准备买

电视机的 3000 元钱，他们三人各分 1000 元算做自己的路费。蓝英在家里留下一个字条，上面写道："你们若还承认我这个儿子，就替我还蒋 ×× 1000 元钱。"之后好多天没有消息，中午休息时，蓝田躺在床上睡不着，他翻来覆去地想儿子走过的路。为什么小时那样好的一个孩子，会变成这个样子？想着想着，眼泪一滴滴从眼角里流出来，流在脸上，又落在枕头上。街上一个老大爷叫卖冰糕的声音，一声声传来："冰——糕——，冰——糕——"声音缓慢颤抖，如哭诉，似悲号，声音越来越细弱，渐渐听不见了。这个老大爷，蓝田在街上每天都碰到他，头发胡子都已斑白，已有六七十岁了，一个人推着车子，天天沿街叫卖，中午也不休息。蓝田想："老大爷呀！偌大年纪了还终日辛劳，你是为了什么呢？是为了自己的生活，还是为了孩子？"但在这时，王艳却表现出一个女人少有的心胸开阔和镇定自若。她说："你着急管什么用？"20 多天后，王艳接到了她外甥小虎由新疆寄来的信，原来他们三人去那里了。于是，蓝田便给儿子蓝英写了一封长信。信中首先写了他出走后，一家人的痛苦之情；回忆了多年来，一家人经历过的心酸的日子和养育他长大所付出的艰辛；接着回忆了他小时是何等可爱，上小学时如何受学校表扬；然后检讨了平时对他关心不够；再后则给他指明了，摆在他面前的几条路和可能落的结果。其中特别强调他现在已处在十分危险的边缘。钱花完了怎么办？去偷？去抢？那就是犯罪！因此，他们现在离犯罪只有一步之遥。最后，蓝田告诉他："我们对你毫无所求，并不要求你报答我们的养育之恩，为我们养老送终。只要你走正路，做个有益于人民的好人，落个正果，即使我们病死街头，抛尸荒野，也心甘情愿。"经过这次出走，蓝英知道了一些世事的艰辛，家庭的温暖。收到爸爸的信后，他触动较深，因而，一个多月后，他回来了。蓝田与王艳心平气和地和他坐在一起，共同商量他的未来和下一步的安排。他说自己爱看文学书籍，愿意学文科。

蓝田说："那也可以，只要你能塌下心来，好好学习就行。"这时，蓝田与王艳已经改变了一心让他上大学的想法，因为如果他的毛病不能彻底改掉，即使勉强考上个大学，不在一个城市，他常不在校上课你也不知道。即使勉强混个大学文凭，没学到真本事，又有什么意义。最后他们决定让他去三中文科班复习，但只复习一年，考不上大学就参加工作。他答应了。

他到三中复习后，蓝田还是常去查他，发现他较前有一些进步。蓝英对蓝田说："我这次考试各门功课成绩不错，较前有不少进步。"有一天，他的班主任老师把蓝田叫了去，还是说蓝英常不上课。蓝田问这位老师："他这次考试成绩如何？"其目的也是看儿子是否对他撒谎了。这位老师说："他这次根本没有参加考试。"他一面说着，一面翻着自己的笔记本。当这位老师翻出这次全班学生的考试成绩单时，蓝田发现：各门课程都有蓝英的考试成绩，并且成绩还是不错的，还较前有不少进步，看来儿子并没有对自己撒谎。蓝田也由此发现：蓝英在他这位班主任心目中，比实际的更差。由于蓝田与这位老师过去不认识，不好意思对这位老师提出什么希望和建议，更别说什么批评了，只是暗暗地为儿子叹息：对这样的孩子，一味地批评效果就不好，若夸大他的缺点对他进行批评，效果就会更坏。自己这样的儿子，又遇上了这样一位班主任，恐怕这一年又没有什么希望了。

1992 年 7 月，蓝英没考上大学。蓝田与王艳一起分析这个孩子的特点：他身高体大，一表人才；能说会道，胆子大，善交际；但贪玩，经常晚上不睡早晨不起。因而认为他适于经商。恰在这时，蓝田的表弟到他家来了。他说自己经营的防爆器材生意很好，合同很多，但由于他身体不太好，许多省（区）路太远，虽然人家来信，但他去不了，因而订不了合同。当蓝田向他介绍儿子蓝英的情况时，他

听了格外高兴，他也认为这孩子适于经商，还说自己的孩子与妻舅都不是这样的人才。由于表弟与蓝田的关系非同寻常，于是蓝田便信以为真了。蓝田与王艳认为：让儿子跟着表弟干，对双方都有利。当蓝田把这个想法说出后，表弟与蓝英都同意。蓝田说："既然合同很多，形势很好，就应抓住机遇大干。你家在偏僻的农村，连个电话都没有，汇款发货都不方便，我家里可安个电话，你和蓝英在外面跑，如需汇款和发货，来个电话，我和你嫂子都可帮你们办。"此后，表弟还与蓝英一同出去了一趟，随后，他又派蓝英单独出去了一趟，虽未订来合同，但都联系上了，回来后，表弟一再夸奖蓝英。但过后不久，表弟在蓝田家吃过午饭后，他叫蓝英去复印一些合同书，结果蓝英四点多才回来，他说他的一个同学被摩托车撞着了，他把他的同学送进医院耽误了。于是，表弟摆出老板的架子，当着蓝田把蓝英训斥了一顿。此后，便一直没有消息，再也不让蓝英出门或干什么，蓝英一直待在家里没事干。蓝田发现情况有变，便利用一次出差的机会，拐了一个弯，到了表弟家里。但表弟什么也不说，只说第三天早7点，让蓝英去土山火车站，他们二人一起去内蒙古。到那天，蓝英早早去了火车站，直等到9点也未等到他。此后，表弟仍然不安排蓝英干什么。冬天，面粉厂招收临时工，蓝英从小在面粉厂长大，那里的人们都喜欢他，他也愿意去，于是，蓝田与王艳就叫他去面粉厂当临时工。他被分在面库里垛面袋，还常常值夜班，面库里没暖气，也不生火，一个面库里只有一个人干活，干起来要出一身汗，歇下来又冷得很。这活又脏又累，是计件工资，日工资一般只有3元，若是在职工食堂吃饭，这工资也就是刚够他吃饭的。临时工还没有奖金，啥时能弄上个合同制工人遥遥无期，看来这工作也真干不得。快到年底了，地区水利局的下属单位还有一些合同制工人的指标。这时，蓝田与王艳早看透了表弟已决心不用蓝英。原因一是当初他的牛皮吹得太大了，一个油桶盖和某些汽车上的"小尾巴"，哪来的那么多合同和生意；二是他发现蓝英的能力强，再加上蓝田的一席话，他担心他的买卖会被蓝田一家全部夺走。这两条原因他都说不出口，于是便采取拖的办法。可是，蓝田这人还总爱较真，他给表弟写了一封信，信中说："我要儿子跟着你干，还有我说的那些话，都是为了帮助你干，绝不会抢走你的买卖，我是那样的人吗？但干就要像个干的。现在我们水利局还有些合同制工人的指标，究竟是让蓝英跟着你干，还是让他去水利局当合同工，请你说句明白话吧！"蓝田很快接到了表弟的回信。信中只有一句话："让他去水利局当合同工吧。"蓝田终于彻底看透了表弟的心。他把往事一一回想，自己也彻底伤透了心。由蓝田小时，老姑婚前照看蓝田所产生的特别亲密的亲情，传续到表弟这一代，至此，就彻底完结了。

蓝田愿意让蓝英去水科所上班，由于是本单位干部的孩子，又是个男孩，局里所里都愿意要。年底办了合同制手续，1993 年春节后就去上班了，所里让他学电气焊。平时人们不坐班，当时工程不多，人们也不忙。他和所里的所长、师傅及年轻的伙伴们，整天混在一起，除了干活以外，还常常一起打扑克、打麻将，玩到深夜。需要干活时，这时蓝田家里已安上了电话，他师傅给他来个电话，几个人便一块到工地去，他们在一块，还混得很热乎。过去，蓝田常说："凭你这个晚上不睡，早晨不起，哪个单位肯要你？"这时，蓝田渐渐解除了这个思想顾虑。王艳说："什么人，什么命。"1994 年，他又想学习，想干成点事业，蓝田与王艳自然大力支持。1994 年夏天，他考上了函授班学"企业管理"。1994 年下半年，蓝英与国税局的一个伙伴一起，经过一番思索与考察，二人又决定合伙开一个沙发店，平时雇一个人卖货。国税局的伙伴因工作忙，不出力，出资一万元；蓝英在休息日或没工作时，便到门市部去，他出力仅需出资 4000 元。蓝英把这个想法给父

母一说，蓝田与王艳都十分赞成。因为沙发不像食品那样时间长就会过期报废，也不像许多日用品那样琐碎容易丢失，管理和结算较为简单，这个行业也有发展前途。于是立即给了蓝英4000元钱。开始，他们只在新华路北侧一个商店里南侧的空闲处摆三四套沙发。自卖沙发开始后，蓝英便成了忙人，他们自己去进货，自己装车卸车，卖了沙发还给人家送货上门。通过实践，他不仅逐步通晓了经商之道，还锻炼了吃苦耐劳的精神。由于沙发卖得很快，他们很快便把本钱赚了回来。蓝田与王艳给儿子做买卖的4000元本钱，即使再多，也没有想过往回要。可是儿子非要还给他们不可。蓝田这一辈子，不知给过多少人多少笔一共多少钱！这是唯一的一笔还回来的钱。而还钱的竟然是自己的儿子！又过了不久，他们又利用赚的钱，单独租了一个门脸儿，挂上自己的牌子，真正开起了一个沙发店，从而扩大了营业面积，销售情况也越来越好。

王艳的身体越来越瘦弱了，她特别怕烟，一闻到烟味就呛得光咳嗽，她走路就喘。1993年秋，王艳和蓝田两人开始练香功，每天早晚两次。王艳很认真，很主动，她总是叫着蓝田与她一起练，并常常给蓝田矫正姿势，还常常批评他不积极主动。蓝田则常常给她开玩笑，他说："你是队长兼教练，我只是个学员，当然你得积极主动了。"1993年蓝田被批准享受国务院颁发的政府特殊津贴后，1994年8月，省人事厅组织全省的部分享受政府特殊津贴的专家去承德开个会，实际上是让大家旅游几天，可以带家属。女儿想去，两个孩子也都鼓动他妈去。王艳本不想去，蓝田本也不愿让王艳去，可是女儿大学毕业后有去北京工作的愿望，不知王艳的姨父能否给联系个单位，回来路过北京时可去看一下，因而便都同意了。行前，王艳要在服装市场给女儿买几件衣服，她们俩转的时间可不短，蓝田一再督促，生怕累着王艳，可她俩的兴致还蛮高。当晚，她们坐了一夜的火车，到了承德。蓝田太抠门了，压根儿就没想买卧铺票，还算不错，王艳没累着。会上安排的是半天旅游，半天开会。头一天去棒槌山，大家都坐缆车上去，然后接着往上爬。他们三人休息了几次，终于爬上去了。人们都说，"摸着棒槌山，活到一百三"，蓝田和女儿去摸了，也鼓动王艳去摸了。之后，蓝田随大队人马往南边继续转，女儿和她妈妈顺原路下来又坐缆车返回。第二天，去小布达拉宫等地，蓝田与王艳坐在门口休息，女儿一个人跟着大队上去了。第三天，去避暑山庄，又是转了一会儿，王艳在一处休息，蓝田和女儿看了看热河。由承德回来，他们在北京换车，又到了王艳的姨父家。蓝玉毕业后想去北京工作的事看来办不了，当晚便又坐夜车返回土山。他们回到了家里，一家人都很高兴：一是一路上王艳没闹病，平安地回到家里；二是王艳留下了几张宝贵的照片。没想到它们是王艳这一辈子最后的几张照片。

　　平时下班后，家里常常就是王艳与蓝田两人。他们俩也常常开开玩笑，说几句幽默话，在多灾多难的生活里，翻起几朵欢乐的浪花。王艳总是每天下午下班回来时买菜，这时卖菜人急着回家，往往低价处理。因而她总是买便宜菜，并常常批评蓝田不买菜。蓝田则编造理由为自己狡辩。他说："你不会用人，你得多表扬，少批评。每逢我买了菜，你常常批评我买的不好了，贵了，弄得人家丧失了信心，积极性都没了。"王艳常常夸张地说蓝田买菜不还价，蓝田就说王艳是"铁算盘，算破天，那卖菜的一看见这老太太来了就吓坏了……"有时早晨王艳催着蓝田起来做早饭，"半夜鸡叫"里不是有个半夜就催长工下地干活的"周剥皮"吗？蓝田就叫王艳"王剥皮"。那几年，蓝田的肚子开始往外长，王艳从报纸上看到防止长肚腩的办法就剪下来，拿给他看。看电视时，她教蓝田遵照报纸上介绍的办法，直坐在小凳上，脚尖点地……早晨起床时，有时她亲昵地摸着蓝田的肚子，像个小孩

似的噘着嘴说:"大肚肚……" 1995 年春节期间,有一天晚上,俩孩子要一家四人打扑克。人家好多家庭,一家子经常玩麻将、打扑克,可他们过去却从来没有工夫玩。蓝田说:"我们也玩一次。"于是,他和王艳打对门,谁输一把拿一元人民币。王艳很会打扑克,过去在农村劳动时,常和姐妹们一起玩,谁的手里还有什么牌她都算得出。可蓝田是一点也不会,不会打就瞎打,反正他不怕输。玩了大约一个小时,王艳累了,他们就不打了。两个孩子兴味正足,但没有办法。两人总共才赢了十几元钱,觉得很不过瘾。

1995 年农历正月初六,晚饭和菜都做好了,蓝英还要再炒两个菜,烟气窜到北屋里来,呛得王艳直咳嗽。王艳呼喊儿子,不让他炒,蓝英不服气,也给她嚷了两声,这可把王艳气坏了。她又哭又喊,鼻涕和泪水一块流。蓝田和女儿围着她,赶紧好言相劝,让她别生气。不一会儿,王艳的冠心病发作了,蓝田赶紧拿出速效救心丸,掰开王艳的嘴,把药丸填到她的舌下。这时蓝英也吓坏了,他扔下菜锅,赶紧上到床里头,为他妈轻轻地捶背,蓝田和蓝玉便给王艳顺理前胸。当时,蓝田真怕王艳这一气之下过去了,四个人围在一起,眼泪一齐往下流。时间一直延续了二三十分钟,给王艳的嘴里连续含了平时两倍的药,她的冠心病才停止了发作。从此,一家人都知道了:谁也不能让王艳生一点气。事过之后,蓝田自己暗暗地想:"王艳这次气得这么厉害,还没出大事,她的心脏,也许还能顶几年……"

1995 年 2 月 17 日,王艳下午下班后,她觉得身上十分燥热,半夜里,她发起了高烧。由于几个体温表都坏了,也没试一下体温。蓝田给她吃了几个药片,她让蓝田给她多盖些被子出汗,汗出过后,觉着好些了,但仍很痛苦。直熬到天明,蓝田把面粉厂的赵医生请来(因赵医生熟悉她的病情),一测体温 39℃多,赵医生给王艳打了强心针和退烧针,到 18 日中午,她的体温渐渐降了下来。由于晚上出了汗,准备第二天再住院输液。他们一块分析着住哪个医院：地区医院离家远，收费高，在厂里报销医疗费有困难；五院离家近，收费较低，每天晚上输完液后可以回到家来休息，做饭送饭也较近。更重要的是，他们都认为王艳的病是常见病，各个医院的治疗办法和所用药物可能都一样，因此，他们都愿住五院。晚上 7 点，王艳又发烧，一测体温 38℃多。因医院只有一个医生值班，医生不来，蓝田便买了两针安痛定，请同院的一个护士给打了。到晚上 9 点多，烧仍然退不下去，于是，他们决定立即住院。蓝田和两个孩子把三轮车推到北屋门口，下面铺上被褥，让王艳躺下，上面再盖得严严实实的。他们把三轮车一直推到住院部的楼道里。办完手续，做完检查，19 日零点开始输液。四组液一组接一组地输，直到下午才输完。这时，王艳退烧了，但总是一阵阵地咳嗽吐痰，痰里带血，嘴角烧出了好几个大泡。她根本躺不下，只能坐着，身子向前趴着，否则，就严重咳嗽。每当她咳嗽时，蓝田和两个孩子便轮流着给她捶背，后来捶不行便用手指掐或抚摸。输完一天的液，他们便把王艳接回家。晚上，王艳根本无法入睡，至多是迷糊一会儿。每天早晨 6 点半，他们把王艳送到医院，九十点开始输液。输液的速度护士调的是每分钟 20 多滴，按这个速度，差不多每天需 24 小时连轴转，蓝田想这样休息不好也不一定有利，便调到每分钟 30 多滴。初次这样调后王艳没有什么异样的感觉，于是便天天如此。每天下午五六点，有时到 8 点多滴完，他们便把王艳接回家。由于严重地咳嗽吐痰，一连三四个昼夜，王艳一直躺不下，也睡不了觉。直到第 5 天，咳嗽减轻了，才可以斜着身子躺下了。到第 6 天就能躺平身子，以后，每天晚上便可以脱下衣服睡觉了。每天的早饭和午饭王艳都在医院里吃，在家里做好后用保温盒送去。王艳每顿饭只能吃一块蛋糕，喝一小碗稀饭或牛奶。蓝英总愿让他妈多吃点，他炒了两个鸡蛋，他妈才吃了一个多点就顶住了，于是更不想吃东西了。把这

告诉医生后，输的液里又加了些葡萄糖和止吐的药。蓝英的同事送来的燕窝雪蛤，他做饭时就给他妈加上点，王艳知道后坚决不让，怕吃了上火。蓝田也不主张瞎吃，因为搞不清它的性质，在重病治疗期间尽量减少一些未知因素。几年来，每次发病，王艳总是吃煮白菜，因为吃了它，嗓子里还清亮些。每顿饭蓝田就给她煮一些白菜心，一点油和盐也不放；还买了些小黄米，加上些菠菜叶，煮得烂烂的。王艳一天三顿饭就总是吃这个。

女儿蓝玉 2 月 19 日开学，火车票已买，她妈病后，蓝田还是主张让她上学去。可女儿痛哭流涕不肯走，并质问她爸爸："为什么非把我撵走不可？"蓝田说："那就别走了。"于是，她和男友都退了票。过了两天，王艳的病情稍有好转，2 月 21 日，蓝玉便和男友一起上学走了。王艳住院后，地区面粉厂的领导和同事们，一个家属院的离退休老干部，以及蓝英的同学同事们，纷纷到医院看望她。面粉厂的领导来看王艳时，还说可以转院。

一天上午，王艳的一个表弟来了，他当兵要转业，想让蓝田与王艳帮他联系个工作单位。王艳和他两人大约谈了半个多小时，他走后，王艳说："我的眼睛看不见了，头疼，心里扑腾得厉害。"蓝田赶紧把护士找来，护士测了一下血压，高压 70，蓝田一听，心里有些紧张。但护士并未通知大夫，她一个人不慌不忙地停下正输着的液，换了一种继续输。一会儿，王艳感觉没事了，又恢复了正常。王艳的咳嗽越来越轻，半天才咳嗽几次，力度也没那么大了，吐痰少了，但痰里仍带血。于是，蓝田怀疑还有别的病，3 月 2 日，医生给王艳拍了两个 X 光片。

3 月 2 日下午，输完液回到家里，像往常一样，蓝田把温水端过来，让王艳洗了把脸，吃完晚饭后又端过热水来让她洗了脚，就躺下睡觉了。3 月 3 日早晨 6 点多钟，仍像往常一样，蓝田首先起床，然后帮助王艳穿好衣服，端过温水来让王艳洗了脸，再用梳子为王艳梳理头发。王艳虽然身患重病，身体已很瘦弱，但仍是满头黑发，不见一根银丝。虽从不使用"摩丝"，但头发总是乌黑发亮，蓬松飘柔。这时，蓝英已准备好三轮车，铺好被褥。蓝田又拿过王艳自己做的风衣，帮她穿上，给她扣好脖里的扣子。再拿过那条用了多年的长围巾，王艳自己把它围好。看着她那亲切、熟悉、可爱又可怜的样子，蓝田的心里有说不尽的爱恋、心疼和心酸……他搀扶着她，慢慢地一步一步地走出屋子。这时，从未见过那么大的鹅毛大雪片突然无声地密密麻麻地落下来。蓝田父子二人扶着王艳慢慢地躺在三轮上，给她盖好被子，把三轮车轻轻地推出家门，奔医院去。9点多，开始给王艳输液。其间，蓝田在医务室碰到了拍片的医生，他把拍片的结果给蓝田看，结论仍是"风湿性心脏病"。王艳这个病室里共三张病床，多数时间只有他们一个病人。他们每天也总是在最南边靠着窗子的这个病床上，这些天，差不多总是一样，把一个被子卷成被卷，放在西头，上面再放一个枕头，王艳斜躺在上面。这时，蓝田头朝南躺在床的东头，面朝着王艳，他俩开始聊起天来，两人都很高兴。蓝田说："我看了拍片的结果，结论就是'风湿性心脏病'，没有别的病。这个病我们得了多年，也知道怎么治，怎么注意，就好好养着呗！"蓝田接着说："这次出院后，就办病退手续，别上班了。"王艳说："行。"蓝田说："水利局再盖楼时，咱也要一套，你上班时每天上下班爬楼梯有困难，退休后吃喝拉撒都在楼上就好多了。"王艳说："那不跟坐监狱一样啊！"蓝田说："到处转，咱去旅游，你干了哇？"王艳说："二楼也行。"就说到这里，王艳突然身子一挺，蓝田觉着不对劲儿，立即坐了起来，边起边问她："你怎么啦？"这时，王艳的头挺在枕头里头，眼珠向上翻着，不转了，嘴里痛苦地要喊，又没有喊出声来。蓝田赶紧跑出去喊大夫，一下子大夫护士来了一屋子。大家七手八脚地打针，又从脚上

输液，做人工呼吸。第一次做心电图，心脏还跳动；第二次做心电图，心脏还跳动；到第三次做心电图，心脏就不跳了。这时，儿子蓝英也来了，他看到这种情况，整个人像傻了似的。大夫说："不行了。"他突然扑上前去，号啕大哭起来。蓝田问大夫："这是怎么回事呀？"大夫说："这是心脏猝死。"这时，大约是上午11点钟。

随后，蓝田给地区面粉厂和地区水利局分别打了电话，接着又打电话通知了弟弟。不一会儿，面粉厂的厂长、办公室主任等好几个同志来了。因为没有思想准备，什么寿衣都没有，只有临时到街上去买。由蓝英和面粉厂几个有经验的同志去了，买好后随即去医院给他妈穿上。面粉厂的同志们又联系好了停尸的地方，随后把王艳的尸体转运到地区医院的太平间。地区水利局的领导和办公室的同志们都来了，水利局各单位的负责人和同志们，一批接一批地来看蓝田，连离休的老领导也派代表来了，一位老领导竟然骑车十几里也来了。面粉厂的同志们更是一批批地来了，面粉厂的厂长和办公室主任则一直钉在这里。

3月3日下午，王艳的姐姐和两个外甥闺女都来了，她们自然哭得十分伤心，十分动情。听姐姐说，西凤那边雪下得特别大，有二三寸厚。3月4日早晨，女儿蓝玉由青岛回来了，电话中蓝英只告诉她妈妈病重，立即回来，但她已预感到这个结果。夜里，她在火车上哭了一路，她一出火车站，见那么多人等她，她就知道她妈妈肯定已经死了。于是，她到了医院的太平间，在她妈的灵前痛哭了一场。她十分痛苦，特别是对自己大年三十打了一个碗，她妈住院时她又打了一个保温饭盒，耿耿于怀，把这些都与她妈的死联系起来，恨自己没出息。蓝田安慰她说："即便有联系，也只是一个预兆。你妈的死，并不是你打了东西招致的结果。"

3月5日下午，蓝田要亲自去火葬场为王艳选一个骨灰盒。那儿的骨灰盒共有 5 种：最便宜的 200—300 元，最贵的 2000 元，蓝田选了一个中档的景泰蓝的，价 800 元。3 月 6 日下午，他们一起到了太平间，再看一看王艳，也是蓝田这一生和王艳再见最后一面。王艳穿着呢子大衣安详地躺在那里，她脸上的肌肉松弛了一些，显得比活着时胖些了。也许是医院整容时上了一点色，王艳的脸上泛起了一丝红润，因而显得更年轻了。嘴角因高烧结出的痂，已基本上掉光了。一头乌黑的秀发，人还是那么貌美。她就这样走了，早早地走了。蓝田摸着王艳的手，亲着她的脸，哭着说："艳，我们今生今世就再也不能见面了……"她的手和脸都已冰凉。女儿蓝玉哭得发疯，她在那儿不想回，是蓝英把她抱上了车。

　　3 月 7 日，是王艳火化的日子，这一天，地区面粉厂放了假。全体干部职工都早早地来到了医院，向王艳的遗体告别。有的同志对蓝英说："你妈在面粉厂 20 多年，从没有和任何人红过脸。她待同志们都那样好，她为大家办了许多好事，却从不谋私利。我们对她就是不一样。"按照面粉厂的安排，火化这天，让蓝田在家，不去医院，也不去火葬场，面粉厂的几个老师傅、赵医生都来陪蓝田，还怕蓝田出毛病。按照蓝田"王艳的丧事一切从简"的意见，家里未设灵堂，家里和门口也未摆花圈，更不设收礼的账桌。送葬的事宜全是由蓝英和他的一些同学同事们一起安排的。后据两个孩子对蓝田说，虽因那天地区医院的太平间还有一个人火化，他妈的向遗体告别时间比原计划提前了一个小时，但来同他妈遗体告别的人多极了。送葬的队伍由蓝英他大姐夫带来的车走在最前头，由蓝英的一个当警察的叔伯舅在这个车上，在前面开路；蓝英的 4 个同学均着黑装，胸前戴一朵白花，骑4 辆黑色的摩托，并排走在"警车"的后头；后面才是灵车和拉花圈的车；最后是亲属和面粉厂等单位及个人送葬的车队。面粉厂的一些负责人和许多同志都去了火葬场，并且一直等到火化完后才一起回来

的。3月8日，又是一天大雪，雪夹着雨，纷纷扬扬，淅淅沥沥。蓝田默默地说："老天哪！你也为王艳的死在频频地落泪吗？"

3月9日，女儿蓝玉要回校了，她正在搞毕业设计，同时在联系工作单位。两个孩子都愿让蓝田与她一块去青岛，让他去散散心，蓝田主要是关心女儿的毕业分配问题。蓝田仔细端详王艳的遗像，发现她的眼里有3盏明亮的灯，他没作声；女儿也看出来，她对爸爸说："这是我妈妈总牵挂着我们3个人哪！"它深深地揪着蓝田的心。3月9日，蓝田坐在火车上，细细地思忖，从王艳和他最后共同生活的日子里，终于悟出了王艳牵挂的内容，并把它写了出来：

《妈妈的眼里有三盏灯》

妈妈呀，妈妈！
亲爱的妈妈，
你中年突然去世，
丢下了儿女，丢下了爸爸。
你为什么走得这样急？
临终未说一句话。
妈妈呀，妈妈！
你的眼里有三盏灯，
三个人呀你总牵挂：

最牵挂的是爸爸，
今后下班要早回家；
饭菜要自己耐心地做，
趁热多吃下；

早晚在街头要多转转，

不要独自闷在家里暗暗把泪洒；

有病要早早找医生，

要挺起腰杆撑起家！

二牵挂的是女儿，

大学毕业分配哪？

就业成家艰难多，

瘦小的身躯能撑住吗？

三牵挂的是儿子，

从此要自己洗衣洗鞋袜；

商海风云多变幻，

要事事谨慎莫出差；

要娶个贤惠的好媳妇，

要学会关心体贴你爸爸。

　　到了青岛，蓝田住在建工学院的招待所里。学校的环境不错，像个花园似的。起初几天，蓝田一直为女儿的工作分配问题奔波。在青岛，工民建的几个专业，用人的地方很多，男生好分配，大都不愿要女生。出门走路，两个孩子总是对蓝田百般照顾，上坡下坎，总要搀扶他。他们总愿领蓝田到景色秀丽的地方去转转，让他散散心，忘掉刚刚死去的亲人，忘掉自己的不幸。他们哪里知道，触景生情，他更加思念王艳。早晨，学校的院子里，花前树下，一群群一队队的女同志，伴着动听的曲子，有的舞剑，有的跳"迪斯科"。蓝田想："人家是多么幸福啊！可是王艳，在贫苦劳累中奔波了一生，往后也该像这

些大姐们一样轻松愉快和幸福了，但是老天却把她叫走了，她仅仅活了51岁，比这些人不是年轻得多吗？"3月13日，他们领蓝田去海边玩。9点，蓝田坐在公共汽车上，他想："10天前的此时此刻，王艳还活着。"10点多一点，他们来到海边。他想："10天前的此时此刻，我和王艳正在谈心。"站在海滩上，远处海天一色，近处波浪翻滚，岸边怪石嶙峋，脚下海沙平软……看到这一切，脸上也不由得露出一丝笑容。但谁知他心头的苦涩：自从女儿到青岛上大学起，她就动员自己和她妈在暑期来青岛旅游，但他们两人总是不肯。其原因一是舍不得花钱，二是怕王艳的身体顶不住，倘因旅途劳顿出了问题，岂不造成终生的悔恨？年复一年，终未成行。如今，我来了，是我自己来了，什么样的良辰能使我忘掉王艳？多好的景致能唤起我心中的快意？假如不是我一个人站在这里，而是我和王艳两个人，哪怕是我搀扶着她，或者是她坐在轮椅里，是我们共同欣赏这眼前的景色，那该是多么幸福啊！

在青岛待了十多天，女儿分配工作一事仍无着落，蓝田再也待不住了。家里还有多少事需要办哪！3月20日，蓝田终于坐上了回家的列车。回到土山，家里只剩下儿子，蓝英好像突然长大，他知道关心爸爸了，每天耐心地给蓝田做饭。蓝田首先把王艳的照片、笔记本和有关文件资料收集在一起，锁在一个柜子里保存好。接着整理衣物，把自己的，儿子和女儿的衣物都分开，分别放在不同的箱柜里存放。过去，每逢换季，谁穿什么，都是王艳拿出来。特别是蓝田，往往连自己有什么衣服都记不清了，更别说放在什么地方了。蓝田对儿子说："往后，咱们自己的衣服，自己保管着吧！"王艳的衣物，自然也要单独存放。到整理王艳的衣物时，蓝田又止不住地落泪。看见那一件件的棉衣、毛衣、绒衣和秋衣，哪一件不是一个又一个的补丁？有的地方还补丁摞补丁。在她看来，里边的衣服，补上补丁是一样暖和，反正露不着，也不寒碜。蓝田不会买衣服，多年来，除了结婚时他给王艳买过两件布料，后来又买过两件大衣外，他再没有给王艳买过衣服。可她又不给自己买，因此，多年来总是穿着褪了色的外衣。如今，看见这些外衣，蓝田就想起某个时期，她那个朴实可爱的样子。1990年以后，他们俩的工资，都成了本单位的高工资，但她从未买过一件时髦的衣服。

王艳在厂里还管着工会费和党费，由于死的突然，没来得及给厂里交代，钥匙在家里。应抓紧时间给厂里交代一下；另外，住院和办理丧事的费用也需赶紧结算起来。蓝田到了面粉厂，把王艳办公桌的钥匙交给厂长。厂长拉开抽屉，蓝田看见王艳管的文件、会议记录等整整齐齐，其间放着一小瓶速效救心丸和一包正天丸。翻开账本，对一下存折，两个账目分文不差。厂长说："王艳的死，从停尸、整容，到灵车、火化与购置骨灰盒等，共花了1400元。按上级文件规定，单位负责丧葬费400元，个人应再交1000元。王艳在厂里存有1000元的风险金，恰好相抵，请你在上面签个字。"蓝田随即签了字，也报了住院费，交接工作到此全部完结。厂长把一只水杯、一支钢笔和两个小笔记本交给蓝田，这就是王艳在面粉厂的全部财产。于是，蓝田慢慢地走出面粉厂。此时，他想："我和王艳在这里住了10年，两个孩子在这里长大。如今，我怀着无限的惆怅，一个人悄然离开了。从此，也许是我永远地离开了这个地方。"于是，他默默地说："别了，地区面粉厂全体的干部职工师傅我的兄弟姐妹们！"

儿子蓝英总想早早干成点事业，每天十分忙碌。经常不在家吃饭，晚上总要半夜才回家。他妈妈刚死时，他还知道多关心爸爸，好好给他做饭，总让他多吃点。但时间一长，他便忘了。起初不回家吃饭不回家睡觉还来个电话，后来，电话也不来了。于是，偌大一个院子里总是空荡荡的，每天进进出出的便只有蓝田一个人。过去，每次下班，

差不多总是王艳先到家，当她正做饭时，蓝田才回到家来。这时，王艳总是笑嘻嘻地问蓝田："水利局还有人吗？"有时，蓝田先到了家。当蓝田正做饭时，王艳推开门，推着车子，笑嘻嘻地进来了，见了蓝田总是说："这次太阳怎么从西边出来了？"有时，蓝田已做熟了饭，王艳还没回来，蓝田可真着了急。他担心王艳心脏病发作，摔在下班的路上。于是，他赶紧蹬上车子，沿着王艳上下班的路，向面粉厂猛骑，同时注意着迎面过来的人，并不停地向路两侧瞅着有无倒下的人或围观的人群……如今，蓝田下了班，来到家时，门总是锁着的，总是他先到家。他把饭菜都做好了，仍然没有人回来，听到外面像王艳说话的声音，他不由得走出伙房，来到院里……但是，没有人进来，那不是王艳。他知道，王艳再也不会回来了。他再也看不见她那娇媚的身影，再也看不见她那可爱的笑容，再也听不见她那亲切的话语了。王艳是永远也不会回来了。

如今，蓝田经常回忆过去：我们也曾有过令众人称羡的美丽的青春，多年来，我们又何尝不想也像一些青年人那样，胳膊挽着胳膊，肩膀靠着肩膀，在马路上，在林荫道上，在月光下漫步……但是，没有！这么多年来，我们一次也没有过；我们也有两个可爱的孩子，多年来，我们又何尝不想在假日里，夫妻俩和孩子们一起，在公园里玩耍、嬉戏……但是，没有！这么多年来，我们一次也没有过。我们这是怎么啦？我们过的是怎样的日子啊！20多年来，我们一直像共同拉着一辆重车，一直沿着坡道向上赶。只能低着头拉呀，拉！一时也不敢松懈，一刻也不敢停留。我们好像忘记了那天上的明月，陌上的春风；也顾不得欣赏那路边的花开花落，小桥流水……

冬天到了，大雁南飞。蓝田想：自己就像一只南飞的孤雁。于是，写出了下面几行诗：

孤独南飞雁，

长空放悲歌，

亲人去哪里？

千里去寻索。

昼夜常呼唤，

不闻妻子和，

日暮知何去？

仰天双泪落。

　　而今，蓝田经常怀念过去，特别是怀念 20 世纪 60 年代末 70 年代初的时候。那时候，日子虽然过得很艰苦，但人都在，身体还都结实。而今，房子虽然多了，钱多了，生活好了，但人一个一个都没了。1996 年春节后，蓝田和两个孩子一起回到了西凤村，进了家，走进那间屋子，屋里边还是和过去一样的炕，墙上还挂着他和王艳结婚时的几个大镜子，还有那张毛主席去安源的油画……蓝田看着这一切，眼泪便止不住地往下流，哽咽着话一句也说不出。一屋子人谁也不愿说什么，谁也不高声说话。因为说什么呢？今天蓝田来了，女儿来了，儿子来了，只有那个最愿来也最想来的人没有来……

　　蓝田深深地体会到：当人的悲痛和哀伤到达极点时，虽有万语千言，也难于表达自己内心的一切，只有用诗来表达它。正因为如此，他回顾自己经历的一切，最终凝聚出"再从头"这样几句诗词：

《再从头》

斗转星移，岁月如流，

转眼少年变白头。
回首坎坷路：
水急浪高，
谁肯与我同舟？
人间自有真情在，
天赐我知己佳偶。

而今风和日丽坦途，
对好花双蝶应齐舞，
奈何贤妻突然逝去，
苦征人怎不疼煞肺腑！
白发向着苍天吼，
天地不语，
茫茫大雪落宇宙。

千金有价情无价，
情似海，爱如茶。
人死已是万事休，
却祈求：
来生重聚首。
还我今生无穷债，
情和爱，
再从头！

监理生涯

　　1998 年初，蓝田在土山地区水利局办理了退休手续。1995—1998年，蓝田先后被水利部农水司借调和聘请去工作，工作结束之后，蓝田觉着自己的身体还行，愿意继续为国家和人民做些有益的工作。1999 年初秋，蓝田接到了他的一个同学从一个水利工程施工工地上打来的电话，说他在省水利厅下属的监理公司工作，他那里缺人，问蓝田是否愿意做施工监理工作。蓝田想：施工监理受建设单位的委托，承担着控制工程质量、资金和进度的重任，并协调甲乙双方的关系。自己在学校里学的课程，大部都是围绕着大中型水利工程的建设讲的。毕业后，自己虽然一直未搞过大中型水利工程的施工，但他有信心，只要自己工作认真，努力学习，监理工作还是可以胜任的。于是，他随即到了那个工地，参加了施工监理工作。不久，省里举办监理工程师培训班，2000 年春节后，全省又统一进行了监理工程师考试。蓝田参加了培训班，通过了全省的统考，2000 年便拿到了监理工程师的证书。从此开始担任总监理工程师，全面负责一个工地的施工监理工作。两年之后，他又参加了全省总监理工程师的培训与考核，正式拿到了总监理工程师的证书。到 2008 年初，在 8 年多的监理生涯中，他一直

坚持在施工第一线，除个别战线特长的工地外，他每天都要到施工现场亲眼去看，发现问题立即令其纠正；他一般每1—3个月才回家一次，在家也只是待2—3天。在8年多中，他历经4个地（市），8个工地，总计完成了总投资2个多亿的30多个单项工程。在各参建单位的共同努力下，各项工程的质量都不错，并均按期完成，还为建设单位节省了数百万元的资金。工作中，他结识了省内水利战线上的许多好同志，也学到了许多书本上学不到的知识。他对工作始终严格要求，对自己也始终严格要求，继续保持了一身正气、两袖清风的好作风。为了总结经验，并不断勉励自己更好地做工作，在每个工程施工中和完成后，他都写了一些"监理随感"。在8年多的监理工作中，他亲身体验和发现绝大多数参建单位的同志都努力工作，尽职尽责。但也不必讳言，各个环节上也都有个别单位和个别的人员，存在着一些这样那样的问题。

第一，在工程设计方面，问题集中在一个设计单位两个工地的几个工程上。问题多属一些比较低级的错误，也就是比较容易避免的错误。比如在一个输水工程穿越一条天然河道的工程设计中，在这条天然河道左侧500多米的河滩地上，原来就有一条人工开挖多年已废弃的渠道。设计的任务是按通过设计流量的要求，将这条渠道用混凝土衬砌。建设单位提供的测量资料上，其纵横比例不同，而设计单位却按纵横比例相同来设计，结果把本应以填方为主的渠道设计成以挖方为主的渠道。这个问题直到施工单位进场施工时才发现，因此，施工单位不得不停工，等待设计单位重新设计，建设单位与施工单位重新签订施工合同后，才能开工。另一个问题是这条穿越天然河道的输水渠，在穿越河道深槽时采用的是倒虹吸工程。倒虹吸工程的进出口各设有一座闸，下游这座闸在天然河道的凹岸，上游这座闸在天然河道的凸岸，在洪水到来时，凹岸总是被冲刷的，而凸岸总是被淤积的。

因此，凸岸这座闸进口处两侧的砌护可以搞得很小。但设计却恰恰相反，他们把这座闸进口处两侧的砌护设计得又大又深，其深度比被冲刷的凹岸的砌护还深。由于挖方多，砌石多，征地多，因而投资就多。这座闸和闸门的总投资才 25 万元，而闸门进口两侧的砌护却投资 70 多万元，显然这是很不合理的。

在另一个工地上，这是一座大型水库的除险加固工程。在原来溢流坝的下游，必定是一个消力池，也就是必定是一个大坑。然而在设计单位给出的设计资料中却变成了一座山头，它比前面的溢流坝坝顶还高。因此，它必定是错误的。其次，关于闸门的设计，其最后一个环节应是计算一下闸门的重心。假如所设计的闸门，其重心偏离了闸门的中心，那就要采取措施解决这个问题。然而在这项工程的两扇大闸门的设计中，设计单位却未做这项工作。直至施工完成了，将闸门提起后，再往下落时，两扇闸门均落不回闸门槽内，这才发现了这个问题。这时，设计单位才对闸门的重心进行计算，而后采取补救措施，使这项工程的投资增加了 40 万元。

出现上述问题的原因，蓝田认为有以下 4 条：一是设计人员粗心大意，未按设计工作的要求一步步认真去做；二是设计人员缺乏经验，又没有开动脑筋，一座原有的工程，其溢流坝的下游不可能是一座山头，一条人工开挖的渠道，即使是新挖的渠道也不可能采用那么陡的边坡，何况是一条废弃多年的旧渠道，其边坡一定缓得多；三是设计人员在设计之前，未深入现场察看，倘若深入现场一看，有些问题便一目了然；四是每张设计图的图框内都有设计者、绘图者、校核者、与审查者签名，而校核者与审查者一般均为有经验的同志来承担，上述这些图纸上的校核者与审查者很可能只在设计图的图框内签了字，而未履行自己的职责。上述四条只要有一条做到了，做得好，这些问题都不可能发生。设计工作者的责任是重大的，一个工程的投资，动

辄就是几十万元，几百万元，几千万元甚至更多。国家的资金来之不易，希望每个工程设计人员都要珍惜自己的工作岗位，热爱自己的工作。在工作中尽职尽责，把每一项设计工作搞好，千方百计为国家和人民节约资金。

在这座大型水库的除险加固工程中，主体工程是将原来的溢流坝拆除后重建。这座钢筋混凝土溢流坝，属大体积混凝土。由于水泥在固化过程中会产生大量的水化热，当混凝土体积很大时这些热量不能迅速散出，因而混凝土的温度会升得很高。又由于物体热胀冷缩的原理，大体积混凝土起初会发生膨胀，待逐渐冷却下来体积收缩时，便往往会产生许多通体的裂缝。为避免这个问题的发生，在设计和施工中要采取一系列措施。总之，大体积混凝土的施工，技术含量大，施工难度高。蓝田上学时，学校里没有讲过这个问题。但2002年，蓝田在另一个工地的施工监理中，发现一座闸的闸底板厚度为2米，已属大体积混凝土的范围，于是便开始搜集有关资料和书籍，进行这方面的学习。2003年初，这座大型水库除险加固工程施工的总监因病住院后，这里的建设单位便指名要蓝田来这里做总监。建设单位还向蓝田所在的监理公司提出要求，要该公司务必给派一位真正懂得大体积混凝土施工的人，来承担该工程的监理工作。于是，该公司便派了武工来此工地。武工原是本省两座大型水库钢筋混凝土大坝施工时的副总工程师，不仅具有丰富的实践经验，还到国内许多建成的钢筋混凝土大坝考察过。对这项工作，建设单位的负责同志十分重视。由于承担这项施工任务的施工单位也没有搞过大体积混凝土的施工，因此，建设单位的负责同志们，便组织施工单位的负责人、全体技术人员等，与监理单位的全体人员一起开会，专门听取武工和蓝田介绍大体积混凝土施工的有关技术问题。然而使人们万万想不到的是，设计单位在大体积混凝土的设计中，提出加入微膨胀剂来解决这个问题。实际上，这家设计单位也从未搞过大体积混凝土的设计，但他们却极力坚持自己的意见。他们认为：你不是热胀冷缩吗？到冷缩时微膨胀剂便可以发挥作用，与冷缩互相抵消。而武工和蓝田却认为：从未见过任何书籍和资料中介绍过使用微膨胀剂来解决大体积混凝土施工中的问题，也从未听说过哪个混凝土大坝在施工中使用过微膨胀剂。微膨胀剂通常只在闸门槽内的混凝土浇筑中使用。那里四周都有约束，它无处可以膨胀，因而微膨胀剂可使闸门槽内的混凝土变得更密实。然而混凝土大坝则不同，至少在它的前面、后面和上面都无约束，它可以自由地膨胀。再说，你有什么根据能说明微膨胀剂是在混凝土冷缩时才发挥作用呢？假如它在热胀时发挥作用，那么，混凝土的膨胀必然更大，冷缩也将更大。这样，大体积混凝土的裂缝问题岂不更严重了吗？监理要求设计单位拿出使用微膨胀剂的依据，他们又拿不出。于是，监理提议由建设单位、设计单位和监理单位一起，到有关权威单位去考察或咨询。在这一争论的过程中，建设单位还一直未表态。后来，建设单位由一位负责人专程去北京，请教某权威部门，回来后表示："微膨胀剂不用了。"这场争论才告结束。

第二，绝大多数建设单位，具体负责工程建设的领导同志，现场负责同志，都是勤勤恳恳、兢兢业业地工作的。但在8年多的施工监理中，也遇上了这样一件事。在一个行洪河道内有一个高度不大的溢流堰，在其下游浆砌石砌护的施工中，设计的浆砌石厚度为50厘米。建设单位驻施工现场的负责同志，在会上明确表示坚决按设计施工，但在会下却要施工单位按30厘米施工。这就是说，他既要为本单位省钱，又要把偷工减料的责任完全由监理来承担。对此，蓝田同志自然坚决反对。由于监理拒不答应，因而工程不能动，施工陷入僵持状态，施工单位自然十分着急。后来蓝田把这一情况向本公司领导汇报，公司领导与建设单位的一把手直接通话后，建设单位在现场的负责同志

才转变了态度。此项浆砌石施工才随之开工。

此外，建设单位存在的问题往往集中在一把手身上。蓝田便遇到了两个问题比较突出的一把手。他不去工地，也不管工程施工中的具体事物，却派出一个施工队高价分包其中一部分工程。由于他权力很大，建设单位的其他负责同志，均不敢违抗他的旨意，其他单位也只得听之任之。这二人中，其中一个由于问题很多很大，这项工程完工后不久，蓝田就听说他被抓被判了；另一个由于工程完工后，他便退休了，蓝田此后再没听到有关他的消息。

第三，在施工监理的过程中，总监天天与施工单位打交道。在8年多的施工监理中，蓝田直接接触到许多施工队伍，也遇到了各式各样的项目经理、技术人员和施工工人。其中，不乏一些有趣的故事。最有趣的是蓝田做总监后，在第一次监理的工程施工中发生的。这是一个河道护岸的砌护工程，设计为浆砌石框格，中间为干砌石。工程总投资不足200万元。该工程原由省水利厅工程局中标，而后转包给了当地的一个个体户老板。对砌石工程的石料，有关技术资料是有一定要求的：一是对块石大小的要求，二是要有1—2个平面。监理进场后，施工单位先拉来一车石料。蓝田看后说："不行，石块太小。"然后施工单位又拉来一车石料。蓝田看了以后仍说："不行，石块太小。"这时，施工单位就请监理去县城吃饭，被蓝田拒绝了。施工单位便买来火腿等一些肉类的食品，监理们便在自己的伙房里把它们都吃了。这时施工单位拉来的石料，蓝田看了还说不行。于是，这位个体户老板便亲自出马。他对蓝田说："我在当地可是够厉害的，连水利局的局长都是我让他当的。"他本想这样一唬，会把蓝田给吓住，便会向他妥协。没想到蓝田却轻轻一笑，对他说："那好啊，你可以给我们监理公司打个电话，让他们把我这个总监撤掉，换上个完全听你话的总监，那问题不就全解决了吗？"他没想到蓝田软硬不吃，让他白闹了个自讨没趣，自己灰溜溜地走了。他走后，蓝田考虑自己刚当总监，公司的负责同志还不甚了解自己，他也不知道这位个体户老板究竟有多大能量，他便打电话给公司的李主任，汇报了上述情况。此后，这位个体户老板没了办法，只有把一车车合格的石料运到了工地。

工程开工以后，施工单位雇用的工人，大都是来自山区的农民工。蓝田觉得这些人外出干活，吃苦受累挣点钱很不容易。当发现哪儿的砌石不合格时，起初说话都很客气。总是很和气地说："师傅，这儿不合格，得返工啊。"工人便立即答应："是。"但蓝田转了一圈儿过了一段时间再来看时，那儿还是老样子，没有动；再转一圈儿过一段时间去看时，那儿仍然没有动。蓝田发现这样不行，必须改变。便板起面孔，提高嗓门儿，大声呵斥，命令他立即返工。结果果然奏效。于是，以后凡有需要返工的地方，均照此办理。这项工程不大，公司只给蓝田安排了一个监理员，是一个刚毕业的大学生，在大学里是学生会主席。他工作很认真，处处与蓝田保持一致，每天在工地转，对施工质量严格要求。

另外，由于没有平面的石头，人们称之为"狗头石"的石料，价格较低，施工单位总想用一部分这类石料。建设单位也来找监理，为施工单位求情。于是，蓝田便让了一步，允许在浆砌石框格中可以使用。但施工单位通过使用，发现用这种石头浆砌框格，虽然买石头省了点钱，但水泥砂浆用得多，算起来更费钱。于是施工单位便不再买这种石头了。

2001年春节前，工程如期完工了。工程不仅内在质量好，外观也很漂亮。施工单位一算账，也赚了几万元，比预期的赢利也不少。这位个体户老板到工地一看，真是高兴极了。因为他觉得这项工程成了他骄傲的资本，成了他的名牌。于是，他到处吹，骄傲地说："××工

程是我们干的！"并一再说蓝田这位总监好。2001年春节过后，又一项较大的水利工程要在该县开工了，蓝田来到了该县城。听说蓝田到来，这位老板便要宴请蓝田同志，这一次，蓝田欣然答应了。他俩一见面，这位老板便紧紧地握住蓝田的手。连说两句："你党性强！你党性强！"

在蓝田遇到的这么多的施工队伍中，实力最强、施工质量最好、也干得最快的是某市的一个个体老板的施工队伍。他不仅设备最多、技术力量最强、工人很得力，还总是自觉地按要求施工，并认真遵从和欢迎监理的严格要求。就是对这样的施工队伍，在施工过程中，也需要认真监理。比如在一次混凝土施工中，他们用的砂子很干净，很均匀，因而便没有过筛。但蓝田发现砂子中偶尔有大的胶泥块子，若浇筑到混凝土中就是一个大问题。于是，要求他们仍要过筛。再如在一项回填土的施工中，施工要求层土层轧，每一层的铺土厚度是有一定限制的。当蓝田到达施工现场时，其老板也恰在现场。蓝田发现铺土厚了，便对他说："老李，铺土厚了。"李老板随后说："不厚，不厚。"蓝田说："怎么不厚，咱俩赌一把吗？咱们用尺子量一下，若你铺土的厚度超标了，就把你的小汽车输给我。"听了这，李老板乐了。他赶紧跑上前去，对施工的工人说："摊薄点，摊薄点。"

另一个有趣的事，是蓝田遇到了一个特别倔的项目经理。故事发生在上述输水工程穿越一条天然河道的施工中。输水工程穿越河道深槽的倒虹吸工程，总长300多米。一家施工单位中标后，由它的两支施工队伍分别承担。倒虹吸出口处的闸因恰在河道的南堤上，这座闸较大，省水利厅工程局中标后由它的一支施工队伍施工。这支施工队伍与承担倒虹吸下游段的施工队伍，两家因争用砂石料存放场地发生了矛盾。大概省工程局这支施工队伍最后未得到这块场地，于是，这支队伍的项目经理便伺机报复对方。这个工程的工期很紧，要求5月

31 日前必须全部完工。工期要到了，各项工程也基本完工了，但承担倒虹吸工程施工的队伍，必须把洞子内的脚手架全部运出，并把内部的建筑垃圾清理完才算完工。这时，省工程局的这个项目经理故意把闸门落下来，让他们进不去人，也运不出东西。蓝田得知这一情况后，立即到了现场，命令他们立即提起闸门，但这个项目经理就是不答应。蓝田问他为什么不提闸，他又讲不出任何理由。于是，蓝田故意提高嗓门，大声地训斥他，目的是让在附近干活的工人们，都知道他们的项目经理是多么不懂情理。这时，这位项目经理手下的人自知自己理亏，便不声不响地把闸门慢慢提了起来。第二天，蓝田与建设单位驻现场的负责人在一起，蓝田便打电话给这个项目经理，要他去做检查，承认错误。他倒是来了，就是坐在那儿，一句话也不说。蓝田问他："你干什么来了？"他说："我来了就是来了。"反正不说一句"我错了"的话。就这样在那里干坐了一会儿就回去了。蓝田和建设单位的负责人只觉着好笑，真是一头倔驴！可他怎么也想不到，跟他多年的几个工人，偷了人家的几个脚手架又被人家抓住了，人家要报案。这可让这位项目经理作了难。他不肯向人家去求情，只好找总监来。他到了总监这里，也不肯说好话，只说："该着我倒霉，来求你了。"蓝田把他教训了一顿，说他："你领着几十个人的队伍，到处施工，脾气这样倔，不四处碰壁才怪哩。应该与人为善，与各方面的人搞好关系。"之后，蓝田找另一家的项目经理说了说："别报案了，让他们偷你们脚手架的人，来向你们承认错误，赔礼道歉就算了。"这家施工单位的项目经理答应了。事情才算完结了。

施工单位中比较严重的问题，集中在一个地（市）某一项工程的施工中。这大概与建设单位对施工单位的要求与管理方式有关。在混凝土工程施工中，施工单位应在施工中，同时取出部分混凝土做成试块，养护一定时间后送到实验室中检验，以检验各部的混凝土是否达

到了设计要求。对此，绝大多数施工队伍都是自觉这样做的。但在某地（市）一项工程的施工中，蓝田竟然发现一个施工单位偷着另做试块，弄虚作假。更为严重的是另一施工单位，费尽心机，总想着偷工减料。比如在一条道路下面的灰土施工中，他们为了少用白灰，在铺撒白灰后赶紧耕翻，而后才请监理来验收。蓝田问这位项目经理："经理同志，你请我们来验收什么？如何验收？你们要这种小聪明，骗得了谁呢？"经查他们买了多少白灰，而这里按要求需加多少白灰，证明他们确实少用了不少白灰。另外，这项工程是通过市内的一条渠道及两侧的环境工程，每降一场雨，渠道内过一点水，这个施工单位就要报一次清淤费。蓝田同志对他们说："我每天沿着这条渠道转，从没见你们清过一次淤，你们用什么设备清的淤？如果是用挖掘机，你们从哪儿下去的？又从哪儿上来的？你们领我看一下好吗？"也就是他们根本就没干这项活，却想要这项钱。而特别严重的是，这个施工单位还与实验单位（也许他们是一家）联合作弊。按要求，每项工程开工之前，施工单位的水泥、砂子、碎石进场后，应从现场取样，送实验室按设计的混凝土标号，由实验室做出其配合比。而后施工单位按实验室做出的配比施工。其中每立方米混凝土中水泥的用量又与混凝土的塌落度有关。塌落度小，每立方米混凝土中的水泥用量则少；塌落度大，其水泥的用量则必须增多。但受现场施工条件的限制，塌落度太小的混凝土现场施工干不了。对此，哪一个实验室都是知道的。但他们这个实验室给出的水泥用量，却是塌落度很小情况下的水泥用量。对此，如果监理工程师不懂，或者粗心，发现不了这个问题，那么，这个施工单位就可以堂而皇之地赚取这笔坑害国家而肥私的昧心钱了。

第四，在监理方面，蓝田所在的这个监理公司，其监理人员多是这样两类：一是已经退休和将要退休的技术人员，二是刚参加工作不久的年轻的技术人员。他们来前，公司对他们的情况多不了解，因而其业务水平和工作态度参差不齐。在蓝田8年多的监理经历中，看到的表现最好和最差的监理工程师，均是在上述大型水库的除险加固工程施工中。表现最好的要数武工了。他不仅业务水平最高，工作态度也最好。由于原来的这座溢流坝要先拆除，因而从上年度的冬季就开始了，春节期间都未停工。又由于旧坝下面的山体，在岩石层中还往往夹着黏土层，因而拆了一层又一层，拆除工期不断后延。而重建工作则在第二年的主汛期前必须完成。因此，拆除工期延后的时间越久，重建的工期则越短，压力越大，最后不得不昼夜不停地施工。武工白天在工地忙了一天，晚上还往往坚守在工地。蓝田差不多每天晚上都得催着甚至可以说是逼着武工回去休息。由于工地人员多，机械车辆多，声音嘈杂，武工总是不断地大声向施工人员发出指令和喊话，因而他的嗓子一直哑着。这一切，深深地感动着施工队伍。施工队伍的总工程师感动地说："从未见过如此敬业的监理工程师！"

　　而表现最差的监理工程师，起初蓝田只看到他爱喝酒，施工单位常请他去吃喝。他怕当面对蓝田说蓝田不准他去，便总是到了饭店后再给蓝田来个电话。蓝田问他是有什么事吗？他倒是直言不讳地说："就是嘴馋了呗！"常言说："拿了人家的手短，吃了人家的嘴短。"后来，蓝田便发现，他虽然每天都钉在工地，但对工程质量要求不严。在几次砌石护坡施工中，蓝田发现问题严重，要求返工，他虽不敢违抗，却态度消极，迟迟不动。对此，蓝田也不愿与自己的监理工程师硬碰硬，强令他立即执行，便对建设单位住工地的负责同志说：××地方，施工中有什么问题，我要求他们返工，他们迟迟不动。然后又把这一情况告诉了负责质量监督的同志。于是，这二位同志便先后去看，并均要求他们立即返工。在这样的压力下，他们才不得不立即返工。而最大的问题是发生在最后。当这家施工单位完工以后，对其工

程的结算本应是监理工程师的职责，但施工单位交给他后，他总是立即转交总监蓝田。蓝田几次发现其中问题严重让施工单位重做后，他总是这样。既然如此，蓝田便令其退场回家了。这时，蓝田已发现在拆除工程中设计中的错误，只是未给他揭开这个盖子，未对他进行质问。原溢流坝下的消力池变成了一座山头，施工单位能说不知？监理工程师能说不知？特别是这项工程的监理人员中，还有专门负责测量的。为什么没问题的各段都进行了测量，就是这一段有问题，却就是这一段没有重测？显然，这里头必定有某种勾结或默契。当蓝田把这个问题向施工单位指出后，施工单位已是晕头转向，不知所措了。施工单位便总是拖着，迟迟不对这一段他们完成的工程量重新计算。但监理单位，特别是蓝田，在完成这项工程后还有新的任务在等着他哩，总得给他结算起来。于是，蓝田把原来溢流坝和消力池的图纸找来，亲自动手，把它切成几个断面画到方格纸上，让两个监理员数格，分别算出它们的截面积。然后将相邻的两个截面积算出其平均值，再乘以其间距，从而求出其体积。而后，把它们加在一起便求出这段工程的总工程量。计算结果，仅消力池这30米，设计单位便多给了80多万元的工程量。对这个算法和结果，任何人也提不出异议，施工单位也只得认可，然后，蓝田直接给施工单位进行结算。施工单位的项目经理和他的技术人员们坐在长桌的一侧。蓝田坐在另一侧，他的左右两边只坐着两个监理员。蓝田不慌不忙，把施工单位的工程结算报告中的问题，一项一项地提出来，指出其错在何处，应怎样算，应是多少钱。比如：土坝前后两坡的砌护工程，其断面是什么形状呢？显然是一个平形四边形，它的面积应怎样计算呢？就是底乘高。但你们却是两个相邻的斜边相乘，显然是错误的，算大了，正确的数值应该是多少。整个结算报告中存在着大量的错误，绝大多数都是这类低级的错误。对这些问题，施工单位只有低头认错。计算结果，总价不足300

万元的工程被蓝田砍下来了 100 多万元。除去施工单位已支走的款外，建设单位尚需再付给施工单位 10 多万元。但施工单位垂头丧气地回去后，就是不来与建设单位结算，也不来支取这 10 多万元。有的同志分析，可能是这位项目经理无法对本单位的领导交代了。只说尚未结算，想这样一直拖下去，最后弄个不了了之。

此外，在另一个施工工地，新来了一位监理员。小小年纪，思想意识却很不健康。他常常打着关心蓝田的旗号，对蓝田说："你年岁大了，就别去工地了，我自己去就行了。"当时蓝田正在查找有关大体积混凝土施工的技术资料，开始几次就没去工地。总监未去，这位监理员的权力就大了。但他滥用监理的权力，随意训斥刁难施工单位的项目经理。事后不久，施工单位便把这些情况反映给了蓝田。此后，蓝田便谢绝了他的"关心"，并开始对他的言行警惕起来。

第五，关于施工环境。在蓝田经历的 8 个施工工地中，问题最多最大的还是某大型水库除险加固工程的施工环境。其主要问题一是地方黑势力垄断着砂石料。施工单位所需砂石料必须进他们的，而且价格还得由他们说了算。二是这年春节，建设单位为在场的监理等各方面人员购买的过节的食品，一夜之间全被偷光了；而最为严重的是地方黑势力，大白天公然到施工单位的项目部一拳把项目经理两颗门牙打掉了。三是闸门制造厂家在将闸门送往工地时，由于车辆较大，剐断了他们路边的几根不大的柳树枝，他们公然对厂家说："我们不要你赔钱，要你给我长上去。"四是该村主要干部的弟弟，拿着张照片，在蓝田面前晃来晃去，声称你们在施工中作弊，质量有问题，我要告你们去，力图从中敲诈点什么。但当蓝田要他的照片看一下时，他又不敢给蓝田看。这个工程搞得怎样，蓝田胸中有数，别人唬不住，也不怕谁随意诬告，因此，蓝田不予理睬。当这个工程完工后不久，蓝田便听说这个小村的主要干部被抓了。当然，他们的罪恶绝不限于这项

工程施工中的这几件事。

第六，关于监理招标。蓝田在这8年多的监理工作中，共参与了两次监理投标工作。头一次是某大型水库除险加固工程完成后，该地（市）的另一座大型水库的除险加固工程又要开工了。当然，由哪家监理公司来监理还得通过监理招标来决定。有一天，建设单位的一位负责同志对蓝田说："这座大型水库的除险加固工程还准备让你们来监理。不过，你们三个老头（系指总监蓝田、水工建筑监理工程师武工与闸门制作安装和机电监理工程师赵工）一个都不能缺。蓝田便把这个信息报告了本公司的李主任。但此后省某设计院的监理公司也来投标，而且这个公司神通广大，不仅给每个评标人员发了红包，而且有上层领导给建设单位的负责同志打了招呼。看来权和钱还真管用，于是建设单位的负责同志们便来了个180度的大转弯。招标之前，蓝田还做了认真的准备，他把新工程有关资料找来，进行了认真的了解和思考，在招标过程中除投标单位提供的资料外，总监答辩也是其中的重要内容之一。到蓝田答辩时，他指出了该工程的重点和难点，并提出了一些注意的事项等。而另一位总监呢，却未做任何准备，到他答辩时，他便坐在那儿一言不发，也没有任何评委提问，只是在那儿坐了一会儿便完成了这项程序。评标开始后，建设单位的老领导，也是这里的技术权威，由于他长期在领导岗位上工作，具有十分丰富的工作经验，他特别善于领会和贯彻上级领导的意图。什么时候该说什么话，不能说什么，他掌握和拿捏得恰到好处。会上，他首先发言，他说："×××，是省设计院的院长，教授级高工；而蓝田仅是一个地区的副总工程师，副高工。二者比较，两人的差距显然是太大了。"这位老领导老技术权威说到这里就不往下说了。而建设单位的另一位负责同志接着说："蓝田，去年下半年就根本没干工作。"至此，各位评委对建设单位各位领导的意图自然已经完全看清了。还有一些重要的问题，比如两位总监各监理过什么工程，工作态度如何，监理的效果如何等，老领导老技术权威对此是绝对不提的，其他评委也自然回避这个问题。于是，打分结果，自然是某设计院的监理公司中标了。该工程的施工很快就开始了，但某院长根本就不去当这个总监。他们那个监理公司派出了另一个人做总监，但很快便发现这个人干不了。于是，该公司又换了一个人做总监，可这个人也干不了。这时，建设单位的一位负责同志，便给这个监理公司的负责同志出主意，让他找蓝田去。这时，蓝田已在另一个大型工程的工地当总监。有一天，他突然接到了该监理公司负责同志的电话。蓝田觉着这事很好笑，便对这位负责同志说："看来你们这个单位为了达到个人的目的，什么事都干。你们这不是挖人家的墙脚吗？"后来，蓝田听说，这个监理公司从网上招聘了一个人。

　　第二次监理投标是在蓝田完成了某大型管道输水工程施工监理之后，他在这项工程的施工中积累了很多经验。不久，另一个地（市）的一项管道输水工程要施工了，李主任觉着本公司有实践经验，这是自己的优势，便与蓝田前去投标。哪知人家早已内定了由另一家省设计院的监理公司来监理。到招标会上，虽然蓝田又做了充分的准备，在总监答辩时认真介绍了上个输水工程的施工经验，有哪些经验本工程可以借鉴等，而另一位总监也是未做任何准备，在答辩时也是一言不发，结果仍是人家中标了。不知他们是觉得蓝田的经验介绍对他们很宝贵，还是由于什么别的原因，总之建设单位的负责同志们都站在李主任和蓝田回去的路两侧，对他二人热烈欢送，并说了些"对不起"之类的客气话。据有关规定，一个工程的设计和施工监理是不能由同一个单位来承担的，他们的做法显然是违背这一条的。如果李主任他们提出诉讼，那么，他们这次评标肯定是无效的。但李主任等均不愿与他们计较一时之短长，也不愿为了争夺一个工程的监理权得罪那么

多人。因此，也只有忍气吞声，甘吃这个哑巴亏了。

　　某年，土山市要把穿越本市的这一河段硬化、亮化，也是一项环境工程吧。工程较大，投资很多。地区主要领导要求不论是施工单位还是监理单位，都必须是名牌单位。于是，蓝田在市内的一座大桥边便看到一个大牌子，上面十分醒目地写明某某工程，施工监理单位便是省某设计院的那个监理公司，总监理工程师便是那位院长。看来，人家这一次是真当总监了。但人家并不下工地，也不在土山长住。只是过一段时间，到土山来一趟，在需总监签字的地方一一签个字而已。而在一线真正监理的，还是土山地区水利局的那个监理单位。这个字会白签吗？这个监理公司的大名会白挂吗？当然是不会的。蓝田发现：这样的人不仅名气大，地位高，而且党风越是不正，领导干部贪图虚名等官僚主义越严重，这样的人便会被某些人捧得越高，他们的生意就会越兴旺，收入就会越高，这样的人就会越得意；相反，如果我们的党风处处都端正了，领导干部的官僚主义若彻底克服了，那么，这些人恐怕就会"门前冷落鞍马稀"了。而蓝田这样的人呢，名气比人家小，地位比人家低，但对上述那样的人他既不羡慕，也不嫉妒。不管什么时候，不管社会上刮什么风，他总是规规矩矩、老老实实地做人，勤勤恳恳、扎扎实实地做事，并始终心口如一，表里如一，言行一致，对党和人民忠贞不贰。他甘愿把自己的汗水和智慧永远默默地挥洒在一个个工地上，农田里，也问心无愧地领取自己那一份应得的工资。他的日子也许过得清苦一些，又往往愧对自己的家人，但他所做的一切，都永远经得起党和人民的检验，因而，他的内心永远是踏实的，安详的，坦然的。

　　总结8年多的监理生涯，蓝田体会和认识最深的问题集中在两点上。第一点是，在本省21世纪初的水利工程建设中，问题最多，浪费资金也最多的不是在工程的施工阶段，而是在工程的设计阶段。要解决这个问题：一是设计单位要不断地提高设计人员的思想素质和业务素质；二是设计人员应按照设计要求一环环一步步把工作做细做好；三是在设计某个工程之前，设计人员应亲临现场调查与察看一番；四是对工程的每一部分，尽量做一下不同方案的对比设计，在确保工程质量的前提下，尽量选取投资最省的最优方案；五是校核人员和审查人员要切实履行自己的职责；六是在工程施工中，设计单位应向工地派出设计代表，设计代表应虚心听取施工单位、监理单位和建设单位的意见，发现问题，及时改正，做出设计变更；七是对自己设计的工程，在投入运行一段时间之后，设计单位应主动到管理运用单位，调查研究，了解工程的运行运用情况，以便总结经验，不断提高自己的设计水平。

此外，为了更早更好地发现和解决设计中的问题，建设单位在工程设计之前，应做好工程的可行性研究；在工程设计作出后，在工程施工之前，建设单位应组织专家和有经验的技术人员对设计进行审查。

蓝田体会和认识最深的第二点是，在工程施工阶段，监理的责任和权力重大，特别是总监理工程师和监理工程师。一个总监和监理工程师怎样才能正确地行使自己的权力，履行好自己的职责呢？条条自然很多，但无私是第一位的。因为只有无私，才敢于对施工单位的违规行为予以大胆处置；也只有无私，才不会对施工单位无理刁难；同样也只有无私，才敢于对建设单位犯颜直谏，公正地协调甲乙双方的关系。电视剧《水浒传》中有一段李逵审案的故事，十分生动。李逵乃一介武夫，头脑十分简单，为什么却能正确地审理几个案件呢？原因很简单，就是他无私无畏，一心为民惩恶扬善；而大批的贪官污吏为什么总是把事办坏，把案审错？归根到底，最主要的原因是他们私心太重。当好监理也是如此，千条万条，无私是第一位的。

在这个世界上，不论什么时期，总是既有浩然正气，又有歪风邪

气；既有滚滚碧涛，又有污泥浊水。而要坚持自己做人的原则，矢志不渝，就必须在每个不同的时期，始终保持清醒的头脑，针对当时的情况，在自己做人原则的指导下，为自己设立几条警戒线，在任何情况下，都不允许自己跨越一步。比如在那时的施工监理工作中，蓝田为自己设立了这样几条警戒线：

一、在吃请方面要尽量拒吃、不吃、少吃、小吃，而绝不可要吃、多吃、大吃。当时吃请已成为社会风气，个人无法力挽狂澜，但要管住自己的嘴。

二、在喝酒方面，要尽量拒喝、不喝、少喝，举杯表示一下即可，绝不可大喝、多喝，喝得影响工作，甚至半天明白，半天糊涂。

三、要不近女色。吃饭喝酒不要小姐作陪，不要卡拉OK，不跳交际舞；更不要与女人挑逗，追求低级趣味；要崇尚高雅的风度，高尚的人品，高洁的人生，决不与低级下流的人同流合污。

四、不赌钱。工作忙过之后，一时闲暇，打打扑克，下下象棋，休息娱乐一下，无可非议。但绝不赌钱，赌钱，输了不好，赢了也不好。一句话，就是不玩这个。

五、不贪污受贿，不索拿卡要。朋友之间也好，工作关系也好，个别时候彼此之间送一条烟或两瓶酒，难于拒绝，也不算什么。但绝不可动钱，一二百也不行，因为一动钱性质就变了。在工作方面，要坚持有没有吃喝请送一个样，一样坚持原则，一样照章行事。

此外，要做好施工监理工作，监理工程师特别是总监理工程师，还要坚持"六勤""六多。"即：

一、勤动脑、多动脑。对设计中的问题，施工中的问题，要多思多想，充分开动脑筋。要多研究、多分析，分析问题发生的原因，研究解决问题的办法。随着时间的推移，工作的进展，要根据不断变化了的形势，随时提出自己应做的工作，应解决的问题，应注意的事项。

二、勤动腿、多动腿。工程的各个部位、各个角落都要跑到。要天天走，经常深入施工工地。各个施工阶段，各个施工环节，进度如何，质量如何，有什么问题，要始终心中有数。

三、勤动眼、多动眼。工程的各个部位、各个角落，各个施工阶段，施工环节，不但要跑到，而且要看到。眼光要尖锐，有问题要早发现，要善于发现问题，及时发现问题。

四、勤听、多听。当监理工程师，耳朵要"长"，不但要勤听多听设计单位和施工单位的意见，而且要勤听多听建设单位、质量监督单位、运行管理单位以及当地群众的意见。不管是人家找来主动提的意见，还是闲谈聊天中无意讲出的意见，都要"入耳""在意""在心"。

五、勤说、多说。施工中有什么问题，要及时向施工单位提出，要勤说多说。要说得有理有据，入情入理；要把握好分寸，说轻了浮皮潦草，不解决问题，说得过重了，又会伤人。要说得让人口服心服。与建设单位、运行管理单位和质量监督单位要主动多联系，勤沟通，多听取意见。解决了的问题要及时反馈回去。

六、勤写、多写。不但要写监理规划、监理日志、大事记、月报、工作总结，填好各种报表、验收单等，还要按时召开协调会议，凡重大问题都上会研究，每次开会都写纪要。此外，质量事故、外出考察、合理化建议等都要有专题报告。会议纪要和各种报告是各有关单位与人员之间相互沟通最重要的途径。做了什么工作，还有什么工作要做，应怎样做，由谁来做，看了文字一目了然，将来有什么问题也便于检查考证。

坚持"六勤""六多"，要任劳任怨，不管报酬多与少，工作条件与生活条件好与差，都认真坚持。我们干的就是这样的工作，就是为

建设单位服务的，要无怨无悔。坚持"六勤""六多"是不容易的。坚持"六勤""六多"立足于全心全意为人民服务，立足于为建设强大国家鞠躬尽瘁的世界观和人生观。它的强大动力也来源于这个世界观与人生观。

耄耋之年

　　而今，蓝田已年逾八十，进入耄耋之年。回顾自己的一生，他曾目睹了日本侵略者烧杀抢掠、奸淫妇女的滔天罪行；也亲历了灾荒年吃糠和树叶饿死人、离乡背井四处逃荒和卖儿卖女的种种苦难。是中国共产党领导中国人民打败了日本帝国主义，打败了国民党，使我国真正取得了民族独立。1949 年，建立了中华人民共和国，走上了社会主义道路。经过近 30 年的艰苦探索，中国共产党又领导中国人民改革开放。40 多年来，全国人民安定团结，一心一意谋发展，使我们伟大的祖国，一年年走向富强，使我们的人民一年年走向富裕。而今，我们伟大的祖国，其经济总量已稳居世界第二，我国的制造业和外贸已稳居世界第一，并有不少科技已走在世界的前列。

　　回顾自己的一生，蓝田生在农村，在农村长大。在家庭和社会环境的熏陶下，他从孩童时期，就立志做一个好人。如果做官，一定要做一个好官，做一个清官。他还要学好本事，挣好多好多的钱，以报答亲人和乡亲们的养育之恩，让他们都过上好日子。在中学时代，他在共产党和共青团的培养教育下，不仅学习了许多文化科学知识，还学习了马列主义毛泽东思想，把简单朴素的报恩思想改变为坚定的共

产主义世界观和人生观。树立了一个远大的理想：在自己的一生中，无论干什么工作，都要走在第一线战士的队伍里，进行创造性的劳动，为我们的国家和人民做出自己最大的贡献。与此同时，他还注意锻炼身体，培养自己良好的道德品质和坚强的意志品格。从1963年从事旱涝碱综合治理科研工作以来，他便不怕苦，不怕累，积极工作，努力学习，刻苦钻研，矢志不渝，数十年如一日，坚持了一生，尽最大努力，为国家和人民做出了自己的贡献，党和国家也给了他一定的荣誉与奖励。也可说他实现了自己的远大理想。另外，蓝田在自己的一生中，还始终坚持了自己的信仰。在任何时期，他都根据当时的社会环境，为自己设立几条警戒线，在任何情况下，决不允许自己跨越一步。总之，他的一生，也做了一个遵纪守法，坚持真理，坚持原则的正直的人；做了一个脱离了低级趣味的高尚的人；从在职时当官，到退休后当总监，还始终不牟私利，坚持清正廉洁，退回了所有的红包，做了一个一身正气、两袖清风的清白的人。

蓝田这一生，我们的祖国发生了翻天覆地的变化。仅拿蓝田从事的水利事业来说，新中国成立之初，水利部门每年汛期是防汛抢险，汛后是堵口救灾；旱涝灾害频仍，盐碱地肆虐；粮食亩产只有二三百斤，许多农民连温饱问题都解决不了。而今，江河安澜，沥涝和盐碱地得到根治；为了解决水资源不足问题，不仅充分利用了本地的水资源，还实现了引黄和引江。而今，到处有大面积的"吨粮田"，到处有一排排一片片的塑料大棚和日光温室，广大群众不仅彻底解决了温饱问题，还可一年四季都能吃到各种新鲜的蔬菜和鱼肉蛋奶。

蓝田这一生，特别是改革开放这40多年来，我国的发展比人们预想的都快得多。1958年，那时候，人们盼望的社会主义是什么？就是"楼上楼下，电灯电话"。1964年，那时候人们打长途电话时，必须由中间几个电话员帮助传话。1984 年在北京打长途电话，必须派出专人，在邮电局排半天的队。如今，人手一部手机，拿起手机随时都可与全球各处通电话。手机还可以看视频、照相、上网、网上购物、网上支付和办公等。在交通方面，如今大部分家庭都有了自己的小汽车，高速公路、高铁四通八达，坐飞机出去旅游也十分方便。

再拿蓝田自己来说，1983 年他住上了三间正房的一个院。这个院由于地势低洼经常进水，1992 年将房子和院子均抬高了一米，进行了重建，蓝田将三间正房打了水磨石地面，想就在这里养老了。那时候，这套房子冬季取暖只有自己安装的烧煤的土暖气，夏天也只有电扇，平房夏天也难于避免苍蝇和蚊子的干扰，去厕所必须去五六十米以外的公共厕所。1998 年，蓝田分到了 80 多平方米的楼房，冬季有统一供暖的暖气，夏季自己安装了空调，每个家庭都有了自己单独的卫生间，夏季也避免了苍蝇和蚊子的干扰。2008 年，蓝田对这套楼房进行了精装修，又更新了部分家用电器，本想就在这里养老了。但这座楼房的缺点是上下楼必须爬楼梯，楼下没有散步的绿地和人行道。要散步必须过两个道口到 100 多米以外的公园去。2015 年，蓝田便与儿子蓝英住在了一起。这是一套 200 多平方米的高级住宅楼。蓝田自己住一个阳面的大房间，紧靠着便是一个单独的卫生间，上下楼有电梯，出了楼门便是公园似的环行道，天气太冷太热和雨雪天，楼下的车库里也有不小的环形道可供散步。另外，买菜做饭、搞卫生、接送孩子上下学，儿子还雇有保姆。在工资收入方面，1977 年以前蓝田的月工资是 45.5 元，2004 年，蓝田的退休金是每月 1500 元左右，和他一块工作的一个监理员的工资比蓝田更少。而与他们一起工作的来自供水部门的同志，其月工资为 3000 多元。当时人们认为，月工资 3000 多元便是高工资了。那个监理员对蓝田说："咱们的工资什么时候也能涨到 3000 多元啊？"在供水部门工作的那个同志插话说："你们做梦去吧！"这

就是说，当时人们认为这是遥遥无期的事。但是，仅仅过了5年，到2009年，蓝田的退休金便涨到了3000多元。而到2019年，蓝田的月均收入已达7600多元，如果再加上国务院颁发的政府特殊津贴，实际月收入已达8200多元。

蓝田的晚年，过上了十分安逸幸福的生活。他的儿女也均事业有成。女儿蓝玉，在大学里学的是暖通专业，后来又自学了给排水和供电，渐渐地把整个建筑安装这一块都能独立承担起来。儿子蓝英，从最初的卖沙发发展到卖家具，门店从小面积到大面积，再到门店加电脑，后来又提出先看家具后装修，再往后则为顾客免费提供装修设计，而后则在一些新建小区搞样板间，样板间越搞越多，销售也越来越好。销售范围从一个中心城市带动周围县城，直至进入更大的中心城市。总之，他们姐弟二人，由于不断地学习与创新，均早已成为本行业中的佼佼者，也早已进入高收入高消费的人群。由于蓝田与儿女均为晚婚晚育，因而蓝田的第三代人即孙女、孙子、外孙，现在还都在学校学习。他们都勤奋好学，都将成为大有希望、大有前途的新一代。

从2018年起，蓝田开始整理一生的研究成果，准备结集出版。当时一是有两个重要的长篇研究成果，因故尚未发表。一个成果是1974—1976年在滨海长山水利专科学校校办农场搞的"垂直排水冲洗改良盐碱地、抽咸灌淡改造地下咸水及利用咸水灌溉试验研究报告"。首先由于这项试验所采用的浅井较浅，出水量较大，特别是由于该试区位于古运河畔，当时汛期有大量的淡水可引，又有排咸出路。因而取得了国内其他试区无法或尚未做到的良好成果。通过大量的抽咸灌淡，浅层地下咸水大幅度淡化，揭示了地下咸水的淡化规律，也揭示了淡化了的地下水在抽取其灌溉时不会迅速变咸的客观规律。其次，该项研究还将垂直排水与水平排水进行了对比。试验证明，垂直排水比水平排水排咸效率高，地下水降得快降得深，地表水入渗也快，因而减少了地面径流，从而在盐碱地改良中可以充分发挥降雨对盐碱的淋洗作用。在全淡区和浅层地下淡水区，大量的雨水渗入地下，补充了地下水，变成了可贵的水资源。另外，试验还证明，垂直排水冲洗改良盐碱地较水平排水冲洗改良盐碱地脱盐率高，脱盐深度大，没有上脱下累的现象，地下水也淡化了。此外，试验还证明了，单纯利用微咸水灌溉，特别是利用4—6克/升的咸水灌溉，灌后土壤累盐。要想利用当地的降雨把土壤中累积的盐分淋洗下去，是难于做到的。因此，单纯的搞利用咸水灌溉是没有前途的。

另一个长篇研究成果是1993年，蓝田同志写的《对土山开采深层水的回顾与展望——谈谈自己对深层水是不是水资源等一系列问题的认识》这一论文。多年来，有些同志认为，深层水是"用一点，少一点"，不算水资源。因而长山省的水利区划、水利规划、水资源开发利用现状调查及水长期供求计划等，对深层水的利用均不予考虑。蓝田同志用土山地区20多年深层水历年的灌溉面积、深层水开采量和水位变化的资料，在阐明了深层水为土山地区的工农业发展做出了巨大贡献和深层水位的下降带来了一系列的问题之后，首先提出了对深层水位的下降也要一分为二地看待：第一，深层水位的下降造成了浅层水对深层水的越流补给，从而增加了深层水的可利用量；第二，浅层咸水对深层水的越流补给，降低了浅层地下水位，为除涝治碱创造了有利条件。其次，该文又指出"南水北调不能取代深层水"和"建设高产优质高效农业，深层水将做出巨大贡献"。再次，该文又提出"深浅井咸淡混浇与管道输水相结合"，混合水矿化度控制在2克/升左右，既不受咸水浇地的束缚，也没有把地浇碱的威胁，不仅可以扩大与改善水浇地，而且投资省还可以大幅度地节省运行费，降低浇地成本，还可以稀释高氟水和中和碱性淡水。在深井密度大的地方，可以减少深层水的开采量。此外，还可以促使浅层地下水进一步下降，有利于

除涝治碱。在降雨和灌溉水的长期淋洗下，浅层地下微咸水将逐步淡化。最后，蓝田又根据土山地区 1977、1985 和 1990 三年，全区开采深层水 2.47 亿立方米、1.92 亿立方米和 2.48 亿立方米，深层水还平均回升了 2.91 米、4.77 米和 5.34 米的事实，充分说明了深层水应是水资源。论文提出了继续加大引黄引江的水量，进一步增加地表水的供给，井渠结合，地表水与地下水联合运用，是控制开采深层水的最有力措施的建议。

二是一些研究成果虽然已经发表过，但在该项成果的推广过程中，又有许多改进提高与发展。比如"七五"国家重点科技攻关项目——《低压管道输水灌溉技术研究》，当时，各家使用的地面移动管道均为高压聚乙烯薄膜软管。它怕扎，易损，每扎一个小孔，在输水时便漏水不止。进入 21 世纪，一些厂家生产了高压聚乙烯薄壁软管，其壁厚增至 0.5 毫米。它既保存了薄膜软管可用套袖法连接，可以卷起来便于搬迁和保管的优点，又克服了薄膜软管怕扎易损的缺点，成为比较理想的移动输水管道。它的出现，使低压输水管道的规划产生了重大变化。过去，由于薄膜软管的缺点，地面移动管道的输水距离不宜过长，因此，对长 200—300 米的地块，他们把干管布置在地块的中部，垂直耕作方向横向布置，双向控制，移动软管长 100—150 米。如今，他们可把干管布置在地面较高的一端，在地头上垂直耕作方向横向布置。其优点一是薄壁软管采用较大的管径，灌溉水在移动软管内沿地面纵坡流动，可不计算其水头损失；二是地块中间没有出水口，便于机械耕作和用水管理；三是使干管布置为"树状网"或"环状网"都没有必要了。

再比如，关于畦田规格和灌水定额问题。关于畦田规格，过去众说纷纭，但总起来都不大。关于灌水定额的设计，国内外的设计理论和计算公式是相同的，差别是计算土层深度。我国农田水利理论界，有的称为"计划湿润层深度",有的称为"主要根系活动层深度"。大田作物多采用40—60厘米,最大不超过100厘米。其理论根据是什么,未见有人对其进行阐述。其计算结果,大田作物的灌水定额多为40—70立方米/亩。而国外,像美国等西方发达国家,在设计喷灌的灌水定额时,其计算土层深度,采用"作物根系深入土中吸收水分的深度":果树、高粱采用180厘米,小麦、玉米、谷子等大田作物采用150厘米。计算结果,大田作物,沙壤土的灌水定额为70立方米/亩左右,中壤土、黏壤土、黏土的灌水定额为107—117立方米/亩。我国北方广大农村,自20世纪80年代实行农业生产联产承包责任制后,其畦田规格,在沙壤土,一般畦宽为3—5米,畦长为50—70米;在中壤土、黏壤土、黏土,畦宽一般为3—5米,或5—8米,畦长100—200米。其实际的灌水定额与国外的理论基本一致。其畦田大了,灌水定额大了,但灌水次数减少了,其全生育期的总灌水量即灌溉定额并不增大。采用这样的灌溉制度以后,小麦连年丰收,并切实做到了省水、省地、省工。实践是检验真理的唯一标准,国外上述的理论和我国农民的长期实践,值得我国农田水利理论界的同志们探讨和深思。我国不少同志,一见到农民这样的长畦和大定额灌水,便说这是大水漫灌,并肯定会产生地面径流和大量的深层渗漏,这一说法是缺乏理论根据。经不住推敲的。

过去,关于低压管道输水灌溉中管径的设计,好多人都采用"经济流速法"。但"经济流速"的根据是什么,未见有人进行阐述。1993年,蓝田同志提出采用"折算年费用最小法"设计低压输水管道的管径。实践证明,这个方法是完全正确的,但当时具体计算方法有些烦琐,基层水利人员掌握运用有些困难。2018年,蓝田同志本着简单实用的原则,对其进行了改写,使基层水利人员一看就懂,就会做。

此外,过去潜水泵泵管均为普通钢管,其管径设计也均采用"经

济流速法"。由于管径偏细，钢管的糙率又大，因此，泵管在提水中的损失扬程过大，能源浪费多，浇地成本高。另外，钢泵管在潮湿的环境中锈蚀快，使用寿命短。因此，2018年，蓝田同志提出用内外涂塑的钢管做潜水泵管，并采用折算年费用最小法设计最优经济管径，从而可以大幅度节电，降低浇地成本，节省泵管购置费。这是蓝田同志2018年的最新研究成果。

总结以上，蓝田同志在2018年，将自己一生的研究成果，凡自己认为有一些创新点，并对农田水利事业有用的文章，一一进行了整理。希望将它们留给国家和人民，留给我们的后人，以供他们在工作、学习和研究中参考。共10篇文章，13万多字，已于2019年9月在黄河水利出版社出版。书名为《旱涝碱综合治理及节水灌溉技术研究》。

从2019年起，蓝田同志开始写自己的回忆录。回忆自己如何在中国共产党和共青团的培养教育下，树立了共产主义的世界观和人生观，树立了自己的远大理想。回忆自己为了实现远大理想，如何跨越各种艰难险阻，不断成长发展的全过程。回忆自己如何克服种种困难，不屈不挠艰苦奋斗的一生。从中学时代他开始学习马列主义毛泽东思想，他始终注意理论联系实际，联系自己，要做到言行如一，表里如一。永远站在生产和科研的第一线，把事业摆在第一位，把爱情和家庭摆在第二位；他不怕苦，不怕累，不怕冒着生命危险，真正像奥斯特洛夫斯基那样，无论在人生的任何场合，都始终战斗在第一线战士的队伍里。1954年春节期间，他们村掀起打砖井的高潮，他当时刚16岁。打砖井要人下到井筒里往下挖，在穿越流沙层时是有生命危险的。但他明知有危险，却积极报名下井。只是在下井后发现自己年岁小，力气还小，干不了这活时，才停止了继续下井。1958年，在大炼钢铁中，他担任炉长。在第一次开炉时，他第一个抢锤锤击钢钎，第一锤便打偏了，手指被钢钎挤得鲜血淋漓，但他到了医务室简单包扎了一下便继续工作。1965 年，在旱涝碱综合治理规划中，他作为技术负责人，跑遍了博陵县 35 个公社 468 个村庄。在前寨试验站的 5 年多，他穿坏了两双翻毛皮鞋，骑烂了一辆新自行车。1971 年在干校重新分配工作时，为了事业，他没有去离家近的土山，而去了离家远的滨海。到了长山水利专科学校，他拒绝在生活条件好的校内工作，而甘愿去郊外的校办农场工作。1972 年，在农场稻田里卷叶虫大发生时，在别无办法的时候，他和几个农工一起，穿一身布衣，背起巨毒农药 1605 的药桶，在半米多高的稻田里，冒着农药中毒的危险，一路喷洒农药往前走。1974 年汛期，在垂直排水冲洗改良盐碱地和抽咸灌淡改造地下咸水的试验期间，在近一个月的时间里，他每天工作 18 个小时。1977 年，他谢绝了许多同志的挽留，坚决走向生产和科研的第一线，到各级党委政府和广大农民中去，与他们把汗水挥洒在一起，把自己的智慧和他们的智慧交织在一起。1983 年，他担任地区水利局副局长后，为了解决钻井公司工人无井打，发不出工资的问题，他三次带队进京施工。1985 年 12 月，在华府大厦施工期间，他和干部工人一起，住在一座在建楼房没有上下水、没有厕所、没有通风设施的地下屋里，和工人们同吃一锅菜。1986 年冬和 1987 年春，为了搞好"七五"国家重点科技攻关的试区建设，他丢下家中的两个重病人，一去就是两三个月。虽离家只有 100 多里，他一次家都顾不得回。1989 年春节后，为了集中精力写好一系列的研究报告，在两个多月的时间里，他住在局里的办公室里，白天工作一天，每天晚上还坚持写到凌晨 3 点。1998 年他退休之后，在他当总监理工程师的 8 年多中，他每 1—3 个月才回家一次，每次回家也只在家住 2—3 天。他每天坚持在施工第一线。每个施工环节，每个角落，他都要走到看到。

他们曾经经历过贫穷。蓝田 1960 年大专毕业后，他的月工资是 45.5 元，17 年未变。他毕业后，不少人向他伸手，他总是慷慨解囊，

从不想自己多大了还没有结婚，结婚需要钱否。因此，直至 1967 年他 30 周岁了，当他与王艳第一次见面时，他竟连 5 元的积蓄都没有。他 1967 年底结婚时，也只花了仅有的 80 元人民币。王艳 1972 年参加工作后，住的是集体宿舍。1972 年 12 月生下儿子后，面粉厂让她住进只有 7—8 平米的一间小土房。那时候，王艳家里的房子和一切财产便全归她姐姐了，蓝田家里的房子和一切财产便全归他弟弟了。蓝田和王艳，那时是一无所有，一切从零开始。那时，在土山，只有王艳和儿子两人的户口，两人户口供应的煤不够烧，因此，蓝田的岳母只有去水泥制管厂推出的煤灰中捡煤矸儿烧。蓝田一生中，只给两个孩子买过一次玩具，即花 4 角钱买了一个捻捻转儿。

他们曾经历过许多苦难。王艳小时曾得过两次重病，一病就是几天不吃不喝，爸爸妈妈没钱给她看病，这个幼小的生命就任凭死神的摆布。1957 年，蓝田的奶奶去世了，蓝田在外地上学，蓝田的爸爸未通知蓝田回家为奶奶送葬。蓝田的妈妈生了两个儿子，但她在 1959 年病重病危时，没有一个人在病床前照看自己，她死后竟没有一个儿子为她送葬。1966 年，王艳得了重感冒和重伤风，她虽从死亡的边缘走过来，但经过半年多时间才恢复了青春的活力，而且潜伏下了"风湿性心脏病"这个不治之症。1970 年，王艳生第一个孩子时，到了临产的日期，还要到地里抢大镐刨高粱茬。1972 年王艳生第二个孩子时，产前未休息一天，头一天傍晚还要抢起大扫帚扫院子。1973 年，蓝田的岳父得了糖尿病，蓝田的岳母丢下重病的丈夫给王艳的姐姐照看，自己来土山为王艳看孩子做饭，年底蓝田的岳父便去世了。1980 年，蓝田由于过度劳累得了肺炎，又由于他继续工作没有休息又得了重感冒，病情突然加重。省地医院都说他得了严重的肺癌，要立即给他动手术，都认为他必死无疑。直至北京日坛医院国内最高的权威专家才否定了他的"肺癌"，把他从死亡的边缘拉了回来，他得以重返工作岗位。1984 年，王艳的风湿性心脏病暴发住院治疗却无人陪床。1986 年，蓝田的爸爸和岳母先后得了脑血栓，岳母躺在床上动不了，肌肉被硌得疼痛难忍，整个上午下午均无人照看，他们却毫无办法。从 1987 年开始，王艳以重病之身承担着上班、买菜、做饭、搞卫生的任务，还要为妈妈喂饭、喂水、喂药、端屎、端尿等，她牺牲自己，全力支持蓝田的工作。蓝田的岳父 1973 年去世，岳母 1989 年去世，蓝田均不在家。王艳 1995 年便去世了，她仅活了 51 岁。王艳不仅才貌双全，品学兼优，还是一名真正的中国共产党党员。她是统计师、地区面粉厂的财务科长、厂党支部委员，是一位德才兼备、清正廉洁的好干部，土山地区面粉厂最受尊敬的人。她也具有坚定的共产主义世界观和人生观，具有远大的理想，是蓝田真正的知己，最亲的亲人。他们二人心心相印，相濡以沫。蓝田认为，能有这样的爱人是自己一生最大的幸运和幸福，是自己最大的骄傲和自豪。而她过早的离世，又是自己一生最大的痛苦和不幸。

由于蓝田数十年如一日，不断学习，刻苦钻研，深入实践，顽强拼搏，孜孜以求，进行创造性的劳动，他在省级以上的刊物上先后发表科技论文 10 余篇，著有《旱涝碱综合治理及节水灌溉技术研究》一书并最终出版；还两次编写教材分三次为全省培训低压管道输水灌溉技术骨干；曾荣获水利部科技进步二等奖、国家科技进步二等奖，地区"专业技术拔尖人才""专员特别奖"等；被批准享受国务院颁发的百元级政府特殊津贴，被省水利厅厅直党委称为"孔繁森式的好干部"；2004 年晋升为教授级高级工程师。

1987 年，他为了集中精力搞好"七五"国家重点科技攻关和试区建设，主动辞去地区水利局副局长的职务，改任地区水利局副总工程师；1989 年，在蓝田同志为试区建设做出重大牺牲，工作量和贡献十分悬殊的情况下，在向省申报"试验工程"的科技进步奖时，他把

车武报为第一获奖人，而把自己报为第二获奖人；1990年，在将3个子课题的研究成果申报地区科技进步奖时，地区科委主任要求蓝田同志把他们的3个课题排号时，他把自己负责的子子课题排在最后；从1991年开始，蓝田同志宣布，今后科研工作他仍像过去一样工作，但到成果报奖时，他本人概不参加；在20多年里，他总计退回红包约有1万多元，在一个施工工地当总监时，有一个施工单位一次送他5000元的红包，他反复几次，一再向他们讲道理，才最终退回了这个红包。

　　总结以上，蓝田的一生，走的是一条奋斗之路。在这条道路上，他遇到了许多艰难险阻，重重困难。它们有的来自于自己的顶头上司，有的来自于周围的环境，有的来自于自己队伍的内部，有的来自于自己家人的生老病死，有的来自于自己过度劳累而身患重病。但蓝田终于跨越了这些艰难险阻，克服了重重困难，最终实现了自己的远大理想。而唯一愧对的是自己的家人。蓝田认为，他这一生，愧对自己的父母，愧对自己的岳父岳母，特别愧对自己的妻子王艳。他欠下的是永远无法偿还的债！他与王艳婚后的日子只有短短的27年，且在27年内，还是聚少离多。因此，他决定自己死后，不捐献自己的遗体，要把自己的骨灰与王艳的骨灰埋葬在一起，永远陪伴着她，长眠在地下。又由于自己年龄过大，各个器官均已老化，唯一有利用价值的是眼角膜。据了解，全国有400多万人需要它。而我国现在每年捐献眼角膜者仅有几万人。这些人如果能够换上它，就会立即复明。一个人的眼角膜可使一个或几个人复明。因此，他决定死后捐献眼角膜。这项工作已于2017年初办理完相关手续。

　　最后，蓝田同志决定用《我从农村中走来》这首诗，作为自己回忆录的结束语：

《我从农村中走来》

我从农村中走来，

从贫困中走来，

从苦难中走来。

我从农村中走来，

它使我的身上总是沾着一些土气；

我从贫困中走来，

它使我的言行中常带着一丝寒酸；

我从苦难中走来，

它给了我对美好人生的不懈追求。

我的一生始终都怀着远大的理想，

它使我在人生的道路上遇到了许多艰难险阻和重重困难，

也使我得到了更多的锻炼。

无论干什么工作，

我都要求自己进行创造性的劳动，

我都要求自己为国家和人民做出自己最大的贡献。

我虽然永远做不到最好，

却永远要求自己做到最好。

我的一生，

欠下了亲人许多永远无法偿还的债。

想起他们，

我常常潸然泪下；

想起他们，

又总使我充满力量。

如今，

我已年逾八十，

虽然我的心脏已有不少毛病，

但我仍然可为党和人民继续做一些有益的工作。

毫无疑问，

我将坚持自己的信念，直至老死；

毫无疑问，

我将把自己的全部身心，

献给建设强大祖国造福广大人民的伟大事业。